レジェンドノベルス
LEGEND NOVELS

[illegible]の魔道書と灰色の竜

contents

レジェンドノベルス
LEGEND NOVELS

星空の魔道書と灰色の竜

プロローグ

「――マジですか⁉」

デスクトップ型パソコンの画面前で、俺は椅子を蹴《け》倒《たお》す勢いで立ち上がり、叫んだ。

俺の名前は、松波《まつなみ》与《よ》一《いち》。

俺が今いるのは自宅二階にある自室。窓の向こうには紫と茜《あかね》色《いろ》が入り混じる宵口の空と、暗色に沈んでいく町並みが広がっている。ここはやや高台に立地しているので風通しもよく、高い建物が近くにないので窓からの眺めはいい方だ。

俺はデスク上に身を乗り出し、液晶画面に鼻が当たりそうなくらいに顔を寄せた。

画面の中には、黒い石壁と彫刻で彩られた教会の祭《さい》祀《し》場《じょう》のような光景が広がっている。五階分をぶち抜いたかのように高い天井。その左右には薄汚れてひび割れたステンドグラスの装飾が並んでいる。うっすらと霧が漂う室内には、色の付いた光の帯が幾重にも差し込んでいる。

そしてスピーカーから流れてくるのは、パイプオルガンと女性ボーカルによる賛美歌のような音楽。美しくもどこか退廃的で、禍々《まがまが》しく、且《か》つどことなく荘厳な雰囲気の曲だ。

画面に映っている場所は、現在俺が絶賛プレイ中のオンラインゲーム【グラナシエールの創世】の、最新パッチのラストダンジョンだ。

祭祀場の最奥には、階段十段分高くなっている王座のような広間があり、そこには体長十メートル以上は確実にありそうな漆黒の巨体と、天井につきそうなくらいに大きな翼を二十枚持った竜の——亡骸《なきがら》が横たわっていた。

亡骸なのは、つい先程、激戦の末に俺たちが倒したからだ。

このゲームの最新パッチ、その最大にして最強のボス【渾沌《こんとん》の冥竜《めいりゅう》】。

そのボスのいる場所は、亜空間に浮かぶ巨大な建造物の中だ。その外観はスペインにある有名な石造りの巨大聖堂に少しだけ似ている。ただ、こちらの方は、信仰されている神の属性も雰囲気も真逆だ。故に内部は禍々しい異形の彫刻に彩られ、多くの歪《いびつ》な尖塔《せんとう》が並び立ち、不穏な霧が立ちこめている。

その複雑に入り組んだ迷宮のような大聖堂内部を調査し、時に戦い、時に迷いながら進み、俺と仲間たちは最上階に辿《たど》り着《つ》いた。

そして、そこで世界の改変を望んでいた闇の王たる冥竜と対峙《たいじ》し、長い戦いの末に打ち倒した——のだが。

「ちょ、ちょっと、待ってくれ！　ラスボスのＨＰがゼロになる一秒前に、タッチの差で猛毒くらって死亡したあげくにブラックアウトして、タイミング悪く回線が切断して、仕方なくルーター再起動して、ＰＣ再起動後にログインし直して、戻ってみたら戦闘終わってましたって場合、経験値とお金と限定アイテムは手に入るのかなああ!?」

ボイスチャット機能を通して、画面越しに俺の叫びが空《むな》しく辺りに響き渡った。

すると一緒に戦ってくれた十人の仲間たちが各々同時にしゃべりだし、ヘッドホンを外したくなるくらい騒がしくなった。

「ううむ、可哀想《かわいそう》だとは思うが、ボスを倒す直前でログアウトしてしまっては……」

「いやあ、そりゃあかんって！　戦闘中に退出扱いになるんちゃう？　戦闘放棄ってことで、どっちかっちゅうと【三十分戦闘不可】のペナルティつくんちゃう？」

「可哀想に……ブフッ。宵月《よいづき》っち……ネタ提供サンクス～！　ね、ね、ブログに書いていい？」

「ひー、笑いすぎて腹痛くなったじゃねえかこの野郎！」

「【魔導学者】の魔力系パラメータは突出してすげえんだけどなあ。唯一、ＨＰがな……いや、それ以前の問題か。トラブルが同時に起こりすぎて回線に負荷がかかったのかもしれないな」

　ラスボス戦を勝ち抜いたパーティメンバーから、なぐさめと同情の声がかけられた。おい、笑ったヤツが数名いるな。後で覚えてろよ。

　黒々とした祭祀場の手前では、細身で長身の、三十代前半くらいの青年が仰向けになって倒れている。青い髪は少し長めのさらりとしたショートヘア。濃紺色のローブを身に纏《まと》い、同色で低く平たい円筒形の帽子を被っている。

　そう、俺だ。

　画面の横には、【セーブゲートにもどりますか？】と、【三十分戦闘不可】のペナルティコマンドが、カウントダウン付きで点滅している。ペナルティがついてる！　ひどすぎる！　セーブゲートっていうのは各地にあり、登録しておけば死んだら戻ってこれる指定場所ってやつだ。

　俺の分身でもあるキャラクターの名前は、【宵月】という。

　そいつは今、皆が勝利に歓喜して飛び跳ねている中、ただ一人、床にぶっ倒れている。非常に情けない。恥ずかしい。なにこの一人寂しく羞恥プレイな状況。これはあれか。レアな上位職業についているから大抵のことは切り抜けられるよね、っていう根拠もない自信が招いた結果か。

現在の俺の職業は、魔道士系統の派生系上位にしてレア職業。【魔導学者】だ。

非常に珍しい職業で、総プレイヤー人口約一千万人中、俺を含めて二桁程度しか存在していないらしい。

俺がなれたのは、偶然以外の何ものでもない。二年ほど前に某探索クエストで、幸運にもクラスチェンジ用のレアアイテム【書きかけの研究書の切れ端】を手に入れられたからだ。

俺はそれまで【魔道士】をしていたけれど、希少クラスだし、なんだか面白そうだったし、せっかくだからと思いきって転職してみた。

ただこのゲーム、転職にはかなりシビアな条件設定がされている。

故に、よほどのことがない限り、ある程度レベルが上がった後で転職する者は少ない。

それもそのはず、転職するとなんとレベル1からの再スタートとなり、能力値もリセットされてしまうからだ。さすがに転職後のクラスの初期能力値以下には下がらないが。

そういったリスクを考えると、このゲームの職業は定番のものから【傀儡師《くぐつし》】とかいう少し風変わりなものまで五十種類以上もあるから、早めにその中からいろいろ試すなりして、自分に合うのを選んで、一つの職を極めていった方が断然効率がいい。

それぞれの職業にはさらに【階級】というものがあり、ある一定レベルごとに階級名が変化していく。階級が上がるごとに能力値にボーナスがついたり、使えるスキルが増えていったりする。

俺の階級は、現在【理《ことわり》を解する者】だ。

レベル1で【かけだしの探究者】、レベル20で【一元素使い】、レベル40で【四元素使い】、レベル60で【六元素使い】、レベル80で【理を解する者】を取得できる。俺の現在のレベルは96。レベル100になれたら、最上位の階級になるはずだ。

ラスボス戦用に装備も現時点で最強のものを揃《そろ》えた。【魔導学者】専用の最強装備だ。

きめ細やかな濃紺の生地に銀糸と金糸の文様が織り込まれた、見た目にも重厚な【ネビュラーローブ】。【ネビュラーハット】は濃紺の低い円筒形の帽子で、右端に美しいブルーの大きな石が嵌《は》め込《こ》まれた銀細工の羽飾りが付き、そこから銀糸の飾り紐《ひも》が三本流れて房になっている。

武器だって最強だ。今俺が装備しているのは、【瞑闇《めいあん》の書】という魔道書。

その表紙は不思議で、まるで宇宙を写し取ったかのように見える。漆黒の夜空の中には無数の星々がまたたき、所々に星雲のようなものや、天の川のようなものまで見えるのだ。何かの魔法でもかかっているのか、それらはプラネタリウムのように表紙の中を少しずつ動いていく。

吸い込まれそうなほどの漆黒を基調とした装丁から【黒本】とも、星が無数にまたたいているように見えることから【星空の書】とも呼ばれている、とても希少な武器である。

この魔道書は魔道士系なら誰もが装備できるが、【魔導学者】であれば特殊な魔法をいくつか取得することが可能だ。お陰様で、ちょっとこれはゲームバランスが崩れやしないかと心配してしまうくらいの魔法も覚えて使えるようになった。だというのに。

いくら最強装備で固めたって死ぬ時は死ぬのだ。世の中は所詮、諸行無常。どんなに完璧で最強であっても、人なのだから些細《ささい》な見過ごしやアクシデントはあるのだ。過去のどんなにものすごい英雄でも、なんだそれみたいな死に方してる奴《やつ》なんてたくさんいるではないか。

そんな自己弁護、いや、悟りの境地を噛《か》みしめながら、俺は画面の左脇に表示されているステータス画面に視線を向けた。

プレイヤー名【宵月】　レベル96
職業【魔導学者】　階級【理を解する者】
HP　0／3500　MP　5／9999

HPがゼロなのは、長く苦しい戦いの末……ボスのHPがあと一撃で倒せるほどになった時に、最後の最後にラスボス固有攻撃スキルを使われてしまったからだ。

【怨嗟《えんさ》の猛毒ブレス】。あらゆる防御を無視して猛毒状態にするという反則的なブレス攻撃である。あまりに反則的なため、一戦闘中に一回しか発動しない。猛毒にかかるかどうかは純粋にリアルラック次第、という世にも恐ろしいランダム攻撃スキルだ。

そして皆がどうにか耐えきった中、俺だけが【猛毒】になってしまったという訳だ。

猛毒は、HPが一秒ごとに1500ずつ減っていくステータス異常で、その時の俺のHPは、1500だった。次で回復しようと思っていた矢先の惨事だった。

「俺の今までの苦労は……」

水の泡となりました。

一人、また一人とボスのステージから去っていくのを眺めながら、俺は溜《た》め息《いき》をついた。

仲間の一人である女性神官が駆け寄ってきて、親切にも俺を蘇生《そせい》させてくれた。気を落とさないようにね、と優しい言葉と一緒に。ちょっと涙が出そうになった。

最後の一人を見送った後も、俺は未練がましくその場に残っていた。

ラスボスのステージには、もう誰もいない。

「はあ……」

あのボス戦を、もう一度やり直そうという気ははっきり言って当分起きそうにない。なにせ状態異常攻撃見本市みたいな激戦だったのだ。全体状態回復と全体回復と全体防御魔法と全体補助魔法でMPのほとんどを費やした。製作者に声を大にして言いたい。ボス戦で、猛毒反対。ダメ絶対。

俺は一際大きな溜め息を腹の底から吐き出して、キーボードに手を伸ばした。

やっとこの場を去る決心がつき、プレイヤーの分身である【宵月】の足を出口に向かわせる。

突如、画面が白くフラッシュした。あまりの眩《まぶ》しさに目を瞑《つぶ》る。

「な、なんだ？　こんな時にまたフリーズか？」

もう、泣きっ面になんとやらだ。パソコン、そろそろ新調した方がいいのかもしれない。五年目だしな。ちょっとずつ不調が出始める頃合いだろう。ちくしょう。

再び目を開けると、今までボスが鎮座していた場所に、知らない青年が一人、立っていた。

「え……誰？」

遠目で見ても分かるくらい完璧な造作をした、超のつくイケメンだった。

白地に銀糸のストライプが入った小奇麗なスーツが、すらりとした細身の長身に似合っている。

紫のネクタイに、胸元には高級そうな薄紫のチーフ。プラチナブロンドの緩くウエーブのかかった長めの前髪から覗《のぞ》く瞳は淡いスミレ色。微笑《ほほえ》みをたたえた薄い唇は傷一つなく、つややかだ。

　これだけ完璧に顔を造作されると、イラッとするよりも逆に感心してしまう。すごい。どうやって調整したんだろうか。

　このゲーム、キャラクターエディット機能がとても充実していて、豊富に用意されているキャラクターモデルから気に入ったものを選んで調整してもいいし、ゼロから造形することも可能だ。ただし、その際には美的センスは必須だけれど。

　青年が、ゆったりとした足取りでこちらへと近づいてきた。

「ラスボス戦、お疲れ様」

　低すぎず、高すぎもしない、不思議と耳に心地よい声だった。

　すごい。このゲーム、やろうと思えば声も調整できるのだ。俺は面倒だからしなかったけど。本当に、どうやって調整したんだろう。神調整だ。ただ、男なのが非常に残念だ。次はぜひとも女性版を作ってもらいたい。

「どうも。ていうか、俺、死にましたから」

「いやいや。謙遜しなくてもいいよ。君の働きぶりは称賛に値する。己の命を賭《と》して他者に尽くす。美しき自己犠牲の精神。すばらしい。誰にでもできることじゃない」

　俺は手を顔の前で横に振るジェスチャーをしてみせた。

「いやいや、そんな大げさな。謙遜もしていません。これは単に俺が自分の残りＨＰに注意していなかっただけの結果ですから……」

「いやいや」

「いやいや、って。そうですから。でもフリーズしたのは俺のせいじゃないですけどね！」

思い出して、俺はまた落ち込んだ。ただでさえＨＰが少ないのだから、常に満タンにしておくらいの心持ちでいけばよかった。

「ふふ。私の作ったその魔道書、手に入れてくれたんだね。三つ目の試練の塔――【天への黒き塔】は大変だっただろう？」

塔。その名称を聞いた瞬間、俺の脳裏を数々の艱難辛苦《かんなんしんく》の思い出がよぎった。天へなんかじゃない地獄の底への塔だ、と後々酷評されることになる、あのクエストの。

それは今から三年前に配信された、超上級者向けクエストの一つだった。

『探検家ジョルジーリオが、神世時代から現存していると謂《い》われる【グラナシエール創世記第一三巻】に記された神の塔を、ついに発見した。

神が創りし三つの試練の塔。己が持つ知識と力のみで、待ち受ける数々の苦難を乗り越え、見事塔を登りきった者には、その功績を賞して、神の叡智《えいち》の一片が授けられるという。

しかしジョルジーリオは、発見後、志半ばで病で亡くなってしまった。冒険者協会は、師の志を継いだジョルジーリオの弟子より、塔の調査協力の依頼を受けたが――』

という、よくある設定の探索クエストだ。クエストは全部で三つ配信された。

【天への赤き塔】　３３３階
【天への白き塔】　５５５階

【天への黒き塔】　777階
クリア条件　塔の最上階まで一人で登りきり、魔道書を手に入れること。
クエストの終了について　クエスト参加者の一人が魔道書の所有者《オーナー》となった時点で終了とする。
※尚《なお》、他参加者がクエスト攻略途中であっても、到達者が魔道書を取得した時点で該当クエストは即時終了となります。あしからずご了承ください。

一見すると、参加者全員で競争して塔を登り、最上階へ一番に登りきった奴が各塔に一つずつしかない限定アイテムを得る、という極簡単なクエストだ。

最上階に誰かが辿り着いたらクエスト終了にはなるが、そいつ以外は何ももらえないという訳ではない。一応他の挑戦者にも、到達階層に応じた装備アイテムがもらえるようになっている。

よって当時、ほとんどのプレイヤーは参加していたはずだ。ただし、その参加条件と塔の仕様に少し……いや、多大な問題があった。

レベル90以上。参加人数一名。パーティを組んでの参加は不可。

これがまた徹底していた。塔に一歩でも踏み込んだ瞬間、他のプレイヤーが全く見えなくなってしまったのだ。それはつまり、誰とも協力しあえないということだ。

特に【天への黒き塔】は制限がさらに厳しく、レベル95以上、参加人数一名、魔道士系限定というものだった。

まあ、ただひたすら塔を登るだけということもあり、配信後すぐに終了するかと思われたクエストだったが、なかなか攻略者は現れなかった。ようやく３３３階を登りきったプレイヤーが現れたのが、配信から半年後というスローペースだ。

それというのも、その塔の内容が一人限定のくせに、すさまじく鬼仕様だったせいだ。

あまりの鬼仕様に、廃人になる者、精神を病む者、諦めて去る者が続出した。

「ああ……いや、もう、本当に大変でした。フロア自体はそんなに広くないんですけど、三次元的迷路になってて下手すると方向感覚狂って迷うし。一度入って、出て、また入ると一階からだし、マップは数時間ごとにランダムに変わってるし。トラップは無数にあるし、敵はやたら強いし属性ついてて面倒臭いし、階を上がるごとに哲学めいた質問を一つしてくるし、答えによっては一階に強制送還されたりするし、なにこの鬼畜仕様……って、私が作ったって？　もしかして、あなたはプログラマーの人？」

　青年が優雅に微笑んだ。

「まあ、そんなものかな。でも、よく手に入れられたね」

「まあ、地道な作業は苦にならないタイプなので」

　俺が黒い塔に足を踏み入れたのは一、二ヵ月ほど前だ。【魔導学者】のレベルがようやくクエスト参加条件を満たしたので、腕試しも兼ねて始めたのがきっかけだ。時間に余裕のある大学生でよかった。食べたり寝たりする時もプレイ状態のままにしていたから、ゲーム内の連続プレイ時間は恐ろしいことになった。暇人だと笑わば笑え。

　青年が肩を揺らして、楽しそうに笑った。

「なるほど。三冊の魔道書のうち、君が持っているそれが、一番入手が困難なんだよ。だから、なかなかクリア者がいなくてねえ。ちょっと難しくしすぎちゃったかなあって、考え直していたところだったんだ。難易度を下げる前にクリアしてもらえて、とても嬉《うれ》しいよ。クリアしてくれた感謝と御礼《おれい》に、君も追加で招待メンバーに加えてあげる」

「は？　招待メンバー？」

「今回の規定枠は埋まってしまっているから、特別枠でね」

青年がこちらに向き直り、視線が合うと、にこりと微笑んだ。

俺は思わず画面から顔を離した。俺に微笑んだ？　まさかな。ありえない。

青年が画面中央に向かって、ゆっくりと片手を伸ばしてきた。それと同時に、画面全体が僅かに暗くなり、部屋の照明も少し暗くなる。

しかも青年の手が伸びていく先は、俺の操作キャラクターに、ではなく――画面のこちら側に向かっていた。

伸びてくる青白い手の平に、俺は鳥肌が立った。

なんなの。これ、ホラーRPGじゃなかったよな？　ファンタジーARPGだったよな？

俺の身体《からだ》は恐怖で硬直してしまって、逃げたいのに動いてくれない。

俺はホラー系は苦手なのに。昔、友人に、面白いからと無理やりホラー映画に連れていかれたことがある。邦画だった。画面から飛び出してくる女性の血まみれの手。引きずり込まれる男。バッドエンド。観せられた日から一ヵ月間は、家にいる間中照明はつけっぱなしだった。だって暗くしてたらいろいろと怖いだろ！

白い手はどんどん近づき……画面を、するりと突き抜けて。

悲鳴をあげる前に、幸か不幸か、俺の意識はブラックアウトした。

第一章　白紙の地図を携えて、血まみれ兎《うさぎ》を追いかけましょう

——管理者権限にてアクセスします。選択したデータを【虚空】サーバナンバー48000より、【虚空】サーバナンバー84000へ位相転移開始します。

……なんだそれ。

俺は、船酔いにも似た吐き気をこらえながら唸《うな》った。脳内に響く音は、言葉のような、音楽のような、耳鳴りのような、形容し難《にく》いものだった。

音。

高い音。低い音。今にも消え入りそうに小さな音。他をかき消しそうに大きな音。軽やかな音。重苦しい音。

音。音。音。音の洪水。

頭が、割れそうだ。奏でられる音の意味が分かるようで分からない。気持ち悪い。頭が痛い。記憶されているあらゆる知識を総動員して、脳が必死になって【解《わか》る言葉】に変換しようとしている。検索。修正。近似値へ置換。変換。負荷による再起動。そしてまた検索。情報があまりに膨大すぎて、処理が全く追いつかない。

——エラー。位相転移許容量オーバーです。一個体分のデータが超過しています。一個体分を選択し、転移先を再指定してください。

「あ、しまった」

頭の中で、あのいけすかない男の声が反響した。

え、何？　なんなの？

「ううん、やっぱり転移可能データ量を超えてしまったら、はじき飛ばされてしまうようだ。少しのオーバーならいけると思ったんだけどなあ。やっぱり君のデータ分だけ、同じ場所には転移できないみたいだ」

え、何が？

――実行取り消しは、位相転移中データ量が多いためできません。

「あらら」

――一個体分のデータ削除は可能です。削除しますか？

何？　削除？　それ、まさか俺のことじゃないよね？　まさかとは思うが俺のことだったらやめてくれ！

「大丈夫大丈夫、削除はしないよ。私のせいだからね。仕方ない。ちょっと外れに落ちるけど、いいかい？」

いいも悪いも、言ってる意味が分からないんですけど！　それに頭が割れるように痛いんだけど、鼻血出てない俺!?

「出てない出てない。ああ、そうだ。無理に【音】を聞こうとしないほうがいいよ。君の情報処理機能が過負荷ではじけてしまうから」

うげ！　何それコワイ！　早く言ってくれ！

——指定完了しました。位相転移再実行します。


「よしオッケー。では、宵月君。よい旅を」

冗談でも言うかのように軽いノリの挨拶をされた。

ふざけんなと文句を言う暇もなく、再び、俺の意識は遠のいた。

＊

閉じた瞼《まぶた》の向こう側に、揺れる微《かす》かな光を感じる。

微かな風が髪と頬をなでていく。揺れて擦れる木々の葉のさざめき。鳥の囀《さえず》り。木や草の青い香り。土の香り。知らない獣の遠吠《とおぼ》え。しっとりとした湿り気のある空気。

俺は立っている——ようだった。靴底を通して、ごつごつした地面の感触が伝わってくる。

恐る恐る、瞼を開けてみた。

眼前に広がったのは、鬱蒼《うっそう》とした森だった。車一台がぎりぎり通れるくらいの細い道の真ん中に、俺は立っていた。道というよりは獣道と呼んでも差し支えないくらいに荒れている。長く踏みしめられた土が硬くなり、そこだけ草が生えなくなってしまったような。

「……なにこれ」

何が、一体、どうなった。

下を向いた時、視界の端に、濃紺色のローブの裾が見えた。濃紺地に銀糸と金糸の文様が織られた重厚なローブ。見覚えのありすぎるデザインに、嫌な予感が胸をよぎる。

「ネビュラーローブ……？」

まさかと思い、頭に手をやる。指先が帽子に触れた。低い円筒形。銀細工の羽飾り。そこから銀糸の飾り紐が三本流れて房になっている。恐る恐る両耳に触れると、飾りがついていた。もしかして……【星雲石のイヤーカフ（魔力増強）】と【星雲石のピアス（魔法効果増強）】なのだろうか。

俺は唾を飲み込んだ。確信する。これは、【宵月】が身に付けていた装備だ。

「落ちつけ、俺。ゆ、ゆっくり考えろ、俺。ま、まままず、始めから思い出してみよう俺」

ボス戦で死んで。パソコンがフリーズして強制ログアウトして、再起動してログインした。

変なイケメン野郎に遇《あ》って。招待された（行き先は不明）。

無理やり連れてこられて（攫《さら》われて？）、現在に至る――

「それで……ここ、どこ？」

心臓の音がさっきから煩《うるさ》い。暑くもないのに額から汗が流れて、手の甲でぬぐった。

これは噂《うわさ》に聞く、バーチャルでマッシブリーでマルチプレイでオンラインなヤツでしょうか。

だとしたら、ものすごくリアルだ。汗が気持ち悪い。腕には鳥肌も立っているのを感じる。

「――あっ！　そうか。ゲームなら！」

ログアウトがあるじゃないか！　そうしようすぐしようさっそくしよう。

俺はメニュー画面を探した。

視界の右上端に白っぽい四角が見えた。なんだろうか。半透明なウインドウが右上にふわりと浮かんでいる。あまりにも不自然だ。でもそこには、見覚えのあるメニューが並んでいた。

「これ、か……？」

よくは分からないが、見たいと思った項目にカーソルが移動していく。どうやら意思でカーソルを動かせるようだ。ちょっと癖がある。慣れるまでには少し時間がかかるかもしれない。どうにかメインメニューをスクロールして一番下……

そこにはあるはずの項目が、なくなっていた。

「え⁉　嘘ぉ⁉　【ログアウト】がない⁉」

何度もスクロールしてみたが、どこにも見当たらない。

ログアウトがあった場所には、その代わりのように【オラクル】という項目が追加されていた。

「なんだこれ……オラクル？」

ご丁寧にも、項目の末尾に付いているヒントマークも再現されている。

「ええと、どうやってクリックするんだ？」

浮かんだ文字を指で触ろうとしたが、すかすかと空を切る。え、なにこれ。どうすればいいんだ。焦る。駄目元で、クリック！　と念じてみた。

ヒントマークがクリックできた。説明のポップアップウインドウが開く。

どうやら念じればクリックできるようだ。脳波と連動してるのだろうか？　なにそのハイテク。

説明書きには、こうあった。


【オラクル】

選ばれた者だけが使用できる特別項目。神様との直通回線。神様と話ができます。留守番電話サービス付。神様不在時、後ほどかけ直します。また、神様の御都合により、着信拒否される場合があります。あしからずご了承くださいませ。

「着信拒否ってなんだよ！　なんなの、最近の神様って携帯的なモノ持ってんの⁉」

　それはそれですごいが、ものすごくシュールだ。

「……でも、まあ、やってみるか……」

　神様っていう奴が、ゲームの管理者なのだろうか。自分を神様って言うとは、なんて痛いヤツなんだ。まあどんなに痛々しいヤツでもゲームの管理者なら、頼んだらログアウトさせてくれるかもしれない。

　俺は僅かな期待を胸に、オラクルをクリックしてみた。

　鈴の音のようなコール音が鳴り、五回目のコールで、ようやく音声に切り替わった。

『こちらは神様直通回線です。お客様のおかけになった番号は、神霊波の届かない場所にいらっしゃるか、アイテール源が入っていないためかかりません。後ほどおかけ直し頂くか、ピーという発信音の後に、留守番電話サービスに接続します。メッセージを三分以内でお話しください』

「届かないのかよ⁉　ていうか電波……じゃなくて神霊波て、何⁉　アイテール源て何⁉　なんか電源ぽい感じのもの⁉」

　携帯電話だったら、力一杯ほうり投げていたかもしれない。

　ピーという聞き覚えのありすぎる音が鳴り、つっこむ気も起きないほどに俺は脱力した。

「……すみません。宵月という者です。お聞きしたいことが山ほどあるので、気づいたら、折り返しお電話ください」

　俺はオラクルを切った。

「はっ！　そうだ！」

俺はメニューからフレンドリストを呼び出した。誰かいれば、何か話が聞けるかもしれない。

期待はすぐに打ち砕かれた。そこには空っぽの枠が表示されただけだった。

「え、ない!?　うそ!?」

フレンドリストは全て消去されていた。しかもメールもチャット機能すらも消えている。

「どういうことだよ……」

まさか。俺一人ってことはない、よな？

不穏な予想が脳裏をよぎり、俺はぞっとした。足下から震えが走る。

俺は頭を強くふった。やめよう。その件は後回しだ。

とにかく、まずは早くこの森を出なければ。暗くなる前に脱出した方がいい。システムが同じなら時間は刻々と経過し、そのうち夜が来る。そして夜には強いモンスターが出没する。

加えて、この、見覚えの全くない景色。

これがゲームだと仮定するなら、新規エリアに違いない。よってどんなモンスターが出てくるのか全く不明だ。情報収集もしないまま迂闊《うかつ》に進むのは自殺行為に等しい。

今後の最善案としては、まずは森を出て一番近くの街に行く。街なら、【冒険者協会】という名のインフォメーションセンターがある。いろいろ考えるのは、それからでいい。

俺はマップ表示機能をオンにしてみた。目の前の斜め右下に、方眼状に緑の線が走った半透明の正方形が表示される。拡大ボタンを押すと、空中にＡ１用紙ほどに拡大表示された。

マップは、俺が知ってるシステムの通りなら、地図を購入するか、宝箱から得るか、拾うかなどして手に入れていれば、入手情報が追加表示されていく。地図を手に入れていなければ、踏破するごとにオートマッピングされていく仕様になっているはずだ。

俺はマップ画面を見て、目の前が暗くなるのを感じた。

何も描かれていない方眼紙のような地図がそこにあった。中央には、自分の位置を表す緑の三角マークが一つだけ、点滅している。その周囲五マス程度の、俺から見えている範囲のみオートマッピングされて、道を示す黄土色に小さく塗りつぶされていた。

「俺が立ってる場所しか、埋まってねえじゃねえか！」

これじゃ出口がどこにあるのか分からない！

どうする。進むか、戻るか。気分的には後ろの道が、出口に繋《つな》がっているような気がする。

「よし。後ろの道にしよう！」

俺はとりあえず、よくあるセオリー通りにしてみることにした。

この後、思い込みとはいかに恐ろしいものかということを実感するはめになるとも知らず。


行けども行けども、薄暗い森の中。

これは、もしかしなくとも、森の奥へ奥へと迷い込んでしまっているのだろうか。

「いや。ここまで来たら、進むも戻るもたいして変わらん。だから、このまま進もう。うむ」

俺は敵に遭遇しないよう、【気配遮断】【物音遮断】の魔法スキルをかけ直した。これで、魔物側から気づかれることはまずない。自分より高レベルの魔物からは気づかれる可能性は高いけど、やらないよりはマシだ。

マップを確認すると、左寄りに蛇行した道がマッピングされている。

途中何度か分かれ道があり、その都度左の道を選択したせいだ。分かれ道があってどうにも判断つきかねた場合、とりあえず左に行くことにしている。

しかし、ずいぶんと歩いた。

マップ名の欄を見ると、《不明》と表示されていた。俺は暗澹《あんたん》たる思いで、無情な文字を眺めた。

「本当に、どこなんだよここは……」

突如、草を慌ただしくかき分ける音がした。

俺は思わずびくりと肩を揺らし、腰を低くした。

ざざざ、と何かが草むらを走っている音がする。

俺は慌てて武器を装備して戦闘モードに切り替えてから、木の陰に身を寄せた。獣だろうか。まさか、魔物……だったとしても低レベルなら、隠れていれば気づかれることはないはずだ。

ざっ、と何か茶色いものが二体、道に転がり出てきた。

それは茶色い耳のついた――

「――へ？」

幼い子供が二人。道のど真ん中で、仲良く手を繋いでちょこんと立っていた。

まるでコピーアンドペーストしたかのように姿形は全く同じだった。ふわふわした茶色いおかっぱ頭には、ふかふかした手触りよさそうな、大きな茶色い三角形の耳がついている。

左側の子は、左耳だけに丸い黒いブチ柄。

右側の子は、右耳だけに丸い黒いブチ柄。

お尻の辺りで揺れているのは、大きなふさふさの茶色いしっぽ。

まるで鏡に映したように革製の旅鞄《たびかばん》をたすき掛けにして、お揃いのキュロットと革製のサンダル、フード付きのポンチョを着ている。見た目から判断するに六歳くらいだろうか。

け、ケモノ耳、きた——!!

少女たちが勢いよく、俺のいる方の木の陰へ顔を向けた。

やばい、俺、もしかして声に出ちゃってたのだろうか。それとも心の声が大きすぎたのか。

「「やっぱり、人、いた!」」

「「匂い、した!」」

まるで二重奏のように、少女たちの言葉が綺麗《きれい》に重なった。

——匂い?

その言葉を聞いた瞬間、俺は血の気が引いた。

まさか、もしかしてここには、匂いの設定もあるのか!?

それならば、【気配遮断】と【物音遮断】だけじゃまずい。匂いに敏感なモンスターには見つかってしまう確率が高くなる。だけど、俺は【匂い遮断】の魔法スキルなんて持っていない。

はた、と気づく。そういえば、一番最初に、木や草や土の匂いがした。したじゃないか。あまりにも当たり前なことすぎて、逆に気づけなかった。

俺は息を呑《の》んだ。

そうだ。あまりにもリアルすぎるのだ。ここは現実じゃないのに。ない、よな?

双子みたいな少女たちが俺の目の前まで、飛び跳ねてきた。

「『冒険者？』」

「え？　ま、まあ、そうだけど」

「『お前、ちょっと来る！　助ける！』」

双子に左右から挟まれ、腕をがしっと摑《つか》まれた。

「うわっ！　ちょっ、ええと、あの、君たちは……」

「『お願い、助ける！』」

「助ける！　って……君たちをかい？」

少女たちが首を横に振った。

「『ちがう！　灰色の竜のお兄さん！』」

「灰色の竜のお兄さん？」

「『こっち！』」

「え、ちょっと！」

俺は腕を引かれるまま、脇の草むらへと引きずり込まれた。


腕を引かれるまま走ること、十分ほど。

「ちょっと、ぜえ、どこまで、はあ、走るの？」

「『もう少し！』」

「もう少し、って――」

突如、鼓膜が破れそうなほどの鋭い咆哮《ほうこう》が轟いた。それからすぐに、脳がかき混ぜられるような振動。森に生息する獣にしては大きすぎる咆哮が、長々と森全体に響き渡った。

俺と双子（だろうと思うどう見ても）の少女たちは、思わず耳を押さえてしゃがみこんだ。

「な、なんだ今の⁉」

普通の獣の咆哮じゃない。先程の余波なのか未《いま》だ木々が、草が騒《ざわ》めいている。聞く者を全てを震え上がらせるような獰猛《どうもう》すぎる咆哮だった。それは、まるでボスモンスターのような――

「い、いやいや。まさかね……」

俺の両脇に身をぴったり寄せてきた双子の耳は完全に伏せられ、震えていた。しっぽもすっかり内側に丸まってしまっている。大きな瞳には、今にも零《こぼ》れそうなくらい涙が溜《た》まっていた。

だというのに、咆哮が収まるやいなや、双子は決死の表情で立ち上がった。

「「急ぐ！」」

双子がまた俺の両腕を摑んで引っ張った。震える小さな手で。

「い、急ぐって」

「「灰色の竜のお兄さん、食べられる！」」

「食べられ……え？」

草むらの陰に、灰色の血溜まりのようなものを発見した。双子がそれに近づいて、鼻を鳴らす。

「血……じゃないか。灰色だし。体液？」

双子が匂いを確かめるように空中を嗅いでから駆け出したので、俺もその後を追った。

双子が立ち止まった。

その視線の先には——灰色の鈍い光を放つ大きな腕が一本、落ちていた。

わざわざ凶悪に見えるように仕上げたのだと言わんばかりの恐ろしい見た目だった。腕を覆う鈍色の鱗《うろこ》は、剣が刃こぼれしそうなほどに厚く硬そうだ。指先の爪は肉食系の大型爬虫類《はちゅうるい》のように太く鋭い。肘の辺りで分断された傷跡は、もぎ取られたように無惨な状態だった。

もぎ取られた……？

「なんだこれ。まさか、モンスターの腕……？」

少女たちが、とても大事そうに、抱きしめるみたいに、灰色の腕を抱え上げた。

「「ちがう！　これ、お兄さんの腕！」」

「お兄さんの腕……？」

君たちの言ってるお兄さんって、一体どんなヤツなんだよ。明らかに人ではない気がするんだが。いや、もしかして亜人種系なのかもしれない。そうであってほしい。お願いだから。

現在までに実装されている亜人種は確か、少女たちのような【犬人族】、半人半猫の【猫人族】、所謂《いわゆる》エルフっぽい【エルファーシ】、角が頭に生えている鬼っぽい【ゴルドオール】の四種族だ。

もしかして俺の知らない間に、新種族でも実装されたのだろうか？

うむ。きっとそうだな。そうに違いない。硬い鱗があるから、竜人族、とかだろうか？　双子も、竜のお兄さん、と言っていたし。

それにしては、この腕……かなり、凶悪な見た目をしているんですが。どう好意的に考えても邪悪系にしか見えない。禍々しさ大爆発って感じなんですけど。

再び咆哮が響き渡り、俺と双子は再び耳を押さえてしゃがみ込んだ。

「な、なあ。君たちのお兄さん、って」

双子が顔を半分ほど草むらから出し、耳をぴんと立てて、辺りを見回し始めた。

「「いた！　あそこ！」」

双子の小さな指が指し示す方向に視線を巡らすと、そこには、腰まで埋まりそうな草むらの中に木が生えており、その幹に背を預けるようにして——鈍い灰色をした何かが、座り込んでいた。

「「お願い！　お前、助ける！」」

「わ、分かったよ。分かったから、腕を放してくれるかい？」

双子はようやくほっと安堵《あんど》した表情で、俺の腕を解放してくれた。子供に頼られたら、大人としては応《こた》えてやらねばなるまい。それが大人の責任と義務だ。

「その腕、俺に渡してくれる？」

はい、と双子が差し出す。俺は灰色の体液にまみれた不気味な腕を受け取った。

その瞬間、あまりの重さに小さく呻《うめ》いた。

何度見ても、なんとかデーモンのような腕にしか見えないんだが。しかも重い。重いが、運べない重さではない。所持重量限界をオーバーしていたら、移動にマイナス補正がかかってしまっていたところだ。

俺は双子に補助魔法をかけてやってから、意を決して、デーモンみたいな、いや、少女たちの言う灰色の竜のお兄さんが見え隠れする場所に向かって、草むらを駆けだした。

近づくと、灰色の——なんとかデーモンのような姿をした何かが、ゆっくりと顔を上げた。

鋭い灰色の目と視線が合った瞬間、俺は思わず足を止めてしまった。

こ、怖ぇ！　ちょ、マジで怖いんですけど！　竜人族じゃないよこれ⁉　何の種族⁉

俺より二回りは優に大きい。一応人型はしているが、全身は硬そうな灰色の鱗で覆われ、手と足には太くて鋭い爪がついている。頭には折れ曲がった歪な角、大きな口には金属板もばりばり割りそうな牙が無数に並んでいる。

双子が説明してくれたように、百歩、いや千歩譲って、竜のように見えなくもない。

本当にモンスターじゃないんだよね、と俺は双子に聞きたかったが思いとどまった。耳を伏せ、小さな身体を微かに震わしながら、潤んだ期待の眼差《まなざ》しが二組、俺を見つめている。これに抗《あらが》える奴がいるだろうか。いや、いない。

俺はなけなしの勇気をどうにか掻《か》き集《あつ》めて、灰色のお兄さんに声をかけた。

「だ、だだ、だだだ大丈夫、です、か？」

お兄さんが、ぎょっとした表情で俺を見上げ、上体をのけ反らせた。

俺もぎょっとして上体をのけ反らせた。

ぎょっとした表情、と思わず表現したが、そういう感じに見えたのだ。

縦に割れた灰色の瞳が見開かれて、こちらをぎょろりと向く。子供なら泣き出しそうなレベルの怖さだ。でも俺は大人だからな。ここで叫んだら、子供が見てる手前恥ずかしいからな。

「お前は……」

しゃべった！　どうやら言葉は通じるようだ。よかった。会話が成立するなら、なんとかなる。

「通りすがりの冒険者です。この子たちに、助けてくれと頼まれて来ました」

お兄さんがぎょろりと双子のいる草むらを見た。動きが怖すぎる。泣きそう。

「お前ら！　逃げろ、と言っただろうが！」

「「だ、だって！」」

双子が駆けてきて、お兄さんの側《そば》に座った。とんでもないことに、このデーモンお兄さんを怖がるどころか懐いているようだ。一体どういう関係なんだ。まさか生き餌……てことはないか。なんだろう。どちらかというと、まるで家族のような……家族？　いや、ないないない。種族違うし。

とにかく、このまま怒らせとくのも危険な気がして、俺はなけなしの勇気を奮い立たせて間に割って入った。

「ま、まあまあ、お兄さんが心配だったんですよ」

見た目最恐なお兄さんが、不思議そうに俺の方を見た。

「……お前、俺が怖くない、のか？」

「いや、怖いに決まっ……いやいや、まあ、最初はものすごく怖かったけど、しゃべってみると普通なので、まあ、なんとか……うん。平気……だと思う」

「そう、なのか？」

お兄さんが戸惑っている。どうやらお兄さんも、自分の姿を気にしてはいるようだ。

首をかしげている姿がなんだか不似合いで妙に可笑《おか》しくて、俺は少しだけ笑ってしまった。なんだ、本当に普通じゃないか。姿は怖いけど。悪い人（？）じゃなさそうだ。双子も懐いているようだし。姿は怖いけどな。

「腕を治すから、じっとしていてくれ」

俺は持っていた重い腕を、デーモン……違った、お兄さんの千切れた腕の付け根に押し当てながら、内心唸った。俺の知ってるゲームシステムでは、身体パーツの欠損というダメージ効果はなかったはずだ。だというのに――。

俺は背筋がうすら寒くなった。そんなリアリティの追求はしなくて結構です。

「【完全なる元素組成修復】」

魔導学者が持つ全回復スキルだ。僧侶系なら【大いなる奇跡】という名の魔法スキルになる。レベル80の僧侶で八回、レベル80の魔導学者で七回かけられるほどのMP消費量だ。僧侶が一回分多いのは、神様補正がついている故らしい。

淡い光が消えたのを確認して、手をそっと離す。

「どうかな？」

お兄さんが腕をゆっくり回して、鋭い爪のついた手を握ったり開いたりした。

「……大丈夫なようだ。……ありがとう。助かった」

「いえいえ。どういたしまして」

「しかし、すごいな。こんな上位魔法、俺は初めて見た」

「そうなのか？　まあ、俺の職は特殊だし、効果は同じでもあまり見たことないエフェクトがかかるからなあ――ぐほあっ」

突如、双子が俺に突進してきた。鳩尾《みぞおち》へのクリーンヒットに、低く呻く。

「なに、し、」

双子が、耳をせわしなく動かしながら俺に強くしがみついてきた。

「きた！　アイツの匂い、近づいてる！」

「きた！　アイツの足音、近づいてる！」

「アイツ？」

お兄さんが舌打ちした。

「くそ。もう嗅ぎつけてきたのか……これは、どうやっても逃げられないってことか……」

お兄さんが立ち上がる。予想以上にでかかった。俺の頭四つ分くらいは背が高い。そして怪獣、いや、泣く子も黙る風貌。尾もトゲが並んでいて凶悪です。

「アイツって、何？」

「この森の、ボスモンスターだ」

「ぼす」

やっぱりそうか！　激しく納得する。なんだか咆哮が普通じゃねえもんな！

「一度エンカウントすると、もう逃げられんようだ。どこまでも執拗《しつよう》に追いかけてくる。まさか、昼間から森の中をうろうろしてるとは思わなかった」

「うろうろしてたんか！」

まさかのランダムエンカウントボス!?　なにその神経すり減りそうなヘビィなエリア！

「も、森から出れば……」

「ここから森の出口まで走って追いつかれなければいいがな。ヤツはでかい図体《ずうたい》をしているくせに、やたらと俊敏だ。鼻も利く。遠くに見えたと思ったら、あっという間に目の前にいる」

「ええっ」

そんなに素早いなら、運動系スキル捨ててる魔道士系の俺なんて、あっという間に追いつかれてしまう。

「戦うしかないってことか？」

「まあ、そうなるな。だから、俺が戦ってる間にチビたちを逃がそうとしたんだが……」

双子が握りこぶしを上下に振りながら、飛び跳ねて怒った。

「「一緒に戦う！　怖くない！」」

ボス戦をたった一人でやろうとしたのか。なんて無謀な。

お兄さんが俺をすまなそうに見る。すまなそうな気がした。そんな雰囲気。見た目が怖いから、なんだか分かりにくいが。

「出会ってすぐにすまないが、チビ共を連れて、この森から出てもらえないか。頼む」

「俺、地図を持ってないから出口が分からないよ」

「チビ共がマッピングしてる。誘導してもらえばいい」

「あんたはどうするんだ？」

「俺は、アイツの足止めをする。だから――」

「一人でか？　無理だよ！」

「だが、そうするしかない」

俺は少し考えてから、お兄さんに向きなおった。今すべき最善の策は、背水の陣ではない。

「これはあんたが弱いから言うんじゃないぞ。すげぇ怖……じゃなかった強そうだし。でも、もし、あんたがすぐに倒されたら、俺たちは即追いつかれてやられてしまうだろう。一人で戦う気なら、その確率は決して低くない」

　お兄さんが口ごもった。

「だが」

「俺も戦う。冒険者登録は、してるよな？」

　信じられないことに、お兄さんの腕には幅広の皮紐に長方形の薄い金属板が打ち付けられたバングルがついていた。冒険者証だ。どんな腕の太さにも関係なくフィットする驚きのフリーサイズ仕様。ごつごつトゲトゲとしたお兄さんの腕にもぴったりフィットしている。

「あ、ああ」

　なら簡単だ。

「てことで、あんたのパーティに俺を入れてくれ。――ほら早く！　急いで！」

　パーティメンバーに入れれば、発動中のクエストに強制参加という形をとれる。他にも、パーティを組む恩恵は大きい。広域攻撃魔法を放った時に巻き込まない、というのが一番大きい恩恵だ。このゲーム、単なる共闘だと、自力で範囲外に避けてもらうしかない。

　畳み掛けるように急《せ》かすと、お兄さんが一度だけ唸り、仕方なさそうに冒険者バングルに付いている金属板を二度叩《たた》いた。

「【解錠】」

　空中にＡ４程度のウインドウが開いた。鋭い爪で器用に操作しているのを見ながら、ちょっと感心する。紙だったら絶対破ってる。

「【パーティメンバー募集】、お前名前は？」

「【宵月】」

「……対象者指定【宵月】」

ポーン、と音がして、俺のバングルにある丸い部分が点滅している。なるほど。バーチャルになると、こういう感じになるようだ。

俺もお兄さんを真似《まね》て、点滅している丸い部分を叩いてみた。

「【解錠】？」

「……なんで疑問形なんだ」

「まあ気にするな」

冒険者証のウインドウメニューが空中に開いた。上の方に、新規情報が水色の太字で強調表示されている。

『ジェイス・センバーより【パーティメンバー募集】の申請が入っています。承諾しますか？』

俺は【はい】を押した。

「おお。できた」

冒険者ウインドウのパーティメンバーの欄に名が連なっている。

パーティ名【蒼銀《そうぎん》の風】
リーダー　ジェイス・センバー
メンバー　レフト　ライト　宵月

ん？　左、右？

「……レフト、ライト」

「はい！」

「はい！」

少女たちが順番に挙手し、元気に返事をしてくれた。最初に挙手した子の左耳にブチがあり、次に挙手した子の右耳にブチがある。俺は目頭を押さえた。

「お前、なんて名前の付け方してんだ！　女の子なのに可哀想だろ！　もっと考えてやれよ！」

「俺じゃねえよ！」

また咆哮。あまりの近さに驚くよりも先に背筋に冷たいものが走った。

ジェイスが空中に浮いたウインドウを消しながら、俺を見て目を開いた。いや、だから目を大きく開くのやめてほしい。心臓に悪すぎる。

「お前、レベル96なのか！　しかも【魔導学者】って……聞いたことがない」

「そうか。まあ、レアな職業だからな。偶然クラスチェンジアイテムが手に入ったんだ。でもこのクラス、魔導士系としての能力値は凄《すご》いんだけど……」

それはもう、どんなクラスの追随も許さないほどに。魔導士系では最強なんじゃなかろうか、この嘘《うそ》のような神ステータス。ただし――唯一のネックが。

「ＨＰがチビ共並みだな。バイタリティなんて――」

「言うなよ！　分かれよ！　俺があえて言わなかったんだから！」

密集した木々の隙間から、いくつかの木がなぎ倒されて吹き飛ぶのが見えた。

もうもうと立ち昇る土煙に目を凝らすと、その向こう側には、空を覆う木々と同じくらいの背丈をした、赤黒く巨大な――

兎《うさぎ》が直立していた。

紅《あか》く光る、吊《つ》り上《あ》がった四つの大きな目。真っ赤な口内には、赤黒い牙がびっしりと並んでいる。爪も明らかに草食動物のものではない。太くて鋭い、肉食動物系の爪だ。かつては白くてふわふわしていたであろう体毛は、口元と両手と腹の辺りを中心にして赤黒く斑《まだら》に染まっている。今に至るまで喰《く》い殺してきたものの返り血だろうか。見る者の背筋を凍らせるには十分な効果を発している。

なにこのホラー系兎。怖すぎる。

「う、兎⁉　ちょっと、あんなホラーな兎、初めて見たんだけど⁉」

「血塗られた野兎【ブラッディ・ヘア】。昼間は寝ている、という話だったんだがな。何かに起こされたのか、それとも起きるようなことがあったのか……」

兎が跳ねてきた。赤いよだれを垂らしながら。

「来るぞ！　下がれ！」

ジェイスが前衛に移動しながら指示を飛ばした。

双子は隊列の中央へ。俺は最後衛に移動しながら【暝闇の書】を構えた。ページがぱらぱらと捲《めく》れだし、足下には魔法陣が現れ、詠唱モードに入る。

俺は【よく使う魔法リスト】を呼び出した。理を解する者は十個まで登録できる。ちなみに普通の魔道士は五個。戦闘中に魔法リストをだらだらとスクロールして探さなくてもいいので、とても便利な機能だ。俺はその中の一つを選んだ。

「足止めする！　――我、アイテールを通し土の元素へ干渉」

ページの上、その中空に、夜空の星々のように小さな光点がいくつも現れ、それは細い光の線で次々と繋がれていった。まるでプラネタリウムに描かれる星座のように。

光の線は正六面体を描き終えると、残った星々を纏わせながら、くるくると回り始めた。

途端、呪文のスペル全文が脳内に浮かび、不自然なほどにすらすらと口が動いていく。なんだこれ。戸惑いながらも、俺はそれに従うことにした。でなければ死ぬ。確実に。

「砂塵《さじん》よ集積し、硬き固体として再変成せよ――【石化】」

凶悪兎の足下の地面から、土が爆発的に盛り上がった。

兎の足を取り込みながら収縮し、石となって固まっていく。【石化】は詠唱が短く、且つ拘束時間のそこそこ長い、使い勝手のいい足止め用魔法スキルだ。これでしばらくは保《も》つだろう。なんらかの足止めをしては詠唱。基本だ。詠唱中に攻撃されたらマジで泣けてくるから。

「お前、詠唱早すぎないか!?」

詠唱短縮スキル、マックスのレベル１００ですから。

「強化魔法かける！　我、アイテールを通し、対象素体を構成する全ての元素へ干渉せん」

正六面体が消え、今度は複雑に組み合わさった図形が光で描かれる。

「【アイテールの再照射による素体補強】」

複雑な図形が眩《まばゆ》い光を放つ。その光は俺たちを包み込み、残滓《ざんし》のように微かに表面に留まった。

「今のは何だ？」

「攻撃・防御・命中率・素早さとかいろいろアップする。全パラメータを一時的に一・五倍する。全員にかけたから、今のうちに畳みかけよう！」

「「畳みかけよう！」」

双子がショートボウを同時に撃った。なるほど、【同時撃ち】なら、与ダメージにプラス補正がつく。

ジェイスが大きな鋭い爪で斬りかかり、三回目の斬撃で凶悪兎の右腕が吹き飛んだ。

いける。これなら勝てる気がする。

【解析】スキルでボスの頭の上に簡易の状態パラメータが表示されているのが見えた。さっきの攻撃で、HPが十五分の一程度、削られていた。

「十五分の一、HPが削れた！　これなら、頑張れば俺たちだけでもいけるかもしれない！」

「おう！」

ジェイスの攻撃の隙間を縫って、俺が風系の攻撃魔法を放ち、双子が連射で追撃する。ジェイスが攻撃している間に、俺が全員を回復。

三十分以上は経過しただろうか。攻撃と回復を何度も何度も繰り返した末に——凶悪兎が、断末魔の咆哮をあげて後ろへと倒れた。地響きと、草葉と土埃《つちぼこり》が舞う。

「……た、倒した、のか……？」

「……みたい、だな」

全員で顔を見合わせる。

「や」

「「や」」

「やったあああー!!」

「うおっ」

俺と双子はジェイスに全力で突撃して抱きついた。


勝利したとは言え、やはりボス戦には相当な時間がかかってしまった。

木々の隙間から覗いていた空色はすっかり藍色に移り変わっており、辺りは薄暗い。暗い中を無理して進むよりはと、俺たちは道の途中にある野営ポイントで、一晩すごすことに決めた。

そして、どんな時でも腹は減る。

お兄さんが用意してくれた焚《た》き火《び》の前の椅子（木を倒して置いただけ）に腰を下ろし、俺は腰の後ろにぶら下げている旅鞄を開けてみた。

ウインドウが開き、中に入っている所持品のリストが表示される。

それを見て俺は深く安堵し、感謝した。これは協会から購入できる冒険者専用の旅用鞄で、上限はあるが見た目以上に物を入れられ、しかも軽い。そんな便利な四次元ポケット魔法付き。よかった。なんの変哲もない、通常の鞄の中に生肉やら謎の品やら武器やらを原形のまま一緒くたに詰め込むのは、重量的にも視覚的にも遠慮したい。

「さて、何を作ろうかな」

ソロでやってる時間の方が長かったので、食材は結構持ち歩いている。

調理ランクは下から、Ｅ、Ｄ、Ｃ、Ｂ、Ａ、Ｓ、ＳＳ、ＳＳＳとあり、１００レベルごとにランクが上がっていく。あまり料理効果に頼らない人はＣくらいまでで止まっていることが多いようだ。俺の調理ランクはＳＳのレベル9。レシピも豊富にあり、大抵のものは作れる。

たかが調理と侮ってはいけない。美味《うま》く作れれば、それだけ調理効果が期待できるのだ。ＨＰ30％アップとか、ＶＩＴ《バイタリティ》アップとか、防御力アップとかな！　ＨＰが少な、いや、心もとない俺のような後衛職においては、生死を左右するものだと言っても過言ではない。

それにだ。さっきから腹が減って、とにかく何かを食べたい。ここでも空腹システムはしっかり引き継がれているようだ。それ以前に、生物であるなら食べなければ動けないのが理《ことわり》だけど。

俺は鼻歌を歌いながら調理道具と、新鮮な野菜と、保存状態のとてもいい干し肉と、よく冷えた牛乳瓶と、バターと、小麦粉と、各種スパイスを鞄から取り出し、手に取って、はたと止まり考え込んだ。というか、途方にくれた。どうしろと。え、まさかのセルフ調理？

いや、まてよ。

俺は取り出した食材をまた鞄に戻した。それから、今度はレシピのリストを呼び出した。リストから料理名を選択。作り方が表示された。必要な道具と食材も載っていて、クリックした順に目の前に現れた。

「なるほど……あとは料理人の腕次第ということか」

俺はレシピ通りに、まな板の上に最初の具材を置き、ナイフを手に取った。

ふと視線を感じて横を向くと、双子が正座し、両目をキラキラさせて見上げてきていた。

「「さっきの兎の肉、使う？」」

さっきの凶悪兎からは、いろいろな新素材がとれた。その中に、あろうことか【血塗られた野兎の腿《もも》肉】が四つも手に入ってしまった。俺は湯気の立つ鍋の中をこげないように時々かき混ぜながら笑みを浮かべて、首を横に振った。

「……使わない。売る」

「「ええ～！　なんで～⁉」」

「だって気持ち悪かったじゃんか、あのホラー兎！　絶対腹壊すって！　呪われるって！」

なんと言われようと、絶対に、断固拒否する。いかに食材ランクが高かろうと、無理してまで食べようとは思わない。しかもあのホラーな見た目が記憶に新しすぎる。

「美味《おい》しい干し肉と新鮮野菜のクリームスープ作ってやるから。な？　それより、ジェイスのヤツ、遅いな」

荷物を回収してくると言って森の中へ行ったきり、三十分以上は経《た》っている。

心配になってきて見に行こうかと思い始めた頃、草むらが大きく揺れた。帰ってきたようだ。

「お帰り！　なかなか帰ってこないから心配して……って、お前、誰だよ」

そこには、頭にざっくりと黒い布を巻き、ポケットがたくさん縫い付けられた機能重視の黒いコートを羽織った、二十代後半っぽい男が立っていた。

背は高く、重量感のある大きな剣を背負っている。筋肉が程よくついた身体は、見るからに強そうだ。ばさばさとした灰色の髪に、灰色の瞳、肌は焼けないのか、やや灰っぽい白色。耳先はやや尖《とが》っている。目つきは鋭く、クール系の整った顔立ち。

くそ、イケメンか！　求めてないから！　俺は可愛《かわい》い女の子に会いたい！　ボンキュボンのダイナマイトボディ美女でも可！

「………俺だ」

男が、無愛想にぼそりと答えた。

「【俺】っていう名前の人は知りません」

「だから、俺だ」

だから、俺って誰だよ。ふざけてんのか。喧嘩《けんか》なら買……わないが。万事話し合いで解決しよう。平和が一番。いや、まてよ。もしかして。

「【オレ】っていう名前か？　カフェ・オレみたいな――」

「違うわ！　ジェイスだ！」

ええ、どういうことだよ。

「説明を求める」

俺は完成したホカホカスープを双子に渡し、ジェイスだと主張する男にも、とりあえずスープをよそってやりながら胡乱《うろん》げに見上げた。仕草からなんとなくだが、あの灰色凶悪デーモンお兄さんとこの人間ジェイス（仮）から同じ気配がするから、信じられないことだが同一人物な気はしないでもないが――

「あの姿と、今の姿が結びつかない」

人間ジェイス（仮）は、眉間に皺《しわ》を寄せながら低く唸った。俺の犯罪者を見るような不審な視線に耐えきれなくなったのか、大きな溜め息をついてから、ぶすっとした表情で口を開いた。

「……俺は、【半竜人】だ」

「はんりゅうびと？　【半竜人】？　——あっ！」

俺は思い出し、脳内のモンスターリストを繰った。


【半竜人】

竜と人の間に生まれた、禁断の落とし胤《だね》。

竜は本来、生まれながらにして各属性に則した【色】をもっている。

けれど、人の血が混じると竜の血が濁り、灰色になるという。その姿は本来の竜の姿も、人の姿もとれず、禍々しき異形となる。

竜の血が入っているため、強大な力を持つ。力の強い者であればあるほど完璧な人型に変化することが可能なため、ひとたび人の中に紛れてしまえば見つけ出すことは難しい。

なおかつ、人型を完璧にとれる者ほど、恐るべき攻撃力・防御力・身体能力を持つ。

よほど腕に自信のある冒険者でなければ、まともに戦うことすらできないだろう。

～モンスターリストNo．865より～


て、モンスターじゃねえか！

口から飛び出そうになった言葉を、唾液と一緒にどうにか飲み込んだ。

「な、納得した。でも、よく冒険者登録ができたな？」

「……人と変わらないくらいに、【変化】できるからな」

それはつまり、よほど腕に自信のある冒険者でなければ、まともに戦うことすらできない感じですか。そうですか。

俺はスープをジェイスに差し出した。ジェイスが不思議そうにこちらを見返してくる。

「ほら。熱いんだから、早く受け取れって」

「あ、ああ。悪い」

俺は自分の皿にスープをよそった。こういう場合、匂いがあるのはいいな。美味しそうだ。

俺は両手を合わせた。

「いただきます」

「「いただきます！」」

ジェイスが慌てた様子で腰を浮かせた。

「……ちょ、おい、ちょっと待て！　何か他に言うことないのか？」

「食べる前には、いただきます、だろ。他に何かあるのか？」

「いや、そうじゃなくてだな」

「なんだよ」

スープをすくって口に含む。クリームのとろみと甘みが程よく、自分で作っておいて言うのもなんだが、すげえ美味い。

「――【パーティ脱退申請】を、しないのか？」

「は？　なんで？」

「俺と一緒でいいのか？」

「お前いないとダメじゃん。前衛のお前。中衛のチビたち。後衛の俺。パーティとしては、なかなかいいバランスじゃね？」

「いや、だから」

「まさかお前、俺追い出そうとしてる？　俺に一人で行けっていうのか！　右も左も分からない俺に向かって！」

「そうじゃなくて！　ていうか右も左も分からんのかお前」

「わからん。だから俺を街まで連れていってくれると、とても助かる」

ジェイスが不思議そうな顔をした。

「わからんって……お前、どこから来たんだ？」

「わからん。途中から記憶があやふやで、はっきりしないんだ」

「……記憶喪失、か？」

記憶喪失か。説明するとややこしくなるから、とりあえずそういうことにしておいた方がいいかもしれない。

「……みたい、かな？」

ジェイスは小さく嘆息すると、くしゃりと前髪をかき回した。

「わかった。街まで一緒に行こう。お前がそれでいいなら……」

俺はほっとした。

「うん。ありがとう」

「「わーい！　小さいほうの青いお兄さん、一緒！　うれしい！」」

「小さいほうって言うな！」

恐ろしいことに、俺の外見はあの『宵月』ではなかったのだ。髪と目の色を除けば、全てがリアルと同じ容姿になっていた。どういうことだ。

今の俺は、知性滲《にじ》み出るインテリジェンスな三十代の、すらりとした長身の、凛々《りり》しく賢そうな青年学者姿ではない。

調理している時、鍋に張った水面を見て、俺は言葉を失った。

そこには、生まれてこのかた飽きるほど見慣れた顔が映っていたのだ。よく高校生と間違われる童顔。低い鼻。跳ねたくせっ毛。その色違い版、例えて言うなら２Ｐカラー版俺が。そしてあろうことか……リアル低身長まで戻っていた。俺は心の中で泣いた。

第二章　辿り着いたのは見知らぬ街

森を抜け、ジェイスたちと一緒に道なりに進んでいくと、街らしき場所に到着した。紺碧《こんぺき》の美しい海をぐるりと囲む起伏の激しい斜面には、白っぽい壁面の建物が埋め尽くすように建っている。そんな青と白の鮮やかなコントラストを見ていて、ふと、いつか見た旅行雑誌を思い出した。そう、確かあれは、コート・ダジュールという場所だっただろうか。見開きいっぱいの紺碧の海岸線に沿った、美しい白亜の街。

そんな風光明媚《めいび》にすぎる街に入ってすぐの広場には、女神の石像が肩にのせた瓶から水を注ぎ続けている円形の大きな噴水があり、その周囲には出店が数え切れないぐらい軒を連ねていた。人通りも多く、積載量オーバー気味な馬車も縦横無尽に行き交っている。はぐれると迷子になりそうだ。

そして、俺の知らない街です。

「……なあ。教えてくれ。ここ……何ていう街なんだ？」

隣を歩くジェイスが驚いたように振り返ってきた。お前、なんだか驚いてばっかりだな。

「商業都市ハスラータ。知らないのか？」

「知らない。初めて聞いた」

「お前……本当に、何も覚えてないんだな」

すげえ驚かれた。どうやら結構有名な街のようだ。でも俺の知ってるゲーム内には、こんな街はなかった。

「俺、【冒険者協会】に行きたい。連れていってくれないか？」

「ああ。俺も用事があるから、今から行こう」

中央広場を横切り、東の大通りへ。

その中ほどに、白壁仕様のおしゃれな外観をした、三階建ての大きな建物が見えた。

分厚い木板に金属を打ち付けた両開きの扉の上には、冒険者協会、と大きく書かれた看板が掲げてある。見慣れた筆跡の看板に、俺は深く安堵した。

「よかった。同じだ……」

「何が？」

「いや、なんでもない」

俺は、はやる気持ちを抑えながら駆け寄って、扉を開けた。かなり重そうに見えたが、扉はするりと動いた。なんらかの魔法でもかかっているのかもしれない。

中は冒険者たちで溢《あふ》れ返っていた。ちょっと汗臭い。この集団の中に、長い間風呂に入ってないヤツがいるな。間違いない。

目の前には、円形のカウンター。中には四人の受付のお姉さんが座っている。

俺は真ん中のお姉さんの前に駆け寄った。

さらっとした黒髪のショートヘアがよく似合う、伏し目がちな表情が大和撫子《やまとなでしこ》な、物静かな印象のお姉さんだ。

「すいません」

「はいはあい！　皆様の冒険を陰日向《かげひなた》に超サポート！　冒険者協会にようこそぉ！　どんなご用件ですかぁ⁉」

……ものすごいエネルギッシュなお姉さんだった。

「あの、聞きたいことがあるんですが」

「ご質問ですね⁉　冒険者のかたでしょうか⁉」

「は、はい」

「じゃ、冒険者証の提示をお願いしまあす‼」

「ど、どうぞ」

俺は左腕をカウンターにのせ、見やすいようにと冒険者証の金属板部分を上にした。

お姉さんがスマホのような形をした読み取り機をその上にかざすと、ポーンと音がした。お姉さんの前に半透明のウインドウが浮かびあがる。

「はい！　ありがとうございました！　……あれれ？」

お姉さんがウインドウを見て首をかしげた。

「どうしました？」

「ええっ何ですかこれ⁉　もう、冒険者番号の末尾に、文字が入っちゃってますよ⁉」

もう、て怒られても。

「見間違いじゃないですか？」

冒険者番号は、数字の連番になってるから、文字が入ることはありえない。

「見間違いじゃないです！　ほら！　最後の字が！」

　お姉さんはウインドウをくるりとこちらに回し、細い指で一点を指し示した。そこには俺の名前と、その下には俺の冒険者番号が『Ｎｏ．００２８７６９Ｉ』と表示されている。

「お姉さん。ちゃんと『１』、になってるじゃないですか」

「貴方《あなた》の目は節穴ですか！　もっとよく見てください！」

　美人に節穴って言われた……軽くショックを受けながら、俺は顔を近づけてみる。そしてようやく気が付いた。

「『Ｉ』になってるじゃねえか！」

「でしょう⁉」

　誰だよ、この番号登録したヤツ⁉

　カウンターで騒いでいたせいか、ジェイスが寄ってきた。

「どうした？」

「ジェイス！　聞いてくれよ！　俺の冒険者番号が！」

「冒険者番号？」

　ジェイスに気づいた黒髪ショートの美人が、頬を染めた。目も煌《きら》めいている。お姉さんは俺を押しのけそうな勢いで、カウンターに身を乗り出した。

「きゃあ、ジェイス様！　お久しぶりですぅ！　お元気そうで、ナーユ嬉しい！」

　後ろの三人の受付お姉さんが、羨ましそうにこちらをチラチラと見ているのに気づいてしまった。くそ！　これだからイケメンは！

　ふ、と頭上で息が漏れたのを感じた。

「……おい。お前、笑ったな。笑っただろ、今」

「いや、笑ってない」

「笑っただろ！　頭に息がかかったぞ！」

「呼吸だろ。しかし、こんなことあるのか？」

「いえ、私たち協会の管理システムは安心・安全・万全です！　こんなことありえません！」

　お姉さんが胸を張る。

「でも現に『1』が『I』に……」

「ありえません！」

「でも、これ……」

「あ・り・え・ま・せ・ん！」

　ありえないのは分かったから、どうすればいいんだ。

　ジェイスが見かねて助け船を出してくれた。

「直せないのか？」

　お姉さんが頬を染める。恥ずかしそうにもじもじと上目遣いに答えてくれた。ジェイスに。

「ご安心ください！　本部に修正をお願いしておきますから！　まあ、今のところエラーも発生してないようですし、問題なく使えているようですので、当分はこのまま使って頂いても差し支えないと思います！」

「だそうだ」

「……まあ、使えるなら、もういいや、これで」

「あれれ？　でも、出身地が消えてますね！」

「おいいい⁉　エラー発生してんじゃねえか！」

「そんなこと言われましても、私たちにはどうしようもありません！　まあ、何か他に重大なエラーが出ちゃったりしたら、もう一度窓口までお越しください！」

やぶ医者みたいな回答をされた。『まあ今のところ大したことなさそうだし、病状が進行したらまた来てください』的な。あれはイラッとするよね。

「他に何かご質問はございますか⁉」

ジェイスの滞在時間を延ばすためか、お姉さんが次の質問を催促してきた。そうだった、番号問題が衝撃的すぎて、あやうく大事な質問を忘れるところだった。

「そうだ、もう一つ質問が」

「はい、なんでしょうか⁉」

「俺、ログアウトができないんですが」

「ログアウト、ですか？」

「メインメニューの一番下にあったのに、消えてしまってるんですけど」

お姉さんが、不審そうな表情で俺を見た。なんだろう。俺、何か変なこと言ったか？

「違う項目に置き換わってて……て、お姉さん。聞いてますか？」

お姉さんは困ったように眉尻を下げ、ジェイスを見上げた。

「ジェイス様。今回のご依頼、随分大変だったんですね。心中、お察し致します！　この方、随分とお疲れのようですよ？　幻覚まで見るなんて……」

「幻覚なんて見てない！　だってほら！　見てくれよ！　ないだろ、項目が一つ！　【ログアウト】の項目が！」

お姉さんが哀れむような視線を向けてきた。それ、やめてくれ。地味にダメージ大きいから。

「稀《まれ》に、そのようなことを仰《おっしゃ》る冒険者様がおられるようですが」

俺は息を呑んだ。

いるのか⁉　じゃあ、俺以外にもここに連れてこられたヤツがいるってこと、俺一人じゃないってことだ！　そういえば……と思い出す。あのすかしたスーツの男が言ってた言葉。

――規定枠は埋まってしまっているから、特別枠でね。

てことは、他にも俺みたいなヤツがいるのかもしれない！　なら会いたい。相談とかしたい！

「じ、じゃあ！」

お姉さんが労《いたわ》るように、俺の肩にやさしく手を置いた。

「とてもとてもお疲れの人が、そのような幻覚を見られるみたいです。初めからないものを、あるはずだ、と思い込む。極度の恐怖体験をされた方が、現実から逃げ出したいという思いから、終了を意味するその項目名を幻想されるのでしょう。大変言いにくいのですが……当協会の冒険者管理システムに、そのような項目は、初めからございません」

どういうことなんだ。無いってどういうこと。分からない。

呆然《ぼうぜん》としていると、協会内を駆け回って遊んでいた双子が駆け戻ってきて、俺の周りをくるくると回った。

「「小さくて青いお兄さん、元気ない？」」

「小さいは外してくれ……」

「「青いお兄さん？」」

俺は力なく頷《うなず》いた。

獣人系の種族は、名前を特に重要視するので、めったなことでは本名を使わない。通り名やあだ名で呼びあうのが通例だ。だからレフトとライトという名も、おそらくあだ名であって本名ではないのだろう。結婚相手や家族、信用した人にだけ、本名を教える。

というゲーム設定だった。そうだ。これはゲームだ。ゲーム……だよな？

肌に感じる空気や気配が、あまりにもリアルすぎて怖い。ログアウトもない。

「「元気だして」」

双子が俺の両脇に移動し、手を片方ずつ握ってくれた。温かい。涙が出そうになる。

「「おいしいもの、食べる！　元気でる！」」

「うん……」

大きな手で、帽子ごと頭髪をかき回された。

「もう日も暮れる。さっさと宿をとって、美味いものでも食おう。あのボス兎を討伐したことを報告して、素材の一部を引き渡したら、討伐報酬が二十万シェル手に入った。パーティで等分配しても、結構な額だ。当分は路銀に困らんぞ」

冒険者協会を後にして、大通りを歩く。

夕方だからか、そこかしこから、食欲をそそる匂いがしている。

「なあ」

俺は双子と手を繋いで歩きながら、前を歩くジェイスに声をかけた。

ジェイスも確認しておきたいだろうに。気を遣って聞いてこないのだろう。あの某古き良き有名ゲームのデーモンを彷彿《ほうふつ》とさせる本来の姿には驚くが、実際つきあってみると、性格はとても優しい。双子が懐くはずだ。

「なんだ？」

「――俺って、頭がおかしいように見える？」

ジェイスが肩越しに振り返った。灰色の眼《め》が俺を捉《とら》える。そして、にやりと笑った。

「変わってるとは思うがな。別に、普通だろ」

「「普通！」」

でも。幻想だと言われた。哀れみを込めたあの反応が、おそらく一般的なのだろう。

「俺、……」

「お前と同じようなことを言っていた冒険者に、昔、会ったことがある」

俺は顔を上げた。今、なんて言った？

「そいつも、ログアウトが表示されない、と言っていた。俺はこの世界の住人じゃないとも言っていたな。一時的にパーティを組んで戦ったことがあるが、別に、おかしな奴には見えなかった。他の仲間は、妄想が激しすぎると気味悪がっていたがな。それ以外は、何もない。ただ、いつも遠くを見ていて、どこか諦めたような……達観しているような感じのする男だったな」

「そ、その人は、今どこに？」

ジェイスが遠くを見つめる。

「さあなあ。もう、五年も前の話だ。しばらくして協会にいくと、そいつの話を他の冒険者がしていた。聞くと、彼は俺たちとの依頼を完了し、その次の依頼を受けた後に、冒険者協会から退会してたらしい。今頃どうしているか……」

「五年!?」

そんな前から、俺みたいなヤツがいたのか。冒険者を辞めて……帰れたってことなのか？

——いや。もしかしたら、まだ……

俺は思い浮かんだ最悪の予想に、背中を震わせた。

ないないない。その人は帰ったんだ。うん。だから退会せざるをえなかったんだ。諦めるのはまだ早いぞ、俺。

「なあ、ジェイス。——【ウェイフェア・パレス】っていう街はどこにあるか、知っているか？」

「ウェイフェア・パレス？」

ジェイスが目を伏せ、顎に拳を当てて考え込んだ。

ゲームを始めたばかりの初心者が必ず最初に訪れる街、ウェイフェア・パレス。知らない者など誰一人としていない、街の名前。

俺は息を詰めて、じっと答えを待った。

そんな街はない、と言われたらどうしようか。立ち直れる気がしない。頼む。頼むから、在《あ》ると言ってくれ。

瞼が上がり、灰色の瞳が再び真《ま》っ直《す》ぐ俺を見る。

俺は祈るように、言葉を待った。

「ウェイフェア・パレスは――隣の東大陸にある」

「と、隣の東大陸？」

「ああ。行きたいのか？」

俺は何度も首を縦に振った。

連れてこられる前の俺が遊んでいたのは、東大陸だったということか。ということは、今、俺がいる場所は、別大陸ということになる。道理で全く知らないモンスターや、探索エリアや、街が出てくる訳だ。

あのスーツ野郎。なにが、ちょっと外れるけどいい？　だ。別大陸じゃねえか！

「行けないこともないが、かなり金がかかるぞ。西大陸と東大陸の間に、濃い霧が発生している海域が横たわっていてな。海流に左右されない特殊な船でないと、霧の中に迷い込んで遭難する」

「なるほど。それで、どれくらいかかるんだ？」

「時期によって多少変動はするが……百万シェル前後はかかるだろう」

「百万シェル⁉　高っ⁉」

目玉が飛び出す金額とはこのことか。

「詳しいことが聞きたいなら、港にある船舶協会に行ってみるといい」

「うん。サンキュ。明日、聞きに行ってみる……」

俺の所持金は現在十万シェルです。しかも、凶悪兎の討伐報酬分配金五万シェルを含めてです。

この最強装備作成にかなり散財したからね！

しかし、あの凶悪兎クラスのモンスターを四人パーティで二十匹倒した額か……

俺は自分の想像に気が遠のきかけた。

＊

ジェイスが連れてきてくれたのは、人で溢れ返る中央通りからだいぶ離れた裏通りにある、小さな宿が建ち並ぶ中の、一際こぢんまりとした一軒の宿屋だった。

二階建てで、客室は全部で七室。南プロヴァンス風の外観と内装で、家庭的な雰囲気の宿だ。

【猫鳥亭《ねこどりてい》】と彫られた木の看板が、入り口にぶら下がっている。扉には、頭に猫耳がついた白い海鳥のステンドグラスが嵌め込まれている。鳴き声は猫らしい。謎生物だ。

一泊一人三百シェル。朝夕食事付き。中級冒険者にはちょうどいい感じの部屋とお値段だ。しかも、個室にシャワー・トイレ完備。

――そうなのだ。この世界、風呂もトイレもある。長く風呂に入らなければ、当然臭くなる。トイレは……食べれるということは、必定、出さねばならぬということだ。食事中の方すみませんな話で申し訳ないが。

ちょっとこれ、どこまでリアルを追求してるんだ。というか嫌な感じにリアルなんですけど。

まあ、それは置いといて。

一番の重要ポイントは、おかみさんの作る料理がとても美味かったこと。魚介類を中心としたパエリアとかパスタとかピザが絶品でした。あとでレシピを教えてもらおう。

がっつく俺と双子を見て、ふくよかなおかみさんが大きな声で笑った。

「おやおや随分お腹《なか》空かせてたんだねえ！　たっぷりお食べよ。ほれ、ピザ一枚サービス！」

「うおお！　おかみさん、愛してます！」

「あらあら残念。私にはもう旦那がいるのよねえ」

冗談に笑いあう。まるで元から家族だったみたいなやりとりに、ほっと肩の力が抜けた。

俺は壁掛け時計を見上げた。針は夜の八時頃を指している。

俺の兄と、双子の妹はご飯を食べている頃だろうか。冷蔵庫に入れておいたヨーグルトムースに気づいてくれただろうか。今、どうしてるんだろう――

「あらら。おちびちゃんたちは、眠そうね」

おかみさんの言葉にはっとして、意識が引き戻された。

双子が手にフォークを持ち、椅子に座ったまま、船を漕《こ》いでいる。というか、もうすでに眠りに入ってる。

ジェイスが席を立ち、双子を片腕に一人ずつ、小脇に抱えた。

「寝かせてくる」

「あ、俺も、手伝おうか？」

「いや、大丈夫だ。お前は食ってろ」

「そか。ではお言葉に甘えて、食っときます」

俺はオレンジソースのかかったパンプディングの残りにスプーンを突っ込んだ。とりあえず、今は食おう。食わないともたない。

ジェイスは双子を小脇に抱えて二階に上がっていった。その背中を見送りながら、おかみさんがくすくすと笑った。

「ふふ。なんだかんだ言って、ちゃんと面倒見てあげてるみたいね」

首をかしげた俺に、おかみさんがおかしそうに破顔した。

「一年くらい前かしら。何かの依頼の途中に、あの子たちを拾ったらしいわ。それで懐かれちゃって、困ってうちに連れてきたの。うちは子供がいないし、喜んで引き受けたわ。でもおちびちゃんたちが泣いて離れなくてねえ。仕方なく、戻ってくるからって騙《だま》して無理やりうちに置いていったの。でも、おちびちゃんたちは追いかけていってしまった。ほら、犬人族は鼻がとても利くでしょう？　結局、置いていくこともできなくなってね。預け先が見つかるまでは、仕方なく自分が預かるって」

納得した。お兄さん、と呼んでるけど、種族が違うし、不思議な組み合わせだと思った。

「でも、おちびちゃんたちのお陰で、少しは丸くなったみたい。昔はもう、本当、無愛想で無口で誰とも関わりたがらない人だったのよ。でも、本当はとても優しい人」

「ですね」

俺は笑みを浮かべて、頷いた。双子も、俺もとても幸運だったといえる。

一番最初に出会う人が、かならずしも良い人だとは限らない。自分に害意ある人と遭遇していた可能性だってあるし、どこから来たのかも分からない、気味の悪いヤツをパーティに入れてくれるほどお人好《ひとよ》しじゃない人と出会う可能性だって、十分あったのだから。

食事を終えて二階に上がり、部屋のドアを開けると、開けられた大きな窓の向こうに、ほのかな街明かりが灯《とも》る夜景が見えた。

左の壁際のベッドには、チビたちが仲良くひっついて丸くなり、すやすやと眠っている。右壁際のベッドにはジェイスが腰を下ろして足を組み、荷物のチェックをしていた。

俺が入ってきたのに気づいて、ジェイスが顔を上げた。

「もういいのか？」

「腹いっぱいです。ご馳走《ちそう》さまでした」

俺はチビたちが寝てるベッドの端に腰掛けた。

「俺はこっちに寝るよ。お前じゃ狭いだろ」

「まあ、そうだな。そうしてくれると助かる。お前なら平気そうだ」

「平気そうで悪かったな！」

俺は咄嗟《とっさ》に口を押さえた。声が大きかったか。ひやひやしながら後ろを見ると、双子はすやすやと眠っていた。起こしてはいないようだ。俺は声に注意しながら口を開いた。

「なあ、お前はこれからどうするんだ？」

「どうするも何も。協会に行って、次の依頼を探すだけだが」

まあ、そうか。そうだよな。

「俺、金がいるんだ。それも結構な額」

「東大陸に渡るつもりなら、そうだろうな」

「という訳で、しばらくパーティ組んでいてもらえないだろうか」

ジェイスが手を止めて、顔を上げた。灰色の瞳と目が合う。

「都合いいこと言ってるとは思う。でも、俺一人じゃあんな大金すぐには貯《た》められない。頼むよ。レベル96だ。結構役に立つ自信はある。頑張るからさ」

頼むよ、と俺は手を合わせた。ここで断られたら、俺はソロで稼がないといけなくなる。

見知らぬ土地の、未だ見知らぬ冒険者と新たにパーティを組む、という手段もあるにはある。けれど、それはできればしたくなかった。

俺の話を気味悪がらずに聞いてくれる人が他にもいる、とはとても思えない。あの受付のお姉さんの反応が、きっと一般的なのだ。

それなら、ジェイスたちと一緒の方が、気がとても楽だ。あの凶悪兎を一緒に倒せたのだ。相性も悪くないと思う。それに俺、割と人見知りするし。

ジェイスの眉間に皺が寄った。

ダメか。ダメなのか。

「ＨＰか？　ＨＰの低さは、対策してるから！　気を抜かなければ、問題ないから！」

「いや、そういうことじゃなくてな」

「じゃあなんだよ。何がダメなのか、理由をはっきり言ってくれ」

「お前、いいのか？」

「何が」

ジェイスが口ごもる。

「なんだよ。はっきり言ってくれ」

「……俺は【半竜人】だぞ」

「ああ、そのことか。ちゃんとわかってる。誰にも言わないから。俺の食材全部に誓ってもいい」

「なんで食材に誓ってんだ。いや、違う。そうじゃなくて、お前な」

「なんだよ」

「──モンスターと、一緒のパーティでもいいのか？」

言われて、思い出す。すっかり忘れていたけど。

「なんだよ、そんなことか。どんな理由言われるのかと思って、すげえ身構えて損した！　別にいいよそんなこと。俺ら、別に普通のパーティとなんも変わらないだろ？」

ジェイスが呆《あき》れたように肩を落とした。

「いや、変わるだろ。……お前の普通の基準がわからん」

「お前だってそうだろ」

「は。確かに」

ジェイスが、やっと笑った。俺も笑う。

「じゃあ、オッケーということで」

「お前がそれでいいなら。こちらとしては、回復役がいてくれて助かる」

「おう、任せろ！　……安心したら眠くなってきた。おやすみ、また明日……」

「……ああ。また、明日」

どっと睡魔が襲ってきた。気づかないうちに気を張っていたらしい。着替える気力も湧いてこない。風呂はもう、明日にしよう。目を開けていられない。もういい。今日は休もう。

俺は掛け布団をめくってベッドの中に潜り込むと、もふもふとした双子の毛並みに身を寄せて、ほんわりとした気持ちになりつつ、目を閉じた。

*

本日も快晴だ。

コート・ダジュールの……いや違った、商業都市ハスラータの海は、紺碧色に輝いている。桟橋には、漁船や、人を運ぶ船、荷物を輸送する船、リゾートボートなどたくさんの船が停泊している。

俺と双子の三人は、今、港に来ている。

東大陸に渡る船についての情報収集のためだ。ジェイスの方は冒険者協会に新しい依頼を探しに行った。ジェイス曰《いわ》く、協会に双子を連れていっても暇を持て余してうろちょろするから一緒に連れていってやってくれ、とのことだ。

そういう訳で、二手に分かれることになった。……あれ？　俺、何気に子守りを押し付けられてない？　俺の気のせい？

船舶協会は、水揚げした魚を競売する倉庫の隣にあった。

「おう、いらっしゃい！　何の用だ？」

カウンターの奥には、巨大なヒゲのオヤジが座っていた。海の男を絵に描いたような、隆々とした筋肉が羨ましい。しかし。

立ってる俺が、座ってる相手を見上げて挨拶するというのは、どういうことだ。

陽に焼けて真っ黒な肩には、大きな入れ墨が彫られている。入れ墨は、ムンクの叫びに似た顔をした巨大魚に、燃え盛る炎に包まれた赤いハートの矢が刺さって……すいませんそのセンス、よく分からないです。今流行のキモカワイイってやつですか。

双子はというと、気づいたら隣の倉庫に入って水揚げされた色とりどりの魚を見ては、楽しそうにはしゃいでいる。

「こら！　レフ！　ライ！　魚に触るんじゃないぞ！　それ、大事な売り物なんだから！」

レフト、ライト、と呼ぶにはあまりにも可哀想なので、短縮することにした。『ト』を外しただけだけどな。「左《レフト》！」「右《ライト》！」と呼ぶよりはマシだろう。

「「はあーい！」」

嫌な感じに軽い返事をされた。本当に分かっているのか。不安だ。

ヒゲオヤジが肩を揺らして笑った。

「子守りも楽じゃねえなあ」

「ほっといてください。ええと、東大陸行きの船について、知りたいんですけど」

「東大陸かあ」

オヤジがぽりぽりと顎を掻く。

「悪いな。この港からは出てねえよ。乗りてえなら、ここからもう少し北西にいったところに、でっかい街があるだろ？」

「でっかい街って？」

ヒゲオヤジが驚いて、ぎょろりとした巨大魚のような目で俺を見た。

「ああ？　知ってるだろ？　海洋都市リバイアだ」

「あーと、ええと、うん、そうそう、海洋都市リバイアですね！」

あまりに不審がられたので、ど忘れしてました風を装うことにした。余計不自然だっただろうか？　ヒゲオヤジは腕を組んで頷いている。大丈夫だったようだ。よかった。

「そこからなら、東大陸行きの便が出てるはずだ。でもあんまり便数はないみたいだからな。海洋都市リバイアに、【船舶協会本部】がある。そこで詳しい話を聞きな」

　ヒゲオヤジが、ハスラータから海洋都市リバイアまでの地図をくれた。

　地図だー！　俺は感動にうち震えた。

「ありがとう、ありがとうオヤジさん！」

　ここへきて、地図のありがたみを嫌というほど痛感した。あの、前後左右が分からない恐怖は、できればもう二度と味わいたくない。最初に踏み出したその一歩目が今後の生死を分ける、というあの恐怖。

　マップがあるのとないのとでは、精神的な負担もかなり違う。出口がどこにあるのか分かる、というのは心の平穏を保つのに大変な効力を発揮する。

　これは嬉しい。その肩のキモカワイイ入れ墨が、ありがたい御神体に見えてきました。思わず拝み倒しそうです。

　ヒゲオヤジが照れたように頭を掻いた。

「そ、そんなたいしたもんじゃねえけどな。喜んでもらえてんなら何よりだ。まあ、頑張れよ。海の女神様の加護が、お前らの航海にありますよう！」

「サンキュー、オヤジさん！」

表通りの屋台で、棒の刺さった白身魚フライを一本ずつ、チビたちに買ってやった。俺も一本買って、かじってみる。

「美味っ！」

「「うまっ！」」

これは美味い。塩胡椒《こしょう》のシンプルな味付けだが、外はサクサク、中はジューシー。追加で五本買って、その内の一本はジェイス用に紙に包んでもらった。残りの四本はおやつ用として長期保存も可能な魔法のポケット的旅鞄に収納する。美味い食い物の仲間はずれは、よくない。絶対に。

「よし。俺の用は済んだから、ジェイスを迎えに行こうか」

「「うん、おむかえ！　いく！」」

双子が両側から俺の手を握った。なんだろう。保育士さんにでもなった気分だ。

歩き出そうとすると、通りの人ごみの向こうから騒がしい声が聞こえてきた。

「なんだ？」

騒ぐ声は、徐々に近づいてくる。

するといきなり、目の前で人ごみが割れた。

中から出てきたのは、大股で近づいてくる背の高い女性。鍔《つば》の反り返ったカウボーイハットを被り、腰まであるボリュームたっぷりな赤毛のウエーブが潮風に靡《なび》く。赤い瞳は怒りで真っ赤に燃えているように見えた。股下五センチぐらいしかないホットパンツからは、すらりとした美脚が伸びている。肌は陽によく焼けており、色っぽいと言うよりはアグレッシブで健康的だ。

革製ショートブーツの足音をレンガ敷きの通りに響かせて、ずんずんと大股に近づいてくる。

——俺の方に。

「え？　なんで？　ちょっと、なんなの？」

俺はうろたえた。

なんで俺の方に向かってくるんだ。俺なんかした？　全く覚えがないんですけど。

怒りの形相で向かってくる赤毛美女を躱《かわ》そうにも、周囲に人垣が出来てしまっていて、動くに動けない。

女性が俺の目の前で、踵《かかと》を高く打ち付けて止まった。

硬直した俺と双子は赤毛美女を恐る恐る見上げる。双子のしっぽは緊張で毛が逆立っている。

女性は俺よりも背が高かった。なんでだ。なんか俺、見上げることの方が多くないか？　これでも女性の平均身長よりは高いはずなんだけど。泣ける。

厚手の生成りシャツは胸の谷間が覗くほど開いている。その胸元を飾るのは、牙と木と貴石の三連ネックレス。手首にはたくさんのブレスレット。ていうか。胸、でかっ！

赤毛美女は、俺の前でくるりと華麗にターンした。

あ、なんだ。やっぱり俺じゃないのか。よかった。

赤毛美女の怒りの視線の先にある人垣から、八人の男たちがわらわらと姿を現した。下卑《げび》た笑みを浮かべながら、女性に近づいていく。ファッションなのか、ずぼらなだけなのか判断しかねる、着崩した服。寝癖なのかセットなのか判別不明な髪形。らくがきにしか見えない入れ墨。濁った白目。言うなれば、場末のヤンキー集団か。

ダボダボのボンタン風白ズボンを穿《は》いた男が、笑いながら前に進み出た。こいつがヤンキー集団のリーダーのようだ。

「なんで逃げんだよ。うちのボスがアンタと話がしたいって言ってんだよ。悪い話じゃないって、言ってんじゃん」

赤毛美女が腕を組み、ヤンキー男を睨《にら》みつけた。

「断るって言ってるでしょう。しつこいわね」

「ボスはあんたを買ってるんだよ。ちいとばかし、組まないかって話じゃねえか。大金が手に入るんだぜ？」

赤毛美女は鼻で笑った。

「悪銭は身を滅ぼすわよ。あなたたち、そんなことも知らないの？　ああ、もう身を滅ぼしてるから関係ないのか」

「なんだと⁉」

男たちが色めき立った。

うわ喧嘩売っちゃってるよ、この人……。大丈夫なのだろうか？

「帰ってボスに伝えなさいな。うちの商会はあんたたちとは絶・対・に・組まないって。それから、しけた商品ばっかり扱ってたら、しけた人間になるわよってね。ああ、もういいのか。どうせあんたらもう湿気ってるから」

「この女！　ばかにしやがって！」

ああ、やっぱり怒らせた。こういうタイプの奴等は、一度キレると手が付けられない。

男たちが各々ナイフや銃や長剣を取り出して構えた。

野次馬《やじうま》な人だかりが、悲鳴をあげて三々五々に散っていく。

いつの間にやら赤毛美女と俺たちの周りには、広々とした空間が出来あがっていた。

「え？　ちょっと」

皆、逃げるの早くね!?

「力ずくで頷かせてやるぜ！　泣いて××しても、○△×○で、××○△なんだぜ！」

俺は慌てて咄嗟に双子の耳を上から押さえた。

「おいこらあ！　子供の前で汚い言葉つかうなよ！」

「知るかぁー！」

「ちょっと、君!?」

赤毛美女がやっと俺たちが後ろにいることに気づいたのか、ぎょっとして振り返った。

「何してるの！　早く逃げなさい！」

「いや、もう無理だろ！」

すっかり取り囲まれ、どこにも逃げ場はない。

俺は戦闘モードに切り替えた。手元に暝闇の書が現れる。交戦対象リストを表示すると、そこには【名称不明】という言葉が、こちらに戦意ありを表す赤い文字で八つ表示されていた。

「——我、アイテールを通し土の元素へ干渉」

魔道書の上に正六面体が光の筋で描かれ、詠唱に合わせてくるくると回り始める。

「【泥化】」

唱え終わると同時に、ヤンキー集団の足下のレンガが溶けるように崩れ、土色の泥となって盛り上がった。【泥化】は雀《すずめ》の涙程度しかダメージがないが、発動の一番早い足止め魔法スキルだ。

沸騰する湯のように湧き上がり続ける泥は、男たちの足首を次々と取り込んでいく。

「うわ!?」

「な、なんだ!?　泥に足がはまって動けねえよ！」

狼狽《うろた》えるヤンキー集団の一人が俺を指差してきた。失礼な。人に指を差すな、指を。

「あいつだ！　あいつ、魔道士だ！」

いや、確かにカテゴリー的には同じではあるけど、【魔道士】ではない。俺は次の詠唱準備に入りながら、双子に指示を飛ばした。

「レフ！　ライ！　向かってくるヤツの足狙え！」

「「わかった！　まかせる！」」

双子がショートボウを撃った。運良く泥沼から抜け出して駆けてきた一人の両足に命中する。一人が顔面から転倒した。交戦対象リストの中の【名称不明】八体の内一体の文字が【戦意喪失】のグレー表示に切り替わる。残りは七人。足止め効果はまだ継続中だ。

「我、アイテールを通し、土と空気の元素へ干渉」

正六面体を囲うように、正二十面体が描かれて、回る。

「【刃風《じんぷう》】」

周囲の砂塵が舞い上がり、突風と共に飛んでいった。

火・水・土・空気・天・闇の六大元素の掛け合わせで、多種多様な魔法スキルがあるのが【魔導学者】の特徴だ。使いどころが全くないものから、果ては戦況をひっくり返すような大規模なものまで。その種類はやたらと多く、ちょっと凝りすぎな感がしないでもない。きっと担当プログラマーに、偏執的に凝り性なヤツがいたんだろうと推測する。

「ぎゃあ！」

砂塵は微小な無数の刃となり、ヤンキー集団に襲いかかり、切り裂いた。

足止め効果が切れる頃には、戦闘は終了していた。リーダー共々戦意喪失状態で、路上に倒れ込んでいる。

【索敵】スキルで他に仲間がいないのを確認して、俺は息を吐いた。

戦闘モードを解除する。暝闇の書は黒い煙となって霧散し、どこだか解らない空間へと再び戻っていった。

「君たち、冒険者だったのね」

赤毛美女は口と目を丸くして、俺たちを見ていた。

「……人は見かけによらないのね。私、てっきり子供を巻き込んじゃったのかと思って。もう本当、焦ったわ～」

「ちょ、ちょっと。俺は子供じゃないですよ！」

赤毛美女がきょとんとし、それから破顔した。

「あら、ごめん！　でも君たちのお陰で助かったわ。ありがとう」

「どういたしまして」

「おちびちゃんたちもありがとう」

「「どういたしまして！」」

「それにしても、君、詠唱速いのね～！　魔道士って長々と呪文唱えてる印象が強いから」

「まあ、一般的にはそうです。でも俺は詠唱短縮スキルをもっているので」

「あれ、短縮できちゃうんだ⁉　……と、いけない、いけない！　早く行かなきゃ打ち合わせに間に合わなくなっちゃう！」

赤毛美女はウエストポーチを慌ただしく探り、小さな紙を一枚、俺に差し出した。

「ごめんね。お礼はあとできっちりするから！　これ、私の名刺！　私はマゼンダっていうの。よろしくね！　あなたたちは？」

「【蒼銀の颪】メンバー、宵月です」

「レフト！」

「ライト！」

「……先に言っておくけど、命名は俺じゃないからな」

マゼンダが笑いをこらえながら頷いた。

「ふふっ。【蒼銀の颪】ね。本当にありがとう。じゃあ、また後でね！」

マゼンダは大きく手を振りながら、突風のように駆けていった。

「と、いうことがあったんだ」

協会から出てきたジェイスと合流し、宿への道を歩きながら先程の、迷惑極まる路上喧嘩巻き込まれ事件の報告をする。

「そりゃ、俺は赤毛美女よりも背が低かったさ！　でも、子供には見えないよな⁉」

「……まあ、そうだな」

「おい。なんでそこで間がある。ちょっと待て。お前、俺が何歳に見えてる？」

「十六……十七……くらいか？」

「二十だ！」

童顔が憎い！　朝、洗面台の鏡を見て再度驚愕《きょうがく》したさ！　見慣れた顔が映ってたからな！　髪の色と目の色は変わってたのに！　なんで顔と身長だけ元のままなんだよ。意味が解らない。

ジェイスが珍しく目を大きく開いて俺を凝視した。

「なんで驚いてんだよ⁉」

ああそうさ、いつも缶ビールをレジに持ってくと胡乱げな顔で学生証の提示を求められるさ！　見せても尚疑われた時の、あの気まずさといったら。

「まあ……大変だったな」

話をそらしやがった。そして終了させやがった。

「そうだ、依頼の件だが。良さそうなのがいくつかあった」

ジェイスが数枚の紙を取り出す。それは協会の掲示板に貼ってある依頼書の写しだった。

俺は紙束を引ったくって、目を落とした。

一枚目は、血塗られた野兎ブラッディ・ヘア討伐。それはもういいです。ていうかまだ他にもいたんか！　嫌すぎる。

二枚目は、海洋都市リバイアまでの護衛。お、これはいいかも。三枚目は——

「東大陸までの護衛急募。募集人数十五名程度……」

俺は依頼書を握りしめてジェイスを見上げた。

「東大陸までの護衛！」

「やっぱりな。それに食いつくと思った」

ジェイスが予想通りだと言わんばかりにニヤリと笑った。

「それに決めるか？」

「ああ！　……って、いいのか？」

俺が決めてしまっても。依頼書には片道約三十日と書いてある。それは、少なくとも二ヵ月以上は西大陸に戻ってこられないということだ。

「別に構わん。俺もチビ共も、日々街を転々としてる気楽な身の上だ。それに、待たせるような奴もいないしな」

「え、いないのか？」

お前、イケメンなのに。あの受付のお姉さんたちの反応を見ても、ファンクラブとかありそうな勢いだったけど。羨ましくないけどな。ああ、羨ましくなどないさ。くそ。

ジェイスは首を少し傾《かし》げてイケメンな笑みを浮かべながら、俺の鼻を捻《ひね》った。力一杯。

「ふがっ⁉」

「お前だっていないだろうが」

「い、いだひ！　ふ、ふいまへん！」

ちょ、鼻がもげたらどうしてくれる！　身体パーツ欠損ダメージありな世界なんだぞ！

「お前らもいいだろ？　東大陸までの船旅だ」

「「わあーい！　船！　お魚！　楽しみ！」」

双子が飛び跳ねた。

「いや、お前ら。遊びに行くんじゃないから」

俺は再度、依頼書に目を落とした。

東大陸までの護衛急募　募集人数　十五名程度　パーティレベル平均60以上
報酬　一人につき十万シェル／片道
依頼内容　海洋都市リバイアより出港し、東大陸スターリィ・コースト港到着までの護衛。片道約三十日程度の航海予定です。朝昼晩食事付。船酔い注意。
依頼者　ローザウィ商会社長　マゼンダ・ローザウィ

「あ」

「どうした？」

「マゼンダ……って。もしかして、さっき会った赤毛美女……」

慌ててポケットに手を突っ込み、もらった名刺を取り出して見る。そこには、依頼者と同じ名前と同じ役職名が記載されていた。

あの人、ローザウィ商会の社長だったのか。

第三章　嘆きの魚を標《しるべ》として

俺たちは依頼書の写しを片手に、ローザウィ商会の面接会場に行ってみた。

「でかっ！」

赤いバラの垣根が続く大通りを歩くこと十分。三階建ての大きな白い屋敷《やしき》が見えてきた。

鉄製の壮麗な門の奥には、青い芝生と噴水、そして色とりどりのバラが咲き乱れる庭。

玄関口には、緋色《ひいろ》のバラと船をあしらったマークの大きな看板が掲げてある。その看板には【ローザウィ商会　ハスラータ支部】と書かれていた。

「支部」

「ローザウィ商会は、海洋都市リバイアに本部がある。国や大陸を股にかけて商品の仕入れや売買をしている、大きな商社だ。知らなかっ……たんだな」

ジェイスが諦めたように言い換えた。

しかたないだろ、西大陸なんて俺は初めてなんだからな！　しかし建物の大きさを見るに、あの喧嘩《けんか》っ早《ぱや》そうな赤毛のお姉さん、結構すごい人だったみたいだ。

建物の入り口は、すでに多くの冒険者で溢れ返っていた。長い行列は門の外にまで続いている。

何人待ちかを考えるとウンザリしてくるほどの列の長さだった。

「うわあ。依頼書が張り出されて間もないのに、もうこんなに来てんのかあ……」

「内容と報酬がかなりいいからな」

そうなのだ。冒険者たちがこぞって来るのも分からないでもない。なにせ、道中何事もなければ東大陸まで優雅にのんびり船旅するだけで、なんと十万シェルもの大金が手に入るのだ。復路もあるのなら合わせて二十万シェル。超掘り出し物の好案件といえる。

一時間以上並び続けて、ようやく面接室に入れた。

通された部屋は、白を基調とした応接間だった。白い長机の左右端にはバラが飾られ、椅子は前後に六脚ずつ並んでいる。

中央から向かって右側の椅子には、鼈甲《べっこう》色の細くて四角いフレームのメガネをかけた、黒茶ボブヘアの女性が座っている。女性はものすごい速さで書類に何やら書き込んでおり、脇に積み上げられた書類の山へと次々と重ねていった。

中央の椅子には、燃えるような赤毛の美女が、眠たそうに大あくびをしながら頬杖《ほおづえ》をついて座っていた。

一度見たら忘れられない派手な容姿と記憶との一致に、俺は思わず声をあげてしまった。

「あ！　ヤンキーに喧嘩売ってた人！」

紅色の瞳がこちらを向いて大きく見開かれ、椅子を蹴り倒す勢いで立ち上がったマゼンダ社長は俺たちを指さしながら大声をあげた。

「あああっ！　はい、採用決定！」

隣のボブヘアの秘書風な女性が、こめかみをひくつかせながらメガネを指で押し上げた。

「……社長。まだ自己紹介もして頂いてませんが」

「だって、この子たちなんだもの！　見間違えたりなんてしないわ！　昨日、いちゃもん付けてきたクソ商会の下っ端共から私を助けてくれたの！　さっき話したじゃない」

「はい。ですが規則ですので。では。お手数ですが冒険者協会に登録されているパーティ名と、メンバー名、及び、それぞれの御職業、現在のレベルの申告をお願い致します」

ジェイスが頷いて、前に出た。

「【蒼銀の風】リーダー、ジェイス。重剣士。レベル97」

「レフト！　弓使い！　レベル、23！」

「ライト！　弓使い！　レベル、23！」

「宵月。魔導学者。レベルは96。足して割って平均レベルほぼ60になるからヨシとして下さい！」

「はい、採用！」

ボブヘアの女性のこめかみが再び、ひくりと動いた。

「ですから、物事には順序というものがあるんです。社長なんですから、もう少し落ちついてください」

「もう、セオっちは頭硬いなあ」

「社長が適当すぎるんです！」

「だってさあ、実力はもうこの目で確認済みよ。もう一人の格好いいお兄さんは今初めて会ったから分からないけど、私の勘では、相当な手練《てだ》れと見たわ」

「はあ……確かに社長の勘は目を見張るものがありますが、私としましては、幼い子供がいる点と、【魔導学者】という初めてお目にかかる職業の方の能力が未知数なこと、加えてレベルの大きなばらつきが気になりますが……社長は、こうと決めたら頑として変更してくださいませんので」

ボブヘアの女性は諦めたように溜め息をつきつつ、書類に印鑑を捺《お》した。

「では。【蒼銀の風】の皆様は、採用ということになりました。当日は現地集合、出航時刻厳守ですので、遅れないように注意してください」

赤毛美女社長が、親指を立ててウインクした。

「よろしくね！」

なんだかよく分からないが、面接は無事通過し、採用してもらえたようだ。これで百万シェルの旅費を貯めなくても、東大陸に行ける！


海洋都市リバイアまでは、徒歩三日ほどで問題なく辿り着いた。

商業都市ハスラータと同様に、白い壁を基調にした家屋が建ち並んでいる。海と空の青とのコントラストが鮮やかで美しい。馬車が優に二十台は並んで通れそうなほど広い大通りは、数えきれない物と乗り物と人々で溢れ返っていた。

門をくぐって最初に目に入るのは、水を幾本も高く吹き上げている噴水。噴水中央の台座には、半人半魚の海王が雄々しく槍《やり》を掲げている。

そして、長い大通りの奥には、一際目を引く大きな宮殿。ドーム状の屋根は青を基調としたモザイクで美しい装飾が施されており、太陽を浴びてきらきらと輝いていた。宮殿の周囲は多数の白い尖塔がそびえ立ち、建物を彩るように赤、青、緑の旗がたくさんはためいている。

そしてやっぱり……俺の知らない街です。

「リバイアって、もんのすごく大きな街だったんだな……」

「青いお兄さん、あんまりきょろきょろする、迷子になる！」

「迷子になる！」

危うく人の流れに飲み込まれそうになった俺を、双子がローブの袖や背中の生地を摑んで引き戻してくれた。

「ラシラート海洋王国の首都だからな。西大陸で二番目に大きな街だ」

大陸で二番目に大きな街。なるほど、それじゃあ知らない方がおかしい。船舶協会のオヤジさんが、問い返した俺に微妙な顔をするはずだ。


集合日当日。

リバイアの港の埠頭《ふとう》には、十隻以上の大型船、二十以上の小型貨物船、旅客船、小舟等が、まるで大展示会場のように犇《ひし》めいていた。

慌ただしく行き交う人波をかきわけて、集合場所の桟橋へと向かうと。

「なんだこれ！　すげえ！」

カメラ！　今すぐカメラがほしい！

全長百メートルくらいの白い流線型の船体が横付けされて、停泊していた。その舳先《へさき》には、赤いバラと船のマーク。ローザヴィ商会のロゴマークだ。船体は全体的に丸みを帯びたフォルムをしており、所々金属で補強されている。大きな水上飛行機のような形をした船だった。船尾には、大きなスクリューが三つもついている。これなら、いちいち風や海流を気にしなくても、自力で自由に航海できるだろう。

ただ……俺がゲーム内で見ていた帆船とは、全く違っていた。もっとずっと先進的な船だ。海洋王国というぐらいだから、造船技術が東大陸よりもずっと進んでいるのかもしれない。

タラップの前には、採用された冒険者たちがすでに集まっていた。

俺たちが近づくと冒険者たちが一斉に振り返り、一斉に不審そうな顔をして、騒めいた。

ええ。なんでだ。俺たち、何か変なのか？　別におかしくないよな？　それとも一番遅かったから無言で非難されてるのだろうか。

冒険者たちの前には、ホットパンツのウエスタンルックな女社長と、メガネをかけた女性秘書が書類を片手に立っていた。マゼンダ社長と、セオと呼ばれていた人だ。

マゼンダが振り返り、俺たちに気づくと笑みを浮かべ、両手を上げて手招きした。

「おおーい！　宵っちたち！　こっちこっち！」

宵っちたちってなんだ。恥ずかしいから大声でその名称を叫ぶのは止めてほしい。あと、飛び跳ねないでほしい。胸が揺れるので目のやり場に非常に困ります。

「皆さんお静かに！　社長もですよ！」

セオさんが睨みを利かして叱咤《しった》すると、一瞬で全員が静かになった。すごいが、なんだか苦労性なオーラが滲み出ているので同情を禁じえない。

「では。全員揃ったようですので点呼いたします。呼ばれたら代表者の方は返事をしてください。【美食の求道者】リーダー以下四名」

「いらっしゃいませ……あっ、すみません。よろしくお願いします」

　白いシェフ帽らしきものを被った四名が前に出た。長いパン切りナイフを腰に下げた、恰幅《かっぷく》のい
い男性の帽子の丈が一番長いのでリーダーだと思われる。他には痩せ型の男性が一人、女性二人。
俺の知らないレシピを持ってたら教えてもらいたい。ていうか戦えるのか？　戦うシェフズ？

「【天翔《あまかけ》る白狼《はくろう》】リーダー以下五名」

「うむ」

　銀のプレートアーマーに身を包んだ男が前に出た。三十代後半ぐらいだろうか。俺の身長ほども
ありそうな盾を背負い、長剣を腰に下げ、頼もしさに溢れる騎士みたいな男だ。

　メンバーは他に、小剣を二本腰に下げた軽装備の優男風青年、弓使いの猫耳スレンダー女性、黒
いフード付きケープの少女魔道士、白い詰め襟のローブに身を包んだ神官の青年の四人。
なんて黄金バランスなパーティなのだろうか。しかも猫耳要員、魔女っ娘ありだなんて！

「ふむう、完璧だな」

「何がだ？」

「あのパーティ。ほら、なんだか魔王城までいけそうじゃね？」

「お前な。何を感心してるのかと思えば……」

「——【蒼銀の風】、リーダー以下四名」

「ああ」

「「はい！」」

　双子が元気よく挙手しながら返事をした。

「いや、お前らは返事しなくていいから」

そこかしこから笑い声が漏れた。セオさんも珍しく微笑みながら頷いた。

「――ありがとうございます。では、航海中の護衛をよろしくお願い致します」

「みんな頼りにしてるからね！　一ヵ月間、よろしくお願いするわ！」

出港から十日経った。

航海は今のところ順調だ。俺たちの仕事はといえば、今のところ四時間ごとに船の外周と内部の見回りをすることぐらいだ。そして俺たちを含めて三パーティいるので、見回り番が回ってくるのはだいたい八時間後。

このローテーションだと、夜中に順番が回ってくる時もある。その時には、ぐっすり寝ているチビたちを起こさないといけなくなるのが、どうにも心苦しいところだ。

現在時刻は、深夜零時。

俺はあくびを堪《こら》えながら、二段ベッドの上から静かに降りた。

俺たちにあてがわれたのは、二段ベッドが二つ押し込められた簡素な船室だ。丸窓の外には暗闇が広がっている。

ローブは着たままだ。寝巻きに着替えて休みたいところだが、護衛という仕事上、常にいかなる時でも駆けつけられるようにしておかねばならない。

それに、寝心地は別にして着たままでも特に問題はない。ジェイスに聞いたところによると、武器・防具などの装備品には、安物でなければ、大抵のものには自浄の魔法がかかっているらしい。どんなに汗をかこうが泥で汚れようが、そのうちには浄化されて綺麗な状態に戻る。なんて便利な新機能なんだ。洗濯しなくてもいいなんて。夢のようだ。

綺麗にはなっても、装備には【耐久度】というものが設定されており、それはダメージを受けるごとに減っていく。当たり前だが、耐久度がゼロになれば破損する。壊れたら使えなくなるので、そうなる前に武器防具屋に立ち寄って、お金を出して修復しておかなければならない。だが、俺の身に付けているこの装備は特例で、なんと自動修復機能付き。三秒ごとに【耐久度】が１ずつ回復していくのだ。

この装備を揃えるのに際して、大富豪から大貧民になってしまったが、その甲斐《かい》は十分あった。魔道書【瞑闇の書】に至っては、【耐久度】というものがそもそも存在しない。全くダメージを受けつけない仕様になっているのだ。流石《さすが》、神の叡智の書。神仕様。

俺は下のベッドのカーテンをそっと引いた。レフとライが仲良く寄り添って丸くなっており、すっかり深い眠りに入っている。

ベッドですやすやと眠る双子を、俺は心を鬼にして揺り起こした。可哀想な気はかなりするが、これはチビたちもやらねばならぬ仕事である。

冒険者などやくざな職業だと常々思う。実力さえあれば、子供だろうがお年寄りだろうが誰彼問わずになれるが、年齢制限がないかわりに、子供だからと優遇されることもない。パーティで引き受けた以上、二人だけ眠らせておくことは、仕事の放棄とみなされてしまう。

チビたちは冒険者として生きることを選んだ。幼いなりにも、その責任は理解しているようで、起こせば文句も言わずに起きてくれる。お兄さん、ちょっと涙が出そうです。

俺にできることは、ぎりぎりまで寝かせてやることぐらいだ。ジェイスもそれが分かっているのか、チビ共には時間ぎりぎりまで声を掛けない。

「ほら、レフ。ライ。起きろ。見回りのお仕事だぞ」

「「う〜」」

目をこする双子を、ベッドから下ろして立たせる。

重剣を背負ったジェイスが扉の前に立って、俺たちが来るのを待っている。

「時間だ。行くぞ」

「さあ、行こう」

「あい。レフ、行く」

「あい。ライ、行く」


甲板に上がると、【天翔る白狼】のメンバーがすでに待っていた。

俺たちに気づいたリーダーが、銀製のサバトンを打ち響かせながらやってきて、手に持っていた大きな金属の輪に通された鍵をジェイスの目の前まで持ち上げた。

「では、後の見回りをよろしく頼む。特に気になったことも、異状もなしだ」

ジェイスが了解というように頷いて、鍵を受け取った。

「……ねえ。【蒼銀の風】の、リーダーさん」

白狼のリーダーの背後からするりと弓使いの猫耳女性が現れ、ジェイスの腕に腕を絡めた。瞳孔が妖しく光る。まるで獲物を狙う猫のように。ふっくらとした胸元でジェイスの腕を挟んでいるのは、ワザとだろうか。いや、ワザとだろう。お色気担当がいるなんて、本当に完璧なパーティだ。

「気をつけてね。人の眼は、夜は見にくいというから。それとも、アタシがついていってあげようか？　犬人族より猫人族のほうが、夜目が利くのよ」

双子が威嚇するように耳としっぽをピンと立たせ、ぷくりと頬を膨らませた。

「鼻、よく利く。平気！」

「耳、よく聞こえる。平気！」

ぷんすこ怒っている双子の隣で、ジェイスが無表情に猫耳女性の手を外した。

「あら」

「くく。残念だな、リリー。彼は、女には困ってないみたいだよ」

リーダーの脇に立っていた双剣使いらしき青年が、セットした髪を手櫛《てぐし》で整えながら、口を歪《ゆが》めて笑った。

「あんたさぁ、子連れでよく採用されたね。それとも顔で採用かな？　いい女だよね、あの社長」

「おい！」

リーダーが薄笑いの男を咎《とが》めるように睨みつけたが、男は軽く肩をすくめただけだった。

「もしかして三人とも、あんたの子供？」

……おい。まさかと思うが俺も子連れの中に含まれてんじゃないだろうな。

「あほか！　俺は子供じゃ——げふっ⁉」

「行くぞ」

言い返してやろうと息を吸い込んだ途中で襟首を掴まれた。俺は咳込《せきこ》み、もう片方の手で双子をまとめて掴んだジェイスに、一緒にそのまま引きずられていった。

甲板に出ると、外は月明かりも、星明かりすらなく、真っ暗闇だった。

俺は身を震わせた。夜の海を渡る潮風が、肌を突き刺すほど冷たい。真っ黒な海はどこまでも続いていて、何も見えない。この世界の夜空の星座もまだ何一つ知らないので、どこが北なのかも分からない。どこに向かっているのかも分からなくなりそうで、少し、怖い。

前を歩くジェイスが顔だけ振り返り、不機嫌全開な俺たちを見て、呆れたように溜め息をついた。なんだよ。だって、なんか悔しいだろう！

「ああいうのは、放っておけばいい。付き合うだけ時間の無駄だ」

「分かってるさ。分かってるけど。でも、なんか、すげえ悔しいじゃん！　なんか、実力で採用されたんじゃないんだろ、どうせズルしたんだろ、みたいな言われ方してさ！」

「しかも俺まで子供扱いしやがって！」

「「してさ！」」

「「がって！」」

「分かった分かった。よく耐えたな。えらいぞ」

ジェイスがレフ、ライ、俺、と順番に、大きな手で頭を掴み、強く揺さぶった。なでてるつもりなのだろうか。

双子はそれだけで機嫌が直ったようだ。嬉しそうに頬を染め、にこにこと笑みを浮かべている。

「レフ、えらい？」

「ライ、えらい？」

「ああ」

「「えへへ〜！」」

君たちはもう完全浮上ですか。だが俺のこのモヤモヤはそんなことでは解消されない。

「あのな！　俺は頭なでられたくらいで誤魔化されるほど子供じゃないんだか、ら、な……」

己の言動のいたたまれなさに気づいて、思わず顔を両手で押さえてしゃがみこむ。今のは聞かなかったことにしてほしい。

「どうしたんだ？　腹でも痛いのか」

「違う……自分のあまりの痛さに、凍死しそうになっただけだ……」

「なんだそれは」


どん、と船体が大きく揺れた。

「な、なんだ⁉」

激しい揺れは収まることなく、どころか激しくなっていく。レフとライは床の上に爪を立ててしゃがみ込み、ジェイスと俺は手すりにつかまった。

何か、大きな物にぶつかられたような衝撃。

辺りを見回してみたが、暗すぎて何も視認できなかった。目視は不可能だ。

俺は戦闘モードに切り替えた。【暝闇の書】が手元に現れる。

「――我、アイテールを通し、天の元素へ干渉。光の粒子を放ち、暗き意思を照らし出さん。【索敵、五百メートル圏内】」

魔道書のページがパラパラと捲れ、空中に星のような小さな光が散った。光の線が光点を繋いで正十二面体を描き出し、回り始める。

俺の目の前には円形のウインドウ、足下には緑色の光の輪が浮かび上がり、目で追えないぐらいの速さで周囲へと拡大していった。

これは広範囲の索敵が可能な魔法スキルだ。最長一キロまで。敵対意思のあるものだけを探し出し、光でマーキングし、尚《なお》且《か》つリストに表示してくれる。敵対意思のあるものだけ、というのが、微妙なところといえば微妙なところだけど。

類似するスキルとしては、【温度分布検索】【アイテール反応検索】などがある。要は頭を使って細かく使い分けろ、ということのようだ。一発でなんでもかんでも分かるようなずぼらな魔法なんてあるはずないしあげないよ、という内容の説明書きがあったのを鮮烈に覚えている。この【魔導学者】をデザインした奴は、相当に捻くれた性格をしているに違いない。

反応はすぐあった。船体のすぐ左側に、光の粒子が集まってふわふわと浮いている。

「左だ！」

「「魚の匂い、する！」」

魚？

ジェイスが手すりから身を乗り出し、暗い海を覗き込んだ。

その後の反応は速かった。手すりから飛《と》び退《の》き、背負っていた大きな剣を片手で引き抜き、軽々と肩に担ぐ。その際、重量感のある剣身が風を打ち裂くような音を立てたのが俺にも聞こえた。

平然と俺の身長ほどもある重剣を片手で扱う姿を見て、俺は今さらながらに驚いた。重剣は、その攻撃力は桁外れだけど、いかんせん重すぎるのがネックだ。どんな力自慢な人でも、持ったまま素早く移動したりするなんてとてもじゃないができない。よって重剣使いは大抵がパーティの動かぬ壁役として、大盾を持ち、フルプレートの防御力重視な重装備をしているのが基本……なのだが、軽装で、なおかつ片手で扱う人なんて、きっとジェイスぐらいしかいないと思う。

「下がれ！　来るぞ！」

ジェイスの指示と、海の底から大きな塊が飛び出すのは同時だった。船体と同じくらいの大きさの、黒い――

「魚……!?」

びっしりと鋭利な歯を生やした巨大魚が、こちらへ向けて大きく口を開きながら飛んできた。その顔は、どことなくムンクが描いた叫びの顔に似てなくもない。

ジェイスが駆け出し、重剣を横に薙《な》いだ。重い剣圧が空気を押しつぶして歪ませるからそう見えるのか、弓形の白く大きな閃光《せんこう》が、まるで投擲《とうてき》武器のように飛んでいく。

閃光は巨大魚の顎に当たり、はじかれたように巨体をのけぞらせ、大きな水飛沫《みずしぶき》を上げながら再び黒い海へと消えていった。

ムンク顔の魚……御神体……ヒゲオヤジ……

「――ああああ！　思い出した！　船舶協会で会ったヒゲオヤジの入れ墨で見たんだ！」

俺は急いで交戦リストを表示した。索敵と精査は完了している。詳細情報を表示する。

嘆きの巨大魚【ムンカーフィッシュ】？？？　検知数：1体

大型船ほどもある巨体、そして世の全ての苦悶《くもん》を味わったような嘆きの表情は、見る者を絶望の淵《ふち》に叩き込む。その巨体から繰り出される体当たりは、時には一撃で船を沈めることもある。鋼のように硬い鱗は、生半可な武器でははじき返されてしまう。この恐るべき巨大魚を倒した者は、海の男としての最上の名誉を得ることだろう。


「むんかーふぃっしゅ？」

「確かに、魚だな」

ジェイスが俺と同じように交戦リストを確認しながら呟《つぶや》いた。

俺は初めて見るモンスターだったが、情報が開示されたのは、どうやらジェイスがこの巨大魚を知っていたからのようだ。パーティに所属していると、メンバーが取得した情報には同期がかかり、共有することができるようになるのだ。

経験値や報酬も共有となり均一分配されてしまうことにはなるが、協力しあえることで依頼達成率も上がるし、パーティを組むメリットは大きい。まあ、考え方は人それぞれだけど。

「くそ、やっぱりムンクか！　――強化魔法かける！」

俺が全体強化魔法をかけ終えた頃、複数の足音が後方から聞こえてきた。振り返ると、シェフたちが四人、じゃなかった、【美食の求道者】が甲板へと駆け込んでくるのが見えた。

「おお！　すばらしい！　幻の海の珍味だ！」

「なんとか魚肉を！　魚肉を！」

シェフ二名が包丁を構える。残り二名はお玉と麺棒《めんぼう》。いや、魚肉はいいから先に倒してくれよ。

ていうか、どうやって戦うんだ。もうどこから突っ込んでいいのか分からない。

最後に【天翔る白狼】がやってきた。

「嘆きの巨大魚か……面倒な相手が襲ってきたものだ。しかも、こいつは……」

船体の右側で一際大きな水柱が上がった。

「右だ！」

「幻の珍味！」

水柱の中から、巨大魚が船上に向かって飛びかかってきた。

包丁を手にしたシェフ二名が駆けていき、残りの二名が魔法を唱えだした。お玉と麺棒は魔法の媒体だったようだ。足下の魔法陣の色を見れば、使用中の魔法の属性が分かる。二人の足下は赤色。火属性の魔法を発動しようとしている。

シェフズの一斉攻撃を受けた巨大魚は再びはじき飛ばされて、黒い海へと姿を消した。

「なんでだー!?　火が効いてないぞー!?」

シェフズの嘆きと叫び声に、俺は首を傾げた。

「ムンカーフィッシュは、火属性が弱点なのか？」

確かに魚というなら水属性が主である。ならば火属性攻撃が有効であり、弱点となる。

「ああ。そのはずなんだが……」

大盾のリーダーが慌てた様子でジェイスの元へと駆けてきた。

「……【蒼銀の風】の！　ムンカーフィッシュは通常白色をしている。貴殿は、黒色のムンカーがいるという話を、聞いたことがあるか？」

「いや、ないな」

「そうか……私もだ」

他のメンバーも、どこか戸惑ったような表情を浮かべている。

今度は舳先から、強い衝撃があった。甲板が左右に何度も傾ぐ。

俺は確認のために再度、表示ウインドウに目を向けた。

「ん？」

嘆きの巨大魚【ムンカーフィッシュ】の後に、『？？？』と表示されている。三文字のクエスチョンマーク。未確認、未開示情報。三文字に当てはまるもの……もしかして。

「変異種、とか？」

ジェイスがハッとした顔をして俺の方を振り返った。

「変異種か。なるほど。そうかもしれんな。だとしたら、火属性が効かないのも納得できる」

「……リーダー。提案が」

場違いなほどに可憐《かれん》な声がして誰だろうかと振り向くと、黒ケープの少女魔道士がいつのまにか白狼のリーダーの側に静かに立っていた。さらさらの黒髪を腰の辺りまで伸ばし、長い睫毛《まつげ》とアメジストのような薄紫の澄んだ瞳が印象的な、どこか儚《はかな》げな印象の少女。

「火属性以外を試してみては？」

「そうだな。ノーフェ、頼めるか？」

少女は、はい、と答えて頷いた後、迷うように目を伏せた。

「次に姿を現した時、まずは一つ目の属性を試してみます。ただ、一度に全属性を試すのは不可能です。最悪、火を除いた残り五属性、五回分の体当たりに耐えなければならないでしょう。船体がそれまで保つかどうか……」

　また舳先から衝撃があった。鉄板が凹《へこ》むような音と、ぎしぎしと軋《きし》む音がする。これは、五度の体当たりに耐えるのは難しいかもしれない。

「ええと、そこにいる、【天翔る白狼】の魔道士の女の子！」

　黒髪の美少女の薄紫色の瞳が俺に止まる。

「ちょっと教えてほしい。君の得意な属性は？」

　場違いな質問をとでも言いたげに目を細められた。冷たい視線に怯《ひる》みそうになったけど、どうにか耐える。

「……闇属性ですが」

「じゃあ、残りの四属性、俺が引き受ける。五回の体当たりは無理でも、あと二回ぐらいなら耐えられるだろう。てことで、そういう作戦でいこう、ジェイス。と、【天翔る白狼】のリーダー」

「貴方、何を言ってるの？　四属性よ？　あの巨大魚が飛んでいる間に、四種類の魔法を同時に発動するなんて、できる訳ないでしょう」

「確かに同時は無理だけど、極短い時間で連続発動するなら、間に合うんじゃないかな」

「そんなの無理よ。詠唱にどれくらいの時間がかかるのか、貴方、分かってるの？」

「分かってるよ。でも俺、それが可能なスキルを持っているから。いけると思う」

「【詠唱短縮】？　それなら私もマックスレベルで持ってるわ。それでも四属性を唱え終わるのに最低でも五分はかかるでしょう。五分もあの巨大魚が滞空していると思うの？」

「思わない。でも、五秒ずつでの詠唱なら、全部で二十秒。それくらいなら君の攻撃後に叩き込むことだってできるかもしれない」

「不可能だわ。できる訳ない」

俺は唸った。この気難しそうな美少女に説明したいところだけど、今は時間がなさすぎる。

ジェイスが俺と少女の間に割って入るように寄ってきて、俺をじっと見下ろしてきた。

「宵月。できるのか？」

「できる」

「分かった」

ジェイスが頷いた。俺は驚いて思わずぽかんとしてしまった。信じてくれる、のか。

「【天翔る白狼】のリーダー。その作戦で行こう」

「だが……本当にできるのか？」

「俺は宵月を信じる。こいつは、嘘は言わない奴だ。それに船が壊されたら終わりだ。のんびり検証している時間はない。敵は大人しく待っていてはくれないからな」

「確かに……分かった。やってみよう。いいな？　ノーフェ」

「……リーダーの命令とあれば」

少女魔道士が不服そうに了承すると、リーダーが甲板にいる全員に向かって声をあげた。

「皆、聞いてくれ！　敵は通常の嘆きの巨大魚ではない！　そこで、有効属性を確認するための作戦を我々【天翔る白狼】と【蒼銀の風】で決行しようと思う！　次に奴が現れた時に、各属性を叩き込む。有効属性の確認がとれ次第、各自、武器に属性付与、もしくは属性攻撃で叩いてくれ！」

全員が頷いた。

斯《か》くして、作戦は始動した。俺と、ノーフェと呼ばれた少女魔道士が甲板の中央に立ち、その周囲に詠唱の中断を防ぐための壁役として残りの冒険者たちが並び立つ。

「……ジェイス」

俺を背にして左横に立ったジェイスに、小さく声をかける。問うように視線だけが寄越された。

「なんだ」

「……信じてくれて、ありがとう」

ジェイスが目を細め、少しだけ照れくさそうに小さく笑った。

「お互い様だ」


俺は、さっそく下準備に取り掛かることにした。

神の叡智を得られるという、世界にたった一つしかない魔道書、【瞑闇の書】。

魔法を扱う者が使う武器としても最強だけれど、【魔導学者】ならば、さらに特殊な魔法をいくつか取得できるという。運よく【魔導学者】になったからには、これはもう目指さねばなるまい。

俺は、そんな自分でもよく分からない使命感に燃えつつ一念発起して、【天への黒き塔】７７７階を一人で登りきり、報酬である魔道書を手に入れた。

そして聞いていた通りに、特殊魔法を取得することができた。

喜びに震えながら魔法リストと詳細を読み……俺は愕然《がくぜん》とした。何故《なぜ》なら、取得した特殊魔法はどれもこれも、これ使えるの？どこで使うの？的な魔法ばかりだったからだ。

例えて言うなら、採用すべきか不採用にすべきか迷ってて、ちょっとモニターしてみてよ的な魔法というか。

一つは、植物の声を《音》にして聴くことができる魔法。次に、酒を水にする魔法。その逆は不可。その次に、全てのアイテムを元素まで分解する魔法……その他にも、桜の花びらの幻を周囲に舞い散らせるだけの魔法。HPMP所持金全てを引き換えにしてただ一人の身代わりとなる魔法。等々……

たった一人で777階も死に物狂いで頑張って登ってこれかよおお！　という感じだ。

そういう訳で、あまりにも悔しかった俺は、どうにか活用法を見つけ出すべく一ヵ月近くの間、試行錯誤の日々を送っていた。それがまさか、こんなところで役に立とうとは。

暝闇の書がぱらぱら捲れ始める。

「我、アイテールを通して、土の元素へ干渉。砂礫《されき》を岩と成し、降り注がん――【一時停止】」

光の点と点が光の線により結ばれ、正六面体が描かれて、ぴたりと動きを止めた。

ノーフェがこちらをぎょっとした表情で見たのが、視界の端に映った。

うむ。言いたいことはよく分かる。明らかに変だもんな。【一時停止】っていう魔法なんて。俺だって最初、一時停止してどうするんだよって思わずつっこんでしまったさ。

「我、アイテールを通して、水の元素へ干渉。液体より変成し、拡散せん――【一時停止】」

正六面体の隣に、正八面体が描かれ、静止した。

「我、アイテールを通して、空気の元素へ干渉。気流の複合により、渦と成さん――【一時停止】」

正八面体の隣に、正二十面体が描かれ、同様に静止。

「我、アイテールを通して、天の元素へ干渉。光を収束し、神鳴《かみなり》と成さん――【一時停止】」

正二十面体の隣に、正十二面体が描かれ、また同様に静止。

俺の周囲には、まるで３Ｄ仕様のプラネタリウムを一時停止させたかのように、星座然とした光る多角形が四つ、小さな星のような光をいくつも纏わせながら浮いている。

これで下準備は終了した。

皆の視線が、俺に集中してるのを感じた。緊張するから止めてほしい。頼む。注目されるのは苦手なのだ。

舳先にまた大きな衝撃。

ざざ、と上部デッキに取り付けられている拡声器から音がした。

「あー、あー、テステス。こちら、マゼンダよ。でっかい魚、巨大モンスターが船体の舳先に何度も体当たりしてくれちゃってる御陰《おかげ》で、船のエンジンに影響が出始めたわ。なので、ちょっと今からエンジン止めまーす。点検修理するから、その間にちゃちゃっと倒しちゃってね！」

軽い口調で課せられた重すぎる内容に、甲板にいる全員の額に嫌な汗が浮いて流れた。ジェイスだけはいつもと変わらない様子で重剣を軽く振って肩に担いだ。

「……来るぞ。準備はいいか？」

「おう！　いつでもオッケーだ！」

俺が空元気を目一杯込めて大きな声で返すと同時に、エンジンが止まった。

途端、舳先で大きな水柱が上がった。その中から、あらゆる叫びを内包した嘆きの顔が現れた。

「今だ！　ノーフェ！」

ノーフェが黒い杖《つえ》を掲げた。先端の紫色の大きな宝石から、黒い霧のようなものが滲じみ出す。

「――闇の顎門《あぎと》よ。我に仇《あだ》成す者を食い尽くせ。【ダークス・バイト】」

真っ黒い煙が牙もつ顎門となり、巨大魚の顔に食いついた。けれども牙は通らなかったのか、嘆きの顔が横に振られると黒い顎門は簡単に外れて、霧散した。

ノーフェが悔しそうに唇を噛んでいる。

闇属性は無効。次は俺の番か。

「では。【打ち上げ花火スペシャル】、いきます！」

ジェイスの片側の肩が瞬間わずかにカクリと下がった。

「は？　なんだそれは」

「俺はこの技をそう命名しているのだ。では！」

「【停止解除】――【落石】」

黄色い正六面体が回り始め、上空から数個の大岩が落ちてきたが、全て鱗で弾かれた。

「【停止解除】――【気化】」

青い正八面体が回り始め、巨大魚から湯気が僅かに出る。終了。

「【停止解除】――【竜巻】」

水色の正二十面体が回り始め、竜巻が巨大魚を中心にして渦を巻き始めたが、鱗に当たって霧散した。

「【停止解除】――【天雷】」

白い正十二面体が回り始め、天空より、大きな一筋の雷が巨大魚に落ちた。

巨大魚が絶叫した。

煙を上げながら、海へと逃げるように落ちていく。

「き、効いた――!!」

うおお、と皆から歓声が上がった。

「光属性だ！」

「光……雷撃を叩き込め！」

ざざざ、と拡声器が再び起動した。

「攻撃止め――！　なに馬鹿なこと言ってるんですか――！　この船の、素材は、金属です！」

セオによる一声に、ぐああ、と皆から悶絶《もんぜつ》するような悲鳴が上がった。

うむ。下手すると感電死するな。せっかく打ち上げ花火スペシャルしたのにな！

「打ち上げ、か」

「ジェイス？」

「ならば、俺たちが奴を打ち上げる。その間に、雷を叩き込めるか？」

俺はハッとしてジェイスを振り返り、頷いた。可能だ。

「よし。ならば、それで行こう」

ジェイスが声を張りあげた。

「力のある者は、次にムンカーが現れた時、全力で空中に打ち上げろ。遠距離技を持ってる者は、着水する前に雷撃を全力で叩き込め！」

作戦を理解した面々は、大きく頷いた。

船の左側で大きな水飛沫があがる。

「今だ！」

【白狼】のリーダーとジェイスとシェフ二人が同時に駆け出す。リーダーの大盾と剣、シェフズの長すぎる麺棒を使った追撃による打ち上げ攻撃で、黒い巨体が僅かに浮きあがった。続いてジェイスが飛び出し、重剣が風を切り裂くような轟音《ごうおん》をあげながら、巨体を上空高く打ち上げた。

俺とチビたち、ノーフェたち【白狼】の面々、遠距離技を持つ残りのシェフズが、一斉に雷付加攻撃及び魔法を叩き込む。

四方八方からの雷撃を受けた黒い巨体がより黒く染まり、煙を上げながら崩れ落ちていった。

「幻の魚肉がー‼」

シェフ四名の絶叫とともに。

「……っつ」

突然、俺はひどい目眩《めまい》に襲われて、ぐらりと上体が傾ぎ、仰向けに倒れ込んだ。

後頭部を甲板に打ちつける。酷い目眩と激しい頭痛で息が止まりそうなほど。耳鳴りもひどい。知らなかった。実際にやるとなると、結構疲れるんだな、これ。

霞《かす》む視界の中、双子とジェイスが駆け寄ってくるのが見えた。

「青いお兄さん、大丈夫⁉」

「おい。どうした⁉　怪我《けが》をしたのか⁉」

「してない……ただ、ちょっと……疲れた、だけ――」

手を振ろうとして、ぎょっとした。

手が一瞬、透けて見えた。

まばたきをしたら、元に戻っていた。見間違い、だったのかもしれない。どうやら俺は、相当に疲れているようだ。

見上げた視界の半分を、知らない白っぽい青年の顔によって遮られた。え、誰。

「――大丈夫ですか⁉　今すぐ回復しますね！」

ああ、と思い出す。【天翔る白狼】の神官だ。色素も薄くて、体も細くて、だからか存在感もなんとなく薄くて、思い出すのに時間がかかってしまった。

少しずつ、頭痛と目眩が治まってきて、俺は数度まばたきした。

「大丈夫……少し、よくなって……きた」

神官青年が、今にも倒れそうなくらいに青い顔をして、心配そうな表情を浮かべた。

「でも……」

「ユート。大丈夫って本人が言ってるんだから、大丈夫よ。放っておきなさい」

ノーフェが心に突き刺さる言葉と共に、割り込んできた。君はツンデレか。いや、デレはなさそうだからツンツンだな。

「ほら、リーダーが怪我をしているわ。回復してきてあげて」

「……わかったよ、ノーフェ」

ユートと呼ばれた神官青年は、ノーフェに背中を押されるようにして退場した。

少女は青年神官の背を見送り、それから俺の脇に立ち、見下ろしてきた。

「……ねえ。あなたが持ってるその、星を纏わせた黒い本。――【瞑闇の書】、でしょう？」

俺は目を見開いて見上げた。

感覚の戻ってきた腕を支えに使って、どうにか上体を起こす。少女は感情の読めない薄紫色の瞳で、じっと俺を見ている。

「……本当に存在していたのね、その魔道書」

「君は……知ってるのか？」

少女が肯定するように頷き、うっすらと微笑んだ。

「……ええ。知っているわ」

知っているということは、この子も俺と同じく、あいつに、連れてこられた人――

「その本は、【こちら側の世界】にはない物。【在り得ない神の塔】の【在り得ない遺物】。だからあなたは、【向こう側の世界】の人。でしょう？」

俺は何度も強く頷いた。ああ、ようやく同じ境遇の人と出会えた。安堵に気が緩み、涙がにじんでくる。

「それじゃあ、君も……？」

震える声で確認すると、少女が野花が咲くような、柔らかで可憐な笑みを浮かべた。

脇で聞いていたレフとライが、俺と少女を交互に見る。

「お前、青いお兄さんの、友達？」

「……ふふ。そんなものかな」

ノーフェはゆっくりとした優しい手つきで、双子の頭をなでた。ずいぶん長いことなでている。

どうやら小動物が好きなようだ。美少女と獣耳の子供たちの触れあう姿はどこか牧歌的で、見ていると、ささくれた心がほんわりと和んでくる。

「……ねえ。貴方に話があるの。二人だけで話せる？」

「え？　ああ！　もちろん！」

「そう。じゃあ、明日の夜。見回りが終わった後に、後部甲板に来てね」

そう言い残して、少女は青年神官を追って、去っていった。

*

苦悶の顔をした巨大魚を無事討伐完了した、次の日。

俺たちは船内外の巡回を終え、次の見回り番である【美食の求道者】の部屋へ鍵を渡しに行った。本日の見回りは無事何事もなく済みそうなことに、ホッと息をつく。

部屋の扉が開くと、甘ったるく香ばしい匂いが漂ってきた。これは……まさか。

白いコックコートに高いコック帽姿の男が現れ、俺たちを見て、満面の笑みを浮かべた。

「おお！　君たちいいところに来たね！　今、ちょうどアレが焼き上がったところなのだよ。君たちにもおすそ分けしてあげよう」

シェフが、手の平サイズのクッキーが数枚入った紙袋を、一袋くれた。それが何か分かった俺は、思わず声をあげた。

「おお……！　これは、【ナッツゴーゴー☆フィーバークッキー】！　一度は食べてみたいと思ってたんです！　長年の夢が叶《かな》いました！」

七種の高級ナッツと七種の高級チョコレートが見事なハーモニーを奏でる、激うまクッキー。【調理】レベルも最上位のＳＳＳランクでなければ作れないシロモノだ。

「「わあい、クッキー！　ありがとう、おじさん！」」

俺たちは頷きあい、がっしりと手を握りあった。

ジェイスが背後で額を押さえて溜め息をついていたけど気にしない。火気厳禁の部屋に機材を持ち込んで【調理】していたのは、黙っておいてあげることにした。

「お前ら、賄賂受け取っちまったしな」

「しいっ」

美味しいものは正義です。


双子が眠そうに大あくびをしながら部屋に入っていく。俺は部屋には入らず、扉の手前で足を止めた。

ジェイスが立ち止まって振り返り、首を傾げた。

「宵月？　どうした」

「悪い。俺は、今から話があって……少し、出かけてくるから。先に寝ててくれ」

「話？　誰とだ？」

ジェイスもあの場にいたから聞いていただろうけど、再度、ノーフェと会ってくると伝えると、考えるように目を軽く伏せ、顎をなでた。

「「青いお兄さん、どこか、行く？　寝るしない？　しよう？」」

双子が戻ってきて、目をこすりながら首を傾けた。俺は双子の頭をなでた。

「用事が済んだら、寝るよ。すぐ戻ってくるから」

「「うん……すぐ、戻れ……」」

双子は納得したのか眠気が勝ったのか、部屋に戻っていった。

俺はジェイスたちに手を振って、廊下の先へと足を向けると、急に腕を掴まれた。

「ふわ⁉　ジェイス？」

「……あの少女は、お前の知り合いなのか？」

「ああ、うん。多分……そのはずだ」

ジェイスが黙る。なんなのだ。昨日からやたらと無口だし。いや、いつも言葉少なだけどな。

「一人で行くのか」

俺が頷くと、ジェイスが無言のままジャケットの内ポケットから何かを取り出し、俺に差し出してきた。それは親指大ほどの、金属ではないけれど硬質で厚みのある灰色の——鱗だった。

「持ってろ。何かあったら俺の名前を呼べ。分かる」

何かって、何もないと思うけど。でも心配してくれているようなので、素直に受け取っておくことにした。

手にするとひんやりとして、思ったよりも重みを感じた。金属とも動物性ともいえない材質の、ざらりとした手触り。鱗に見えたけど、それにしては大きすぎる。何の——

もしかしなくても、ジェイスの鱗？　だったら竜鱗《りゅうりん》！　高額素材だ！

「気をつけて行けよ」

「ありがとう。ていうか、お前って結構心配性だよな。顔に似合わず」

「……顔は余計だ」

俺は笑った。最後にもう一度だけジェイスに礼を言い、手を振って廊下を駆けた。

軋む金属の扉を開けて、後部甲板に出る。

水分を多量に含んだ潮風が頬をなでる。ひどく湿った空気が、肺に重く感じた。

「霧……？」

辺りが白濁したように見える。ということは例の霧の海域に入ったのだろうか。東大陸と西大陸の間に横たわる、濃霧地帯に。この辺りの海域は頻繁に風も波も気紛《きまぐ》れに向きを変えるらしい。通常の帆船では絶対に航行することはできない魔の海域。

霧は濃く、二メートル先すら真っ白で見えなかった。俺は急いだ。こんな所に女の子を長く待たせておく訳にはいかない。

霧の中、船尾の行き止まりにある柵に、背中を預けるようにしてノーフェが立っていた。

タービン音や機械音が響いて耳に少し痛い。柵には進入禁止の札が下げられている。柵の真下には大型のスクリューがあるからだろう。これがあるから霧と無風の中を進むことができる。

近づくと、タービンの振動が足にまで伝わってきた。

俯《うつむ》いていたノーフェが顔を上げ、俺に気づいたのか、手を軽く振った。

「こんばんは。待たせてごめんな」

「気にしないで。私も今来たところだから」

「そうか。それにしても……霧が、ずいぶんと濃いね」

「おそらく霧の海域にでも入ったんでしょう。そんなことよりも……貴方は知ってるの？　貴方が持っている魔道書が、三冊組みになってることを」

　俺が頷いて肯定すると、ノーフェの表情が僅かに強張《こわば》った。

「【魂魄《こんぱく》の書】、【炎軀《えんく》の書】、【冥闇の書】。神の与えた試練の塔を登りきった者にのみ与えられる、神からのギフト。世界に三冊しかない叡智の書、だろ？」

　ノーフェが頷く。

「なら——三冊揃えれば、神様が、どんな願い事でも一つだけ叶えてくれるっていうのは？」

　俺は首を横に振った。

　そんな設定は、後にも先にも聞いたことがない。向こうにいた時にも、噂ですら。

「そんな話、初めて聞くけど。それって……どんな願い事でも、いいのか？」

「ええ。神様だもの。できないことなんてないでしょう？」

　もしも、なんでも叶えてくれるというのなら——

「元の世界に帰してください、っていう願い事も、叶えてくれる、ってことか？」

　ノーフェが目を閉じる。気を抜けば爆発してしまいそうな感情を抑えるように。

「……ええ。きっと」

「マジか!?」

　それが本当の話なら、帰還方法が全くない訳ではないってことだ。希望の光が見えてきた。

「なら、冥闇の書は俺が持ってるから、残り二冊の本を探せばいいってことだよな！」

俄然《がぜん》やる気が湧いてきた。

ノーフェの瞼が静かに上がり、薄紫色の澄んだ瞳が俺を見つめてきた。

「あなたも、やっぱり帰りたいの？　こちらの世界もいいところだと思わない？」

「面白そうだとは思うけど、俺がいるべき世界は、あっちだから」

「どうして？　面白そうなら、ずっとここにいればいいじゃない」

「ずっとは無理だよ。あっちの世界には、家族とか、友人たちもいるんだから」

「こっちで作ればいいじゃない」

「そういう訳にはいかないよ。そうだろ？」

ノーフェの口元が震えた。なんだか少し、様子がおかしい気がする。

「ノーフェ？」

「どうして……希望なんて……今更……あの人に見せるの……」

少女が俯いて呟いた言葉はあまりに小さく、タービン音にかき消されてよく聞こえなかった。

「ノーフェ？　どうしたんだ？」

肩に触れようと手を伸ばしたら、強く振り払われた。薄紫の瞳が嘲笑《あざわら》うように細められた。

「……ねえ。【あちらの世界】の冒険者が死んだら、どうなるか。貴方は知っている？」

「それは……」

ゲーム内で死んだ場合、獲得したアイテムなどを納めている俺の第二の自室でもあるパーソナルスペースに強制的に帰還させられる。けれど、この世界の場合は、どうなんだろう。まさか、死んだらそのままゲームオーバー……いや、まさかな。でも。

「教えてあげる。【最初にいた場所】に戻るの」

俺は肩の力が抜け、安堵の息を零した。

「そうか。でも、自分のパーソナルエリアに戻る……訳じゃないんだね」

てことは、だ。俺はまた、あの暗い森に戻るってことなのか？　凶悪兎の姿が脳裏をよぎり、俺は背を震わせた。あいつはもう、結構です。

「ねえ。学者さん。……【吸命の魔種《ましゅ》】っていう魔法、貴方なら知っているわよね？」

「……知ってるけど、それが？」

【吸命の魔種】は、闇属性の魔法スキルだ。特殊な魔の種をモンスターに植え付け、魔法が発動すれば、ＨＰとＭＰを徐々に奪い、自分のＨＰとＭＰに還元できる。その効果は、モンスターが力尽きるか、術を発動した者が解除するまで続く。

「あの可愛い子犬ちゃんたちに、魔種を植えつけたわ。あとは、発動するだけ」

ノーフェが一歩、柵から離れた。

「……なんだって？」

ノーフェは答えず、ただ冷たい笑みを浮かべた。

「ねえ。【こちら側の世界】の住人が死んだら、どうなるか。知っている？」

「こちら側の世界の、住人……？」

「そう。この世界に元々いる人たち……私や、チビちゃんたちのことよ。私たちはね、死んだら終わりなの。まあそれが当たり前のことなのだけど。貴方たちの方がおかしいのよ。死んでもやり直しができるなんて！　神様の慈悲だと、あの人は言っていたけど……そんなの、ありえないわ。共に死ぬことすら、できないなんて……」

「……ノーフェ。何を考えてる？」

ノーフェの顔から笑みが消え、まるで敵でも見るように俺を睨みつけた。

「貴方に消えてほしいの」

「は？　消えるって……ここ、船の上だよな？」

「そうよ。だから、ここから海に飛び込んで」

深くなった霧の中、タービンとスクリューの轟音が不穏に空気を震わせている。いや、それ確実に死ぬよね。

俺の心の声を聞いたかのように、少女が頷いた。

「大丈夫よ。スクリューに巻き込まれたら一瞬で死ぬわ」

「よかった、それなら痛くない……な訳あるかあああ！　ちょっと待て！　なんで、俺が消えなきゃならないんだよ！」

少女が忌々しそうに眉間に皺を寄せた。

「あの人の前から、消えてほしいの！　せっかく、この世界で生きる決心をしてくれたところなのに。あなたが希望を与えてしまった！　ここまで辿り着くのに何年かかったと思う⁉　私と一緒に生きてくれるって、やっと、言ってくれたのに……」

「だから、君の言う『あの人』って誰のことなんだ？」

この子は俺と同じじゃなかった。さっき自ら、こちら側の世界の住人だと言った。

あまりにも俺たちについての事情を知りすぎているから、勘違いしてしまった。でも、何故そんなにも詳しく知っていたんだ。分からない。どこで？　誰からか聞いた？　それは誰から？

「君は、」

「なんで今さら、現れたの。なんで、その魔道書を持っているの。貴方が持ってさえいなければ、こんなことにはならなかったのに！」

「そんなの知るかよ！」

「ええ、そうね。これは貴方のせいじゃない。それくらい私にも分かってるわ。でも、消えてほしいの。この船から。あの人の前から消えて！　飛び込まないのなら、魔種を発動するわ。解除してほしければ、私の言うことを聞きなさい」

「聞けるか！　そんな手前勝手な要求！」

「じゃあ仕方ないわね」

　ノーフェが黒杖を一度振り、大きな紫色の宝石が付いた先端を甲板に向けた。

「ま、待て！　ちょっと待て！　ストップだ！　止めてくれ！」

「あら。ようやく、飛び込む気になったかしら？」

「皆にはどう説明する気だよ！」

「慣れない霧の中、足を滑らして海に落ち、スクリューに巻き込まれましたって言うわ。可哀想な事故でしたって」

　完全犯罪する気、満々だよ、この子！　どうする。どうするよ、俺。

　ノーフェの話を信じるなら、俺は消滅【ロスト】しない。でも、その真偽は未確認で未確定だ。

「俺たちが死なないっていう情報は、確かなのか？」

「確かよ。だって、私がこの目で見たんだもの」

「な、なんだって――⁉」

じゃあ、この子が俺と同じなんじゃなくて、この子の言う『あの人』の方が、俺と同じなんじゃないか⁉

「ま、待ってくれ！　君の言ってる、『あの人』って……」

「貴方は知らなくてもいいことよ」

一刀両断に返された。

俺は手を握りしめた。固いものに指先が触れ、何かを右手に持っていることに気づいた。握りしめすぎて白くなった手を開くと、そこには、灰色の竜鱗があった。ジェイスから受け取って急いで来たから、ずっと手に持ったままだった。

「あ……」

思い出す。ジェイスがさっき、呼べば分かる、と言っていたのを。

この竜鱗には、よく見てみると幾何学みたいな文字が刻まれている。なんらかの術が施してあるようだ。だったら、いちかばちか。

俺は灰色の鱗を力一杯握りしめた。

「――ジェイス」

ほんのりと、竜鱗が光った。

「何をしているの？」

ノーフェが眉根を寄せて、不審そうな視線を俺に向けた。

「いや。別れの言葉を、ね」

間に合うかどうかは分からない。でも、何もしないよりはマシだ。

後は、とにかく時間を稼がないといけない。間に合わなかった時の手段も考えておかなければ。頭が痛い。さっきからフル稼働のオーバーヒート直前状態だからだろうか。

柵の方へ行くように杖で誘導される。ちらりと背後へ目を向けると、暗い海が広がっているのが見えた。誰かいないかと周りを見回してみたが、人の姿はどこにも見当たらなかった。

ノーフェがいらいらと腕を組み直した。

「何してるの。チビちゃんたちを死なせたいの？」

「そんな訳ないだろ！」

「じゃあ、早く飛び降りなさいよ！」

癇癪《かんしゃく》を起こした子供のように、ノーフェが甲板に靴の踵を打ちつけた。

「わ、わかったから、まあ、落ちついて」

ノーフェが詰め寄るように一歩踏み出すから、押されるように俺も一歩後ずさった。

背中に冷たい手すりが当たる。嫌な汗が頬と背中に流れた。魔道書を取り出せないから、魔法も使えない。アイテムすらも取り出すことは許してくれないだろう。だったら。

「ノーフェ……」

「なに」

俺は、ノーフェに拳を突き出し、手の平を上に向けて開いた。

「お願いがあるんだ。俺の形見代わりに、この御守《おまも》りを、ジェイスたちに渡してくれないか

「……？」

　ノーフェは少し考えた後、小さく頷いた。

「いいわ。それくらいなら」

　ノーフェが近づき、手を伸ばした。僅かに手を引いて、近くへ誘導する。――今だ。

「【足払い】！」

「きゃあ⁉」

【足払い】は綺麗に決まった。伊達《だて》に、兄妹《きょうだい》相手に日々攻防を繰り広げていた訳ではない。

　ノーフェが転倒する。ダメージはない。そもそもこれは【攻撃技】ではないからだ。これは選択するだけでそういう風に身体が動く。ただそれだけのもの。

　このゲーム、コミュニケーション方法も充実していて、これもその一つだ。コメント以外の意思疎通手段として、【ジェスチャー】というものがある。敬礼をしたり、座り込んだり、落ち込んでみせたり、踊ったりするやつだ。しかも種類がかなり豊富で、デフォルトで入っているもの以外は、何故か宝箱に入っていたりする。まあ、それを見つけるのも結構楽しかったりするけど。

【ジェスチャー】の中には、【戦闘技】っぽいものもある。ただし、あくまでコミュニケーションツールとしてのものなので、ダメージは全く与えられない。技発動中断や詠唱中断もしない。だから、首を絞められながら詠唱、なんて不思議な現象も起こる訳だけれど。

　ダメージがあるとすれば、心の方に受けるだけだ。【足払い】もその一つ。相手を転倒させる。ただそれだけ。

「【袈裟《けさ》固め】！」

「いやああ！　私に触らないで！　離れなさいよ、このっ……！」

顔を真っ赤にしたノーフェの薄紫の瞳が、怒りで真紫に変化した。そして、俺を吹き飛ばすための魔法のスペルを唱え始める――現在スタンバイ中の魔法を、一旦キャンセルして。

魔法が切り替えられたことに気づいた俺は、心の中でガッツポーズをした。

これでいい。【吸命の魔種】さえ相手に発動させなければ、後はどうにでもなる。たとえ攻撃魔法をまともにくらったとしても、ダメージの大半は【最強装備】が防いでくれるだろう。そのまま戦闘に持ち込めれば――

「炎獄の魔王よ、我が怒り、我が願いを聞き届けたまえ。彼の者に断罪を。獄炎の鉄槌《てっつい》を下したまえ――【アディス・フレイムブロー】！」

「え!?　ちょ、なんでいきなりそんな広範囲上位魔法!?」

脳内に、その魔法についての効果と解説文が瞬時に浮かんだ。

【アディス・フレイムブロー】
属性：火属性　取得レベル：魔道士　レベル70以上
対象範囲：術者の指定位置より半径100メートル前後
炎獄の魔王の燃え盛る巨大な拳が振り下ろされる。受けた者は、消し炭さえ残らないだろう。

「待て待て待て――！　それヤバい、船が――！」

それは広くて足場がしっかりとした場所でならやってもいい魔法だ！　俺も魔道士時代に使った

ことあるけど、しばらくの間、広範囲の地面が焼け焦げていた。

ノーフェも俺に言われて我に返ったのか、瞳の中に動揺と戸惑いの色が浮かんだ。

「あ……」

少女が慌ててエリア防御魔法を詠唱しはじめた。だが、【魔道士】では到底間に合わない。

俺は瞑闇の書を取り出した。魔導学者は、魔道士よりも詠唱が段違いに速い。長々滔々《とうとう》とした前振り呪文がないからだ。【詠唱短縮】も合わせれば、もっと速くなる。急がなければ。

「我、アイテールを通して、天と水の元素に干渉！」

開かれた魔道書の上に、正八面体と正十二面体が描かれて、回転した。

「守護の円となりて、我らを守らん――【天涙の円環】！」

数人は纏めて潰せそうなくらいの巨大な燃え盛る拳が振り下ろされるのと、きらきらと光る薄い水の膜のようなドームが後部甲板全体を覆うのは、同時に近かった。

そして獄炎の拳の余波でもある爆風が、エリア守護魔法を唱え終わった俺を吹き飛ばすのは、術が完了するよりも一秒ぐらい早かった。

え、またこのパターン？　俺って、本当にリアルラックが低いよな。

身体が手すりを飛び越える。見下ろすと、大きな三つのスクリューが轟々《ごうごう》と回転していた。

これはどう考えても、間に合わない。滞空中に詠唱なんてできない。

痛いんだよな、この世界。ダメージを受けるとリアルに痛い。痛覚もしっかり再現されている。

鬼だ。鬼設定だ。鬼畜設定だ。責任者はどいつだ。クレームのメールを長々と書いてやる。

「――宵月！」

深い霧の中、左通路から駆け込んでくる人の姿が見えた。黒いコートを羽織っている、灰色の髪をした青年が。

来て、くれた！　俺のＳＯＳ、届いたんだ。よかった。でも——

身体が、海面に打ちつけられた。

肌を刺す海水の冷たさ。視界を埋め尽くすのは、白い泡と深い青黒だけ。

予想していた痛みは、なかった。冷水によって痛覚が一時的に麻痺《まひ》したのかもしれない。

ああ。死ぬのかな。

この世界に来て、初めて。また、あの凶悪兎がいる森に戻るのかな。勘弁してください。本当マジで。

第四章　邂《かい》逅《こう》

こぽり。こぽり、と、水音が聞こえる。

「――き！」

水音に混じって、誰かの声がする。

「――月！」

誰かを呼んでいる。俺を？　違う。俺の、俺の名前は。

「目を開けろ！　起きろ！　宵月！」

俺の、名前は――

「宵月！」

そうだ、今の俺の名前は、【宵月】だ。

「おい、起きろ！」

耳元で大声出さないでほしい。耳が痛い。あと、頬を力一杯叩くのも止めてほしい。ものすごく痛いんですけど。腫れたらどうしてくれる。

「頼むから……」

ジェイスの声だ。珍しく声が微かに震えている。なんだか、泣きそうな声。

「「やだ！　起きる！　青いお兄さん！」」

レフとライの声もする。こちらはもう完全に泣いてしまってる。ああ。はやく、起きないと——

俺はやけに重たく感じる瞼を、どうにかこうにか、持ち上げた。

霞んだ視界でも解るぐらい近くに、ジェイスの顔があった。その両側には、涙と鼻水でぐしゃぐしゃの顔をしたレフとライの顔も。

視界がようやくクリアになる。ジェイスは、全身びっしょりと濡《ぬ》れそぼっていた。灰色の瞳孔が縦に割れている。尖った耳元から頬と首筋にかけて、灰色の鱗が肌を覆っている。俺の肩を支えている手の甲にも鱗が。指先には鋭い爪。お前、【擬態】が解けかけてるぞ。

「……あ、れ？」

おかしい。草や土の匂いじゃなくて、潮の匂いがする。ここは、あの森、じゃない？

「俺……死、んだ、んじゃ……」

「あほか！　死んでない」

「「わああん、死ぬ、ない！」」

チビ共の顔が涙と鼻水まみれだ。しょうがないなあ拭いて……あれ。手が動かせないや。

それに、さっきからずっと大きな音がしていて、耳奥が痛い。人の不安をかき立てるような音——サイレン？　異常を知らせる警報音だ。一体、何が起こったのだろうか。

しばらくすると霧の向こう側、船央脇の通路から複数の慌ただしい足音が聞こえてきた。たくさんの話し声もしている。

「……ですから、何か、とても硬い物がスクリューに挟まったのだと思います。それが原因で緊急停止したのでしょう。何が挟まったのかは分かりませんが」

「もう！　どこのどいつよ、船のスクリュー止めやがったのは！　モンスターだったら、こてんぱんに伸《の》してやるわ。まったく！　こんな夜中に緊急停止するなんて！」

首だけは少し動かせたから、傾けて見ると、マゼンダとセオだった。

「とにかく。何が挟まったのか調べないとね。冒険者の皆、調査の方はお願い――あら？　宵っちたち⁉」

マゼンダとセオが、慌てた様子で駆けてくる。

「ちょ、ちょっと！　宵っち⁉　大丈夫⁉　それに、皆も！　どうしたの⁉」

「あの、大丈夫ですか⁉」

後方から、繊細そうな白い青年も小走りで寄ってきた。側に両膝を突いて、覗き込んでくる。

誰だっけ。そういえばと思い出す。確か、【天翔る白狼】の神官青年だ。

「大変だ……急いで回復します！　ＨＰがレッドゾーンです。しかも、【体温低下（強）】に加え、【凍傷】にも罹《かか》ってる。……ああ、急がないと。ＨＰが急激に減っていっています！」

最強装備は炎獄の魔王の爆裂パンチダメージは防いでくれても、さすがに地形効果までは防げなかったようだ。ここの海水は氷水並みに冷たかったのだけは、うっすらと憶《おぼ》えている。それだからか、幸か不幸か痛みはなく、一瞬にして感覚と意識を失った。

青年神官がクロスの形をした白い杖を構え、回復魔法を唱え始める。

「慈悲深き大天使マーシフェルよ。我らに癒《いや》しの手を差し伸べたまえ――【大天使の祝福】」

高レベル回復魔法だ。【神官】がレベル80で覚える。【天翔る白狼】は、かなり高レベルなパーティだったようだ。

身体が淡く白い光に包まれた。ほんのりと温かい。

俺は無意識に詰めていた息を吐いた。身体の震えが、少しずつ収まってくる。

「ありがとう。助かった……」

礼を言うと、青年神官の顔が泣きだしそうな感じに、くしゃりと歪んだ。

「うう……すみません……僕が、僕がもっとしっかりしていれば、こんなことには……」

身を起こして尋ねようとしたけど、できなかった。まだ手足に力が入らない。ジェイスの膝の上に抱きかかえられてる状態だった。温かいけど、皆の注目を浴びているから、微妙に居心地が悪い。どういう状況だこれは。

首を巡らすと、皆から離れた壁際にノーフェが一人、俯いて立っていた。肩を微かに震わせながら、涙を静かに零している。

「すみません。本当にすみません。ノーフェの暴走を止められなかった。いや、僕がノーフェを不安にさせてしまったのがいけないんです。僕がいけないんです。これは全て、僕のせいです」

すみません、と青年神官は何度も俺に頭を下げた。その様子は、どこか自虐的にも見える。

「ノーフェは、きつく叱っておきました。罰は僕が受けます。僕のせいですから……」

「いや……そんなことよりも、君は……」

白い青年が涙を拭き、深く頷いた。

「申し遅れて、本当にすみません。いろいろ考える前に、早く声をお掛けすればよかった。僕は、松崎《まつざき》裕《ゆう》斗《と》。君と同じ――こちら側の世界に連れてこられた者、です」

熱いシャワーで海水を洗い流し、着替えてベッドに倒れ込むと、一気に全身の力が抜けた。

シャワールームまで入ってきそうな勢いで俺の後ろについて回っていた双子が、しゃくりあげながら布団を掛けてくれて、ベッド脇に頭と手をのせて座り込む。

「「痛い？　苦しい？」」

「いや、もう痛くも苦しくもないよ。大丈夫」

「「よかった！」」

双子が俺の脇腹辺りに頭を押しつけて、ぐりぐりと左右に動かした。俺はほんわりした温かさと気分を感じながら、その頭をなでた。

「本当に、もう大丈夫なのか？」

シャワールームから出てきたジェイスが、ベッドサイドまで椅子を引き寄せてきて座った。俺の後に入ったのに早すぎないか。ちゃんと海水流したのか。あとでヒリヒリするぞ。

今はすっかり鱗も消え、いつも通りの姿に戻っている。

「うん。【衰弱】は、しばらく横になってれば治るし」

「そうか」

「……ありがとう。助けてくれて」

あの状況から推測するに、すぐさま海に飛び込んで助けてくれたのだろう。しかもスクリューの直前に落ちたはずだ。よく巻き込まれなかったものだ——いや。

巻き込まれたんだ。

あれだけ近かったら、巻き込まれないはずはない。それで、ジェイスは仕方なく【擬態】を解いたんだ。強固な竜の鱗なら耐えられる。でも、誰かにばれたら、大変どころの騒ぎではない。モンスターだと分かったら……討伐対象になってしまうかもしれないのに。

「……ごめん」

ジェイスは笑って、チビたちにするように俺の頭をかき回すみたいに手荒になでた。だからお前、俺の年齢忘れてないか。俺は子供ではない。

「気にするな。お前が助かって、よかった。――しかしお前……本当に、俺を怖がらないな」

あの外見、結構それなりに気にしていたようだ。俺はなんだか可笑しくなって笑った。

「……なんで笑う」

「いいや。今さら何言ってんだって思ってな。そんなことより、すげぇタイミングよくてびっくりした」

「呼んだだろ？」

ジェイスが片眉を上げて笑い、俺の頭上脇、サイドデスクに置いてある灰色の物を指さす。

「ふむ。なるほどこれは、スーパーマンを呼べるアイテムだったのか」

「なんだそれは」

部屋の扉が、静かにノックされた。

起き上がりかける俺を制して、ジェイスが扉を注視しながら、答えた。

「誰だ」

「……【天翔る白狼】のユートです。入っても、宜《よろ》しいですか？」

振り返ったジェイスに頷くと、扉の鍵を外して開けた。静かに表の人物が滑り込んでくる。

白い祭服を着た青年は扉をそっと閉め、ベッド脇まで静かに歩いてきた。

ユートは俺を見るなり、申し訳なさそうに眉尻と頭を下げた。

「……僕一人で、すみません。ノーフェにもすぐに謝らせたいところなのですが、彼女も今は精神的に不安定で……部屋で謹慎させています。明日には、謝りに来させます。【吸命の魔種】も、すぐに解除させました。ご安心ください。本当に、この度は大変な御迷惑をお掛けして……」

「いや……それよりも、どういうことか説明してもらえるか？」

「は、はい！　何からお話しすればいいのか……僕は……今から十年ほど前に、【こちら側の世界】に連れてこられたのですが――」

「え!?　じ、十年!?」

ユートが手を組み合わせた。懺悔《ざんげ》する巡礼者のように。

「ログアウトができない、と知った時の絶望は今でも忘れられません。残してきた妻と娘のことを思うと……」

「ちょっと待って、あんた、結婚してたんか！」

「起きるな」

予想外な展開に思わず起き上がった俺を、ジェイスが押し戻した。地味に痛い。

「僕は、帰る方法を必死で探していました。そして東大陸をさまよっていた時に西大陸の存在を知り、東大陸は調べ尽くしたと思っていた僕は、どうにかお金を貯め、渡りました。でも結局は、これといった手がかりすら摑めず……何も得られぬままさまよい続け……とうとう、とあるダンジョンで行き倒れてしまいました。そんな時、【天翔る白狼】に救われたんです。そして、パーティに誘われ、彼女――ノーフェと出会った」

　静かな、というか、どこか諦めたような表情をした、あの少女。

「彼女も孤独だった。僕も孤独だった。僕たちは波長が合ったんでしょうね。すぐに打ち解けました。彼女は僕の話を信じてくれたし、辛《つら》い時も、ずっと傍《そば》にいてくれた……」

　ユートが丸くくりぬかれた窓の向こうを見つめた。そこは霧の白以外、何も見えなかった。

「貴方の他にも、連れてこられた冒険者はいるの？」

「いますよ。ウェイフェア・パレスに行けば。常時百人以上は、あの街にいるでしょう」

　予想以上の人数に驚く。ふと、あの銀髪のきざっぽい青年を思い出した。

　――今回の規定枠は埋まってしまっているから特別枠でね、と言っていた。今回の、ということは……前回もあった、ということ。

　一体、何人攫ってきてるんだ、あの男。通報だ。警察はどこだ。

「……コンスタントに何人かずつ、連れてこられてるのかな」

「そうでしょうね。すみません」

「いや、貴方が謝らなくてもいいんだが。でもなんで、俺たちの世界で、騒ぎになってないんだろう……」

　なっていたら、こんなことは続いていなかったはずだ。ゲームをしている人が攫われる、なんて不穏な噂が立てば、真偽はどうあれマスコミが騒ぐし、ユーザーも離れていく。

「……連れてこられた冒険者たちは、皆口を揃えて、『こんなに攫われてるのに気づかなかった』と言うんです。僕も不思議に思って、多くの方々に聞き込みをしたんですが――」

ユートが辛そうに目を閉じ、それから開いた。

「このゲームを一緒にしていたという兄弟に、会ったことがあります。聞いたところによると、単身赴任中の兄が、まず先にこの世界へと誘われた。次いで一年後に、実家にいた弟も同じように。弟さんが仰《おっしゃ》るには、『兄は消えていなかった』と」

「え!? それって、どういうことだよ? 兄は先に攫われてたんだろ?」

「ええ。そうです。彼には、ウェイフェア・パレスでお会いしましたから。弟さんとは、ずっと後に別の町で偶然に」

どういうことだ。ふと一つの可能性に思い至る。ありえない。けれど、まさか。

「向こうの世界には、【自分】が、いる……?」

ユートが重々しく頷いた。

「はい。似たような話をいくつも聞きましたから、間違いないでしょう。親しい友人同士で、間を置いて連れてこられた方々も、同じようなことを仰っていましたから。普通に、リアルで生活していたから分からなかった、と」

「いや、おかしいだろ、それ。俺は、ここにいるんだし!」

「僕だってここにいます。でも、おそらく、あちらの世界にもいるんです——もう一人の僕が」

「なんだそれ。誰だよ、それは!?」

ユートが力無く首を横に振った。

「分かりません。ただ——ひとつ。皆さんが口を揃えて言うことがあります。——『あんなにあのゲームが大好きだったのに、ある日を境に、ぱったりとログインしなくなってしまった』『人が変わったように大人しくなった』『無口になった』」

「いや、おかしいだろ。それ」

「ええ。おかしいですよ」

俺は痛み始めたこめかみを揉《も》んだ。

「……もしかして、俺たちの世界にいるヤツの方が、コピー品、なんじゃないのか？」

それも、どうも劣化コピーっぽい感じがする。とりあえず空いちゃった穴を埋めるのに、適当に代わりを作って入れておけばいいや的なものを感じる。

「誰だよ、そんな適当コピー作ったのは！」

「……すみません。私にも分かりません。それこそ……神様じゃないですか？」

ユートが苦笑まじりに、冗談と本気が半々に混じったことを言った。

「それから。街には、一つの噂が流れていました」

「噂……？」

「はい。【神の造りし塔】にあった【神の創造物】である唯一無二の三冊の魔道書を揃えると、神様が現れ、願いを一つだけ叶えてくれる、と」

「ああ……それ、俺もついさっき聞いたけど。本当なのか？」

「どうなのでしょう……ただ、私が来る前から、皆さんは探しておられたようでした。その噂を信じて。世界中を飛び回っておられました。赤本の所在はわかっているんです。持ち主がウェイフェア・パレスにいますからね。【お宝探し隊】のロッソさんって知っていますよね？」

「ロッソ！　まさかあのオヤジも連れてこられてるのか!?」

一番最初に３３３階の神の塔を踏破して、【炎軀の書】を手に入れたレンジャーだ。最初の【暇を持て余した狩人《かりゅうど》】として名をはせた。

【炎軀の書】。炎で造られたような装丁から、赤本とも、炎の書とも言われている。所持していれば、飛躍的に身体能力がアップする。ＨＰが毎秒１ずつ回復していく。魔法が使用できる職業なら、特殊な回復魔法を取得することも可能だ。

ロッソは二年前に、やる気をなくして引退してしまった、と噂で聞いた。

さっきの話からすれば。二年前に連れ去られ、劣化コピー版と入れ替わってしまったってことなのだろうか。

「はい。彼が言ったんです。彼も、ずっと噂の真偽を調べていました。そして、間違いない、と」

「ロッソは何か、噂の根拠を見つけたってことか？」

「おそらく。古い文献を見つけた、と言っていました。過去に三冊の魔道書を揃え、神に願った者がいたらしいんです。それで確信した、と」

ずっと昔にも、俺たちと同じように連れてこられた人がいたんだ。

オンラインゲーム【グラナシエールの創世】は、初期のプロトタイプであるベータ版で十年、その後リリースされた正規版は今年で三十年を迎える長寿ゲームだ。作り込まれた世界観と日々進化するシステムは、多くの人に愛され、未だに高い人気を誇っている。

俺の知らない過去にも、【天への塔】のクエストが配信されていたらしい。

俺と同じく、７７７階の塔を登った人、いたんだ。変人仲間がいた。嬉しい。できることなら、語りあいたいところだ。それもだけど――

「その人たちも、俺たちのように、元の世界に帰ろうと頑張っていたってことか」

ユートが肯定するように大きく頷いた。

「宵月さん。貴方は【暝闇の書】を手に入れた。貴方のメニュー項目に、何か、新規で追加されたものはありませんか？」

「新規で追加された項目……？」

もしかして、あれだろうか。あの、ふざけてるとしか思えない項目。

【ログアウト】が消えて、【オラクル】っていう項目に置き換わってたんだ。もしかして、ユートにはない？」

ユートは目に涙を浮かべて、安堵と感動の表情で微笑んだ。

「はい。ありません。【オラクル】……神託という名のその項目。それは三冊の叡智の書の所持者にしかない項目なんです。所持者は神と通じる権利を得た者。ああ……あの噂は、真実だったんですね……」

ユートがハンカチを取り出して涙を拭い、鼻をすすった。

「じ、じゃあ！　その、三冊の魔道書を集めた人たちは――」

元の世界に、帰れたということか⁉

尋ねた途端に、ユートの顔色が曇った。そして静かに首を横に振った。

「ロッソさんが読んだ文献によると、三人の所持者たちは、全員の帰還を願おうとしていたようです。けれど――志半ばで、亡くなった、と」

「亡くなった……？　ど、どうして⁉」

「分かりません。なんらかのトラブルがあり、帰還に失敗したようです。その後の彼らの行方も分かりません。情報を集めていますが、どれも人伝《ひとづ》ての不確かな噂ばかりで……。だからロッソさんは、彼らの遺志を継ぎ、志を同じくする者を集め、元の世界に帰還しようと組織を立ち上げました。彼は今、魔道書探索本部のリーダーをしています」

「魔道書探索本部……」

「【魂魄の書】の件ですが……持ち主だけは、分かっているんです。どこのパーティにも所属してない、コクトー、という人です。ウェイフェア・パレスで姿を見たという者もいるのですが、それ以降、行方不明です。現在捜索中なのですが、噂すらも集まっていない状態です」

コクトー。二番目に、５５５階の神の塔を踏破したアサシン。【暇を持て余した暗殺者】として名をはせた。これ流行《はや》らせた奴、暗殺されるぞ。いや、もうされてるかもしれない。

【魂魄の書】。白煙のような、霧のようなものをうっすらと纏っている、純白の書。その見た目から霧の書、白本とも呼ばれている。所持していれば、飛躍的に魔法・スキル効果がアップする。ＭＰが毎秒１ずつ回復していく。魔道士系職業なら、特殊な精神魔法を取得することも可能だ。

「暝闇の書は……手に入れた者がいるのかどうかすらもわかりませんでした。あの、７７７階の神の塔を踏破するような変人など、いないと誰もが思っていましたし。誰も口にはしませんでしたが。でも、あれがないと神様は呼べない。だから、暝闇の書の所持者捜索と合わせて、神の塔の捜索もしていました。まさか、手に入れている者がいるなんて……」

「暇人でわるかったな」

ユートが慌てて手を振った。

「す、すいません！　ち、違うんです！　すごいな、って！」

「いや、いいんだ。俺の通り名、【暇を持て余した変態学者】だから」

これつけたやつ、絶対見つけ出してボコってやるからな。なんで俺だけ変態ってついてんだ。

「俺がこの本を手に入れたの、ほんの一、二ヵ月くらい前なんだ」

「そうですか……なら、分からないはずだ」

ユートが笑う。泣き笑いのような笑みだった。

「皆、必死に探し回りました。僕も必死でしたよ。早く戻らなければ、妻と娘が待ってる。気が狂いそうでした。でも……一年経っても、二年経っても、白本も黒本も、情報の欠片《かけら》すら見つかりませんでした」

ユートが力なく、視線を落とす。

「こんな状態がいつまで続くのか……一生涯かけても状況は変わらないのではないか。僕は、そう思うようになりました。十年は、短い時間ではありません。僕がもし戻れたとしても、妻はきっと許してはくれないでしょう。そんな時、ノーフェがいつも元気づけてくれました。妻も娘も、新しい幸せを見つけてる、僕もここで新しく見つけたらいい、と。一緒に静かな場所で暮らさないか、と誘ってくれました」

それで、か。

「僕は……もう、疲れました。冒険者を辞め、住人としてこちらの世界に同化し、ノーフェと一緒に暮らそうと決めた。そこに、貴方が――星を放つ漆黒の書を持って現れた」

ユートが俺と視線を合わせた。そこには、喜びつつも諦めの色が混じっていた。何故。

「赤本はロッソ、黒本は俺。残るは、白本だけってことか。じゃあ、一緒に――」

ユートが困ったように微笑み、首を、ゆっくりと横に振った。

「……すみません。僕は……あと一つ残っている未達成の依頼が終わったら、ロッソさんに挨拶をしに行って、そのあと……冒険者を辞めるつもりです。それは、貴方の黒本を見た後でも、変わりません。僕はこの世界の住人として生き、ノーフェと一緒に、この世界に眠るつもりです」

「え……」

ユートが笑みを浮かべる。それは、何もかもふっきれたように、澄んでいた。

「一緒に行けなくて、すみません。でも、僕はもう、どうしても諦めきれない大切な人をここで見つけてしまったから。……皆さんが無事帰還されることを、心より願い、祈っています」

ユートは鞄から地図を取り出して、俺に差し出した。

「ウェイフェア・パレスと、その周辺の地図です。最近増えた区画や、ロッソさんのいる本部の場所も書き加えています。どうぞ、お役立てください。すみません、こんなことぐらいしかできなくて……。それと――」

ユートが声を潜める。

「開けば星の光を放つ、その漆黒の魔道書は……あまり人に見せないほうがいいでしょう。悲しいことですが、心無い人も、少なからずいますから」

「……そうだな。気をつける」

「はい。すみません……こんなことがあって言うのもなんですが……最後に、同郷の君に逢《あ》えてよかったです。ヨイヅキ――【宵月】なんて風流な名前……日本人じゃないと付けませんよね？」

「まあ、そうかも。そうかな？」

「ふふ。そうですよ。じゃあ、僕はこれで」

「本当に、貴方は……それで、いいの？」

「はい。いいんですよ。……お元気で。さようなら」

ユートは深く一礼し、静かに部屋を出ていった。

完全犯罪未遂事件、帰還に関する新旧情報、同郷の冒険者のリタイア宣言。あまりにもいろんな物事が一度にありすぎて、どうにも頭が整理しきれない。

多くの情報を得て嬉しいはずなのに。何故、こんなにも苦しいのだろうか。

もう少し彼を説得してもよかったのではないか。彼は、いや俺たちは、この世界に同化することなどできるのだろうか。分からない。俺には、どの選択が正しいのかなんて、分からないけど。でも。さようなら、なんて。

ジェイスが俺の目を覆った。

「もう、そろそろ寝ろ。考えるのは明日でもいい。この船旅は、まだしばらくは続くんだから」

「……うん」

「考え方も、選ぶ道も、人それぞれだ。諦めるのも、諦めないのも、個人の自由だ。お前が思い悩むことはない。だから、泣くな」

「はあ？　俺は、泣いてないぞ。何言ってんだ」

湿ってるのは、汗だろ。声が震えたのも、変な姿勢でしゃべったからだ。

俺は目を閉じた。なんだかひどく疲れていて、身体に力が入らない。さっきから、頭も痛い。

ふと、脇腹辺りからレフとライの寝息が聞こえるのに気づいた。もふもふとした耳が腕に当たる。冷えきっていた体に、ふかふかとした毛の肌触りと、じんわりとした温かさが心地良かった。

視界も覆われたまま、シャットアウトされている。真っ暗で何も見えない。けど、温かい。

意識は、すぐに眠りの底へと落ちてしまっていた。

*

西大陸を出港して、三十日目。

ムンク顔の巨大魚の襲撃事件以後は、幸いにも特に何事もなく、俺たちは東大陸のスターリィ・コースト港に到着した。

タラップを降りると、青い空が広がっていて、強めの日差しが目に眩しい。

俺はホッと息を零した。ああ、古巣に、ホームグラウンドに、ようやく到着できた。長かった……。走馬灯のように今までの苦労が脳裏をよぎり、俺は目頭を押さえた。

タラップの下では、マゼンダとセオが待っていた。

降りてきた冒険者パーティに、【依頼達成通知書】を渡している。これを冒険者協会に持っていくと、報酬やアイテムと交換してくれるのだ。

「宵っち、それから【蒼銀の凪】のみんなも、お疲れ様！　ありがとう、すごく助かったわ！　これで往路の護衛任務は完了よ」

マゼンダから、ジェイスが【依頼達成通知書】を受け取った。

「本当に助かったわ。できれば、復路の護衛も是非お願いしたいところだけど。一ヵ月後に、今度は【西大陸までの護衛】を依頼掲示板に貼り出しとくから、よければお願いね！」

「ああ。タイミングが合えば、その時はまたよろしく！」

そう返事をすると、マゼンダが「ええ〜」とものすごく不服そうに声を出し、眉を八の字にした。だって仕方ないだろう。お互いそれぞれの都合で動いてるのだから。

「今度会った時には、ゆっくり呑みにでも行きましょう！　またね！」

「……あ、ああ！」

また、とはどうしても続けられなかった。もしまたこのパーティと彼女が会えた時には、おそらく俺は……そこにはいないだろうから。

俺たちはマゼンダとセオに手を振って、船着き場を後にした。


港町、スターリィ・コースト。

一歩足を踏み入れると、水上に町が浮いているかのような光景が視界に飛び込んできた。

水路が至るところに流れ、海鳥が至るところで遊んでいる。あちこちに橋が架かり、橋の下を色とりどりの小舟が行き交い、水路沿いには様々な店が賑《にぎ》やかにひしめきあっている。それはまるで、かの有名な水の都ヴェネチアを彷彿とさせるような町並みだった。そして——

……俺の知っている港町とは、似ても似つかぬ町並みです。

何がどうしてこうなった。ここは漁船や小さな商船が寄港する、こぢんまりとしてのんびりとした、牧歌的ともいえる港町だったはずだ。俺の知らない間に、何が起こったんだ。いや、もしかして新規追加された港町だったりするのだろうか？　それとも、こっちの世界の方が——

呆然と立ち尽くしながら、周囲を眺めていると。

「——おーい！　おーい！　そこの人おおおお！　待ってよ～！」

ふいに、軽いというか、気が抜ける印象を与える男の声が聞こえてきた。

人込みの中、誰かが恥ずかしげもなく大声で誰かを呼んでいる。呼ばれた奴は恥ずかしいだろうな。可哀想に。同情を禁じえない。

「ちょっと～！　待ってったらあ～！　そこの、青い人おおお！」

青い人？

俺も含めた通行人たちが、探すように首を巡らした。

おい。知り合いなら早く応えてやれよ。それとも恥ずかしいのか。そうだろうな。恥ずかしかろう。俺だったら全力で他人のふりをする。

「違う違ーう！　そこの青いお兄さんだってば～！」

青いお兄さん？

なんだか一斉に皆の視線が俺に集中した。え。なに。嫌すぎる。まさか違うと思いたいけど——

「……俺？」

思わず呟いて、立ち止まってしまった。瞬間、しまったと思った。

背後から、誰かが慌ただしく駆けてくる音がする。

「そうそーう！」

振り返りたくなかったが振り返ってみると、人ごみから頭一つ分ぬきんでた、黒緑色のもじゃもじゃした頭が近づいてくるのが見えた。ワカメ頭に赤縁メガネをのせ、黒いスラックスに大きすぎるバックルのベルト、ピンクのシャツに黒いネクタイをだらしなく締めている。

高く上げた両腕がゆらゆら揺れている。なんだか全体的にとてもワカメっぽい。人の流れから押し出されるように現れたのは、塵《ちり》よりも軽そうな雰囲気をした、ひょろりと背の高い男だった。

男が嬉しそうに両手を何度も叩く。やめろ、恥ずかしい。

「ああ～！　やっぱり！　宵月君だ～！　あっれえ？　でもなんか、ちょっと幼くなってない？背も縮んじゃって、なんか高校生みた――へぶあ！」

俺は思わず【足払い】をかけてしまった。これは【体術】スキルではなく、【ジェスチャー】だ。なのでダメージはない。リアル精神にはダメージを受けるかもしれない。

ワカメ頭が地面に沈んだ。

ああ、そうだよ。キャラ作成時、顔のテクスチャを三十歳くらいに見えるようにして、背も三十センチほど高く設定したさ。

「悪かったな童顔で！　なんでか俺だけ、ほぼリアルのデフォルトになってんだよ！」

「へえそうなの～？　しかし、なんたる偶然！　こんなところで会えるなんて……って、あれ～？わああ可愛いねえ！　双子の犬っ子？　もしや宵月君、子供できちゃったの――ぶふお！」

俺は【回し蹴り】をかけた。再びワカメ頭が地面に沈む。

「そんなわけあるか！」

「なんだ？　知り合いか？」

「……不本意だが」

「不本意って、ひどいなあ」

ワカメ男が立ち上がって、袖やスラックスの土埃を払った。

「いてて、宵月君、武闘家でもいけるんじゃないの？　……ええと、どちら様？」

俺は眉間を揉みながら、ジェイスたちを紹介した。

「ふむふむ。【蒼銀の風】ね。俺はスティング。かつては宵月君と同じパーティにいた、腕利きの【スナイパー】さ。よろしくぅ☆」

スティングは踵を合わせて敬礼すると、ウインクを飛ばした。

「「よろしくぅ☆」」

双子がマネして敬礼ウインクした。止めるように注意しておいた。

「こら、マネしたら駄目だぞ。阿呆《あほう》がうつるからな」

「ひどい!?　ていうか宵月君！　君もこちら側に連れてこられちゃってたんだね～。いつから？」

「一ヵ月くらい前、かな。お前も――」

「うん。まあね。一年くらい前からかな？」

一年前。ちょうどスティングが――ぱったりとログインしなくなった頃だ。

「まあ一年なんて、あっという間だったけどね☆」

スティングが軽い言葉で話題を流した。お互い深刻な顔を突きあわせて落ち込んでも、しょうがない。普段はふざけたことばかりする奴だけど、こういうところは、なかなかいい性格だと思う。

スティングはズレた眼鏡を頭に差し直して、俺の頭の上から足の先まで眺めた。

「ふむ～。姿はともかく、元気そうで良かった。俺のほうは心配しなくても、いつでも超元気☆だよ～！」

スティングが腰に片手を当て、ピースサインで瞳を囲い、またもやウインクを飛ばした。双子がそのマネをして喜んでいる。頭が痛い。

「別に心配してない」

「ひどいっ」

「そんなことより、スティング！　お前は今、どうしてるんだよ」

「俺様あ？　そりゃあもちろん、日々、帰る方法を探して回ってますよ〜。宵月君は？」

「俺も。これから、ウェイフェア・パレスに行こうと思ってるんだけど。ロッソがいるよな？」

「ああ、おやっさん？　いるいる。【魔道書探索本部】にいるよ〜」

「そうか。喜んじゃいけないけど……ロッソも来てくれてて、よかった」

「うんうん。おやっさん、頼りになるからね〜」

俺たちは頷きあった。

ロッソは、【お宝探し隊】の前に、【ハイジンクス】というパーティに入っていた。そのサブリーダーもしていた男だ。

幸運の【ハイジンクス】。

どんな死地でも必ず最後まで生き残っているから、いつしかそう呼ばれるようになった。

俺とスティングも、二年ほど所属していた。その頃の俺は、まだ【魔道士】をしていた。

リーダーは【クローバー】。【魔導学者】で、かなりの変わり者だ。気ままで、のらりくらりとした困ったリーダーだったが、いざという時の指示は恐ろしく的確だった。

廃人並みにログインしていた人だったのに、何故か突然、海外に隠居しにいく宣言をして、【ハイジンクス】のリーダーを降りた。ロッソはリーダーを継がなかったため、パーティはそこで解散となってしまったのだが。

　俺はスティングを見上げた。

「ロッソがいるなら、もしかして……【クローバー】も、いたりするのか？」

　期待を胸に尋ねてみると、スティングが肩を落として、両手を上げて首を横に振った。

「残念ながら、いないよ。本部にいるのはロッソだけ。見かけたって情報も、未だ無し〜」

「そうか……」

　いてくれたなら、あの人は頼りになるから助かるのだけれど。クローバーと付き合いの長いロッソなら、何か知っているかもしれない。会ったら聞いてみよう。

「あ、そうだ、宵月君、ウェイフェア・パレスに行くんでしょ？　ならちょうどよかった。実は、俺もウェイフェア・パレスに帰るところだったんだよね〜。てなわけで、俺様も一緒に行ってもいい？　この街からウェイフェア・パレスまでの間に、峠があるの憶えてる？」

　俺は記憶のページをめくる。東大陸の地図は、遊んでいる間にだいぶ覚えた。

「ああ、【竜の通り道】？」

【竜の通り道】は、麓から見ると山脈を蛇行していく道が、竜のように見える街道のことだ。

「うんうん。そこに、【二枚羽の竜】がつがいで住み着いちゃってるみたいでさ。ソロで行くにはちょーっと厳しいんだよねー」

「二枚羽……しかも、つがいか」

　竜族は上位種になるほど羽が増えていく。人語を解するのは、四枚羽からだ。それ以下は、言葉も持たず、生きているものは全て食糧とみなす……モンスターに近い。

ただ、二枚羽だからといって、弱い訳ではない。レベル40以上の冒険者のパーティで、息も絶え絶えに一体倒せるくらいなのだ。

「まあ、迂回路《うかいろ》がないわけじゃないけどさー。二日で行けるところが、十五日もかかっちゃうだろ。どうしようかなーって思ってたところに、宵月君。これはもう一緒に行くっきゃないでしょ！　宵月君と俺なら、強行突破できる！」

「いや、つがいは二人だけだと流石にキツイだろ。ていうか、お前、今一人なのか？」

「んー？　あーまあ、今はね。てことで、宵月君のパーティに入れてくんないかな～？」

スティングが手を合わせて拝んできた。

「いや、俺に拝まれても……」

パーティリーダーは、ジェイスだ。それに……ウェイフェア・パレスに用があるのは俺だけだ。てことは、まてよ。心臓が嫌な感じに動きを早め始めた。

ここでパーティ解消、ということもありえるんじゃないのか。

どうする、俺。いや、別にここまで来たら、一人でもいける気はするけど……

顎に手を当てて思案していたジェイスが、俺とスティングの視線に気づいて顔を上げた。

「俺も行こう」

「え、いいのか？」

「ああ。ここまで来たら、俺もウェイフェア・パレスを見てみたい」

「「見たい！」」

「チビ共も、こう言ってるしな」

ジェイスが笑う。俺は、ほっと胸をなでおろした。別に、心細いとか、寂しいとかではない。ああそうだとも。

「そ、そうか」

「じゃあ、決まりってことで！　ひとつ、よろしくう☆」

スティングが片目をつむった。

「「よろしくう☆」」

「レフ、ライ、だから、この変人の真似なんかしちゃダメだってば！　阿呆がうつる！」

「よ、宵月君、ひどい」

＊

スターリィ・コーストを出発して、街道を走る定期馬車に乗ること一日。

朝のすがすがしい空気の中。白樺《しらかば》っぽい木々が生い茂る、峠の入り口に到着した。脇の草むらには、古びた標識が若干斜め気味に突き刺さっている。標識には【竜の通り道】と書いてあった。この峠を越えれば、東大陸の中央エリアだ。

まだまだひよっこな魔道士時代――中央エリアからそろそろ出てみようかという頃、この辺りでよくレベル上げをした。

【ワイルドブラックゴート】という山羊《やぎ》の突撃に何度もあって、何度も死んだのは苦い思い出だ。

山羊のくせに妙に強くて、感情の読めないあの不気味な横一文字の瞳孔と合わせて、多くの冒険者たちを恐れ戦《おのの》かせていた。でも経験値がそこそこ入るから、びくびくしながら山の中を探して回っていたものだ。

大きな岩がごろごろしている山道を登っていくと、頂上が見えてきた。あそこまで辿り着ければ、後は下るだけだ。

透き通るような青空の中、綿飴《わたあめ》を適当に千切って投げたような雲が、地表すれすれを流れていく。道の脇には、様々な高山植物が色鮮やかに花を咲かせていて、レフとライが道端の変わった色の花を見つけては、楽しそうに次の花へと駆けていった。

ハイキング日和な、長閑《のどか》な光景。

さて、お弁当をどこで広げようか。本日は俺のお手製豪華五段重ね弁当だ。底の段から野菜料理、具入りおにぎり、肉料理、果てはデザートまで。しかもスープ付き。食べると各種ステータス大幅アップ、全属性耐性アップ、そして何よりＨＰ40％アップします。俺の、ＨＰが、４０００超えるよ！　一時的にだけどな！　泣ける。それにしても。

「……出ないな」

ここに来るまで、竜の影さえ見ていない。

「いんやー。問題の場所は、もうすぐですから」

隊列の最後尾を歩いているスティングが、頭の後ろで手を組みながら言った。

俺の前をちょろちょろしていた双子が立ち止まった。鼻を上にむけて、すんすんと嗅いでいる。

「どうした？」

「「血のにおい、する」」

「血？」

地面すれすれを漂う雲の向こうに、目を凝らす。

大きな岩の側に、横になっている人影が見えた。

慌てて駆けよってみると、岩の陰に隠れるようにして、女性が倒れていた。赤い短めのマントと詰め襟の白い礼装に身を包み、レイピアが脇に落ちているところを見ると、騎士なのかもしれない。ただ、長いプラチナブロンドは、べっとりと赤黒く染まっている。肩から胸にかけての裂傷もひどい。右腕と左足の膝から下は無惨にももがれ、おびただしい血が地面を濡らしていた。

「おい、大丈夫か」

ジェイスが抱き起こした。呼吸が浅い。早く回復しなければ、間に合わないかもしれない。

女性が苦しそうに呻き、薄く目を開けた。

「助け……。竜……が……二体も、いるなんて……聞いて、な……」

「落ちついて。今、助けますから」

俺は詳細不明な革で出来た表紙の魔道書を取り出した。

【アルグリフィの研究書】。上位元素を研究しすぎて身を滅ぼした研究者の本と言われている。死したのちも研究意欲に燃えており、果ては本に取り憑《つ》いて、自身の研究の続きをしてくれる者を待っているのだという。表装の革はアルグリフィ本人の皮だと謂われ――いや、止めよう。これ以上は怖いから。触れなくなるから。

俺は魔道書を手に持ち、回復魔法を女性にかけるべく、構えた。とにかく、まずはＨＰを回復しなければ。

「我、アイテールを通して、天の元素に干渉――」

「宵月君ー。それ、止めといたほうがいいって」

スティングがやってきて、上から女性を覗き込んだ。

「この人を回復しても、もう利き腕やられてるから戦えないよ。これから対二枚羽の竜戦が控えてんだからさ、ＭＰは温存しといたほうがいいって～絶対」

女性が水色の瞳を見開いた。スティングを視界に収めて、怒りの形相に変わる。

「きさま……！　助けを呼びに、戻ったのでは、なかったのか……！　お前が、早く戻らないせいで、騎士団の皆は……！」

「あらら、もしかして死んじゃった？　ごめんねー。早く戻ろうとは思ってたんだけどねー。間に合わなかったかー」

「何を……！」

スティングがわざとらしい棒読みのような口調で言い訳をして、にへらと笑った。

「――【アイテールの補塡】」

女性が淡い光に包まれる。ＨＰが全回復した。

「右腕と左足は、どこですか？」

有れば、【完全なる元素組成修復】でくっつけることが可能だ。ジェイスで実証済みである。

女性が、悔しげに俯いた。

「……喰われてしまった」

「そう、ですか……」

じゃあ、この女性の腕と足は、もう……

「なら、街に戻って、【魔導医術院】に連れていけばいい。失った手足を再生してもらえる」

ジェイスが岩壁に女性をもたれさせながら言った。【魔導医術院】……なんて、俺は聞いたことも見たこともない施設だが、とにかくそこへ行けば治るというのなら、よかった。

「ただし、莫大《ばくだい》なお金がかかるけどねー」

「スティング！」

スティングがしょうがないなとでも言いたげに、大げさに肩をすくめてみせた。

「宵月君は、優しいからねえ。まあまあ、どうせゲームのＮＰＣなんだから。そう難しく考えずに、さ。いちいち気にしてたらキリがないよ～？」

ＮＰＣ？

「何言ってんだ！　そんなこと……だって、みんな、悩んだり、迷ったり、泣いたり、笑ったり、怒ったり、してるだろ！」

「ＡＩ、すごいよねえ」

「ＡＩじゃないだろ！」

「だって、これはゲームじゃないか」

「ゲームじゃ……！」

ない、とは、続けられなかった。

だって、ゲームじゃなかったら……ここは何なんだ。現実だとも、非現実だともいえない、この歪な感覚。あまりにも分からないことだらけで、それについて考え始めると途端に背中の辺りが冷えてくるような感じがして、気持ち悪くなる。

なんだろう。まだ完成されていないベータ版的な印象が漂う、疑似世界。それはまるで……手探りで、創りたての世界を、試行錯誤しているような——

ばさり、と大きな羽音が上空から聞こえた。

見上げると、ちょうど太陽が天頂に昇りきろうとしているところだった。さらに目を細めて見ると、日差しの中に、二体の竜型の影。

「竜、飛んでるー！」

「——来るぞ！　今すぐ離れろ！」

ジェイスの掛け声と同時に、二枚の翼持つ薄緑色の身体が、真上から直滑降してきた。

俺たちは慌てて飛び退いた。

さっきまでいた場所から、爆音と土煙が上がった。凄《すさ》まじい衝撃と風圧が襲い、吹き飛ばされそうになりながらもなんとか耐える。

その中心に視線を向けると、小石と土ぼこりが舞う中、体長三メートルはありそうな飛竜が一体、着地していた。

「でかい……」

二枚羽の竜は、想像以上に間近で見ると大きかった。見上げるほどの大きさに、一瞬息を呑む。

くすんだ薄緑色の鱗と、縦に割れた瞳。爬虫類系独特の、毛のない翼。鼻筋の長い顔。長い首。

大きく翼を広げたら、五メートル以上はありそうだ。

「あっ！　しまった……！」

なんてことだ！　大変な問題が起こってしまった……！

「どうした⁉」

「大変だ！　お昼の弁当、まだ食ってない！」

珍しく、ジェイスの足下が少しよろけた。

「……お前な。後で、食え！」

「後じゃ意味ないだろ！　くそ！　強化魔法かける！」

唱え終わると、星くずの雨みたいな光が全員に降り注いだ。

俺は竜の色を確認した。薄緑色。風属性の竜だ。なので、風は無効。

竜が羽を大きく広げて咆哮を上げた。

一体が大きな爪を突き出すようにしながら浮上し、滑空してきた。ジェイスが重剣で受け止める。竜の爪と重剣が擦れて軋んだ。力が拮抗《きっこう》しているのか、傍《はた》からはまるで静止しているかのように見えた。

「なあ⁉　ちょっと、二枚羽竜を剣で止めるって……なにそれ、ありえねえ！　宵月君、あの人、何者～？」

「無駄口叩いてないで、今のうちに攻撃しろ、スティング！　レフ、ライ、羽を狙え！」

「羽！」

「狙う！」

強化された矢は竜の羽を突き抜けた。無数の穴が羽に開いていく。竜はジェイスから一旦離れ、羽ばたきを数回繰り返す。穴の開いた羽は風を通すばかりで、身体を浮き上がらせはしなかった。

飛べないと気づいた竜は、猛然と地を蹴って走ってきた。

「ジェイス！」

「俺は大丈夫だ！　それより、もう一体がそっちへ行った！」

上空を旋回していた残りの一体が、こちらへ向かって滑空してきた。ちょうど俺たちを挟み撃ちにする形で。

「わかった。レフ、ライ、ジェイスに向かってくる奴の足狙え！」

「「わかった！　足、狙う！」」

俺はジェイスたちに背を向けて、滑空してくる竜を見据えた。

「我、アイテールを通して、天土の元素に干渉」

魔道書の上で、正十二面体と正六面体が回る。

「光と星塵《せいじん》を集積し、数多《あまた》の槍と成し降り注がん――【流星槍】」

無数の光の筋が、上空から降り注いだ。降り注ぐ光の槍は竜の身体を切り裂き、羽に次々と穴が開いていく。

しかし、スピードは落ちたものの、滑空は止まらなかった。

「あ、あれ？」

なんでだ。二枚羽竜なら、これで落ちてたはずなのに。

視界に魔道書が映る。そこで俺は気づいた。

「魔道書、いつものじゃなかったんだった――！」

冥闇の書は見せない方がいいと言われて、持ち替えたんだった！　魔法スキルの威力が、脅威のプラス50％補正から、プラス30に落ちてるのを忘れていた。やばい。これはやばい。次の詠唱が間に合うか。

「我、――」

「宵月君、ちょっと動かないでね」

いつのまにか、俺の斜め後ろにスティングが立っていた。赤縁メガネをかけ、ロングバレル化したマシンピストルを構えている。

スティング愛用の赤縁メガネは、実は高性能なズーム機能を備えたスコープだ。そしてスティング本人の、撃ち抜く正確無比な技術。【赤い眼鏡のスナイパー】の通り名は、伊達ではない。

ただ、本人はこの通り名は好きではないらしい。もっとオシャレで格好いいのがいい！　とは本人談だ。赤い弾丸のラブハート☆ゲッター、とかがいいらしい。すまん、俺にはお前の趣味が全く理解できない。

二発の銃声。それは竜の両目にクリティカルヒットし、バランスを崩した竜は、墜落した。

「宵月君、とどめ」

俺は慌ててもう一度、【流星槍】を唱えた。

一体が戦闘不能になったのを確認し、ジェイスの方へ走る。そこには、全身血に濡れたジェイスと、首を飛ばされた竜が倒れていた。

俺は悲鳴をあげ、スティングは赤縁メガネを頭上に戻し、口笛を吹いた。

「いやー、お兄さんすごいね！　一人で倒しちゃったんだ」

俺は急いでジェイスに駆けよった。全身が薄緑色の竜の血に染まった姿で、なのに平然と立っている。夢に見たらどうしてくれる。

「だ、だだだ大丈夫か？　今すぐ回復を……」

「いや、必要ない。全部、返り血だ」

ジェイスの全身を濡らしているものが、地面に滴り落ちる。生臭い匂いのするそれが一瞬灰色に見え、俺は急にぞっとして、血の気が引いた。

もし、飛竜を倒せずに、ジェイスたちが死ぬような怪我を負ってしまっていたら――

俺たちには【死に戻り】があるけど、ジェイスたちには、ない。俺は浮かびかけた最悪の展開を振り払うべく、頭を強く振った。

「……宵月？」

ノーフェが語った言葉が思い出されて、俺は瞬間、返答に詰まった。

「な、なんでもない。竜の爪とか、早く回収しておこう」

あの時、『私たちはね、死んだら終わりなの』と少女は言った。それはつまり――ジェイスたちにも、やり直しはない。死んだら、そこで終わりということなのだ。


日が暮れかける中、俺たちは下り坂の街道を急いだ。

スターリィ・コーストにも【魔導医術院】はあるらしいが、ここまで来たら行くも戻るも同じくらいだ。ならばと、俺たちはスターリィ・コーストには戻らずに山を降りて定期馬車に乗り、次の街ウェイフェア・パレスへと向かうことにした。

女性騎士は、力の有り余っているジェイスが背負って運ぶことにした。俺もスティングも力はあまりな、いや、奴には遠く及ばないので妥当な役割分担だろう。俺たちは荷物持ち。適材適所だ。

「本当に、本当に、申し訳ない。命を救ってもらった上、運んでもらうなどと……」

「まあまあ。人の親切は感謝して受け取っときなさいよー」

女性騎士は首だけ目一杯巡らして、最後尾にいるスティングを睨んだ。

「お前には感謝などしない！」

「ええーなんでー？　ちゃんと戻ってきてあげたじゃないのさー」

「遅すぎだ！　腕の立つ冒険者を連れてくる、といって隊列を抜けて、三日が過ぎた……お前がもっと急いで冒険者を呼んできていれば、ガロ隊長、ライサー、コリウスは……！」

女性騎士が悔しげに唇を噛むと、スティングはやれやれという感じで肩をすくめた。

「だって、しょうがないでしょ。ジリ貧で全滅するのが分かりきった状況で、仲良く死にましょうなんてバカみたいじゃん？　なら、可能性にかけてみる方がいいんじゃないかな～って」

「貴様ぁ、何が可能性だ！　ふざけるな！　あれは、敵前逃亡というのだ！」

「ええ～そうかなあ。これでも俺、結構、頑張って急いだのよ？　街から街へ移動する【転移門】もなくなってるから、最短距離を足と馬車を駆使して急いでさー」

スティングが額に手を当てて首を振り、大げさに溜め息をついてみせた。

【転移門】は、一度訪れた街や国で【通行許可証】を三千シェルで購入すれば、自由に行き来できるようになる移動システムだ。けれど、この世界には、それもなくなってしまっていた。

「何をぬけぬけと……！」

「それにさあ。冒険者を俺一人しか雇わなかったのは、おたくらでしょ？　『竜がいるという話を恐れて、無法者の力を借りるなど騎士の名折れだ！』とかなんとか言っちゃって。俺は最初に聞いたよね？　二枚羽の竜は強いけど、おたくら腕に自信あるの？　って。そしたら胸張って、『もちろんだ！　竜如《ごと》き、私の剣にかかれば恐るるに足らず！　貴様は竜の情報だけ我らに提供すればいいのだ！』って言ってたよね？　隊長さんが」

　女性騎士が悔しげに言葉に詰まり、口元をへの字に引き結んだ。

「私と、コリウスは進言したのだ！　我々は、竜と直接戦闘をしたことがない。だから、無事、書簡を届けるためにも、竜討伐の経験がある冒険者を数人雇ったほうがいい、と……」

「説得できなかったんだから、無意味だよねー」

「この……っ、貴様！」

　こいつら、山降りるまで延々と喧嘩する気だろうか。

「こら、二人ともそこまで！　怪我人は安静に！　スティングも怪我人相手に煽《あお》らない！」

「あっ。も、申し訳ない！」

「へーへー」

　女性騎士が赤くなって小さくなった。スティングは素知らぬ顔だ。まったく。

「まあ、呑気《のんき》に弁当作ってピクニック気分だった俺も悪いしな」

「そ、それは！　こいつが話してなかったから、仕方のないことだ！　貴殿のせいではない」

「うんうん。そうそう」

「貴様は口を開くな！　いらいらする！」

「ああもう。いい加減にしろー！」

＊

半日かけて山を下り、山沿いの街道を走る定期馬車に乗り、さらに半日。六頭の馬が引く定期馬車は、二十人乗りの小型バスのような造りをしており、運行は朝昼夕方の三回。最後の夕方の便に、俺たちはどうにか乗ることができた。

馬車に揺られながら一晩過ごし、陽が昇り始めた頃、どうにか街に辿り着けた。

【ウェイフェア・パレス】。放浪者の殿堂、という別名を持つこの街。

冒険者協会の本部が設置されていることもあり、街中には冒険者が溢れている。色とりどりの看板、露店、武器屋、防具屋、道具屋、酒場、遊び場、占い屋、劇場、様々なものを詰め込んでごちゃまぜにして積み上げた、びっくり箱のような街だ。そして。

やっと、俺の知っている街です。

見覚えのある建物や行きつけだった店をいくつか見つけて、俺は懐かしさに目頭を押さえた。

けれども、大きな通りが六本交差する中央広場には、俺が知るより多くの露店や人が溢れ返っていた。やっぱりこの街も、スターリィ・コーストと同じように街の規模が相当大きくなっているようだ。ゲーム内のウェイフェア・パレスは、こんなにも広くはなかった。サーバやスペックの都合上、大幅に削らざるをえなかったということなのだろうか？　分からないけど。

スティングが大あくびをしつつ、波間のワカメのようにゆらゆらと背伸びをした。

「さあてと。じゃあ俺様は、ひとまずボスに報告しにいくわー」

「ボス？」

「そ。我らがボス、ロッソ殿に。俺、北へのルート調査に行ってたんだ〜。海側のルートは、なんかモンスターがやたら強くなっててキツかったわ〜。宵月君も本部に行くよね？　一緒に行く？」

「いや、俺は彼女を魔導医術院に送り届けてから、行くよ」

スティングはちらりとジェイスに背負われた女性騎士を見やり、呆れたように肩をすくめた。

「相変わらず、お人好しだねぇ、君は。じゃ、また後で。お疲れサマー」

ひらひらと手を振り、スティングは人ごみの中に消えていった。

「それじゃあ、魔導医術院に……どうしました？」

ジェイスの背中で、女性騎士が悔しげに唇を噛み、俯いていた。

「……あの男。依頼達成報告書を受け取らずに行ってしまった」

「ああ、そういえば。ウェイフェア・パレスまでの護衛が依頼だった？」

任務を達成したら、依頼者から依頼達成報告書をもらえる。それを冒険者協会に持っていけば、報酬やアイテムを得られるシステムだ。ウェイフェア・パレスまでの護衛、が依頼内容であるのなら、スティングは依頼を達成したことになる。

「隊長以下三名を失ったが、私が生き残り、目的地に辿り着いた。減額はされるだろうが、そこそこの報酬は得られるだろう。なのに……」

「アイツは報酬よりも、【竜の通り道】を抜けることだけが目的だったんだろうな」

女性騎士が、不思議そうにこちらを見た。

「冒険者とは……そういうものなのか？」

「うーん、人それぞれかな。変わり者が多いのは、確かかも。アイツは特に変人だし」

「確かに！」

女性騎士が笑い声を立てる。強ばった表情に、やっと少し笑みが戻ってきた。

「申し遅れてしまい、重ね重ね本当にすまない。私はシーリアス。サンクティ皇国第七騎士団ガロ隊副隊長をしている。【蒼銀の風】よ。貴殿たちの恩情と手助け、深く感謝する」


シーリアスの案内で、魔導医術院はすぐに見つかった。

外観は、ステンドグラスや彫像で彩られた西欧の教会によく似ていた。出てきたのも、神父のような黒い立ち襟の祭服に似た服を身に纏った、初老の男性だった。

「では、これより【再生】施術を行います。お連れの方々は、中庭、または待合室でお待ちくださいませ」

シーリアスの失った手足を再生する施術が終わるまで、俺たちは中庭で待つことにした。

うららかな日差しの中でベンチに座って、ウェイフェア・パレスの地図を眺めて唸る。隣に座ったジェイスは背もたれに頭をのせ、手は腹の上で組み、足まで伸ばして眠りの体勢。チビたちは花の咲き乱れる中庭を駆け回っている。しかし。

「広いな……」

俺の呟きに、ジェイスが片目を薄く開けた。

「そうだな。海洋都市リバイアと同じ……いや、それ以上かもしれんな」

俺は曖昧に相づちを打った。だって俺の知ってるウェイフェア・パレスとは違うなんて、どこから説明したらいいのだろう。俺ですら未だに現実味のない話だというのに。

「ジェイスはこの後どうする？」

「俺か？　そうだな……宿をとってから、備品を補充しに道具屋へ行って、それから武器屋巡りするかな。これだけ店が揃ってれば、掘り出し物もあるかもしれん」

「そうか。俺はロッソに会いに行ってみる。終わったら……本屋を覗いて、夕方五時頃ぐらいには宿に戻るよ。アルグリフィの研究書よりもいい魔道書がないか、探したい」

「わかった。俺もそのくらいには宿に戻る」

　ひとまず本日の予定を、お互いに確認しておく。面倒だが、お互いの動きは把握しておかなくてはいけない。

　かつてはお互いフレンド登録してさえいれば、チャットやメールで連絡をとりあえたが、ここでは全て消えてしまっていた。リアルタイムに連絡をとりあうことができなくなってしまったのだ。携帯電話で同時進行的に連絡をとりあうことに慣れた現代人にとって、これは非常に痛い。冒険者証バングルに時刻が表示されるので、それを頼りに場所を指定して待ち合わせするしかない。非常に不便極まりない。極まりないが。

「不便なんだけど、不思議と時間にゆとりがある気がするな……？」

　この、ざっくりとせざるをえない行動予定のせいだろうか。メールやチャットがある方が、時間を無駄なく効率的に使えるのは確かだ。けれど、だからといって、時間に余裕ができる、という訳でもないようだ。

「どうした？」

「あー。うん。結構、なければないでどうにでもなるもんなんだなあ、って思ってさ」

「なんだそれは」

渡り廊下の方から、慌ただしく駆ける足音が聞こえてきた。

「――すまない！　待たせたな！」

振り向くと、シーリアスが駆けてくるのが見えた。

俺は驚いた。なかった腕がついている。まだ三十分くらいしか経ってないのに。

「す、すごいな！　それ、ちゃんと治ってるのか？　ちょっと見せてもらってもいい？」

「ああ。もしかして、見たことないのか？」

俺は頷いた。だって、以前のゲームには魔導医術院なんてものはなかったのだ。

触れてみると体温を感じた。肌の感触も俺と変わらない。脈もあり、血管もうっすらと見える。

「うわあ……すごいな！　これ、本物みたいだ。義手というより、再生、したみたいな感じだ」

シーリアスが驚いたようにまばたきしたあと、笑みを浮かべた。

「魔導医術院では、薬では回復できない状態異常の治療や、失った身体の治療をしてもらえるんだ。失った身体の治療法は二つ。一つは、【模造】。手っ取り早く、安いが、動きがいかんせん悪い。日常生活がなんとか可能なぐらいだ。もう一つは、【再生】。これはかなり高額だが、自分の本来の手足がつく。利き腕を失ったら、高くても【再生】することをお勧めする。ちなみに、腕一本【模造】で二万シェル。【再生】で、三十万シェルだ」

「なるほど……教えてくれてありがとう」

「こちらこそ、改めて、助けてくれてありがとう。それから――」

シーリアスがおもむろに胸元を開き、首飾りらしき白い紐を掴み、俺たちに見えるように表へ引き出した。俺がちょっとでもなく動揺して目のやり場に困っていると、それをジェイスの目の前に掲げてみせた。

　白い編み紐の先で揺れているのは、手の平に収まるほどの大きさの、真っ白な女神像。

　円の中の白い十字架を背に、肩に白い小鳥をのせ、胸には白百合《しらゆり》を抱き、やわらかな長い髪をなびかせながら、穏やかで優しげな微笑みを浮かべている。

「これは、我が国の大聖堂に安置されている、創世の聖母神サンクティーリア様の像を模したペンダントだ。どうか、我が命を救ってもらった御礼として、受け取ってほしい。そして、これは騎士団に入団すると聖皇様より下賜されるものだから、裏には騎士団の紋章が刻まれている。それを見せれば、騎士団関係者として優遇してもらえるだろう」

　俺とジェイスは思わず顔を見合わせた。

「そんな大事な物……いいのか？」

「ああ。貴殿たちの旅に、少しでも役立ててもらえるなら、幸いだ。どうか、持っていてほしい。きっとサンクティーリア様が、貴殿の旅路を照らし、守ってくださることだろう。私も、何度も救って頂いた。これは幸運のお守りでもあるのだ」

「……そうか」

　ジェイスが頷いて受け取ると、シーリアスも嬉しそうに笑みを浮かべながら頷いた。

「シーリアスは、これからどうするんだ？」

「私は、サンクティ皇国へ戻る。ここまで来れば、私一人でも任務は達成できるだろう」

　サンクティ皇国は、ウェイフェア・パレスを東にいった先にある。その間には、【クアットグラス草原】が広がっている。ゆるやかな丘が続く、おだやかな草原地帯だ。それに、サンクティ皇国までは石畳の街道が敷かれているので、迷うことはない。出現するモンスターも小さな兎や鼠《ねずみ》ばかりで、新米冒険者の戦闘練習場としてはぴったりのエリアでもある。騎士である彼女なら、一人でも十分だろう。

「ではな、また会おう。【蒼銀の風】。よき旅を」

シーリアスは優雅に一礼すると、赤い外套《がいとう》を翻し、颯爽《さっそう》と去っていった。見送って、俺もベンチから立ち上がる。

「さて、と。用事も済んだし、俺たちも行くか。……ジェイス？」

振り返ると、ジェイスはまだベンチに座ったまま、じっと女神像を見つめていた。声を掛けると、はっとした様子で顔を上げた。その無機質な灰色が、珍しく揺らいでいるように見えた。

「どうかしたのか？　大丈夫か？」

「……ああ。なんでもない。ただ……少しだけ、昔を思い出して……」

「昔を？」

ジェイスが己の昔話をすることは珍しいから、俺は聞きたくて、身体ごと振り返って話の続きを促すようにじっと見つめた。すると灰色の目が僅かにそらされ、苦笑まじりの溜め息をつかれた。

「……たいした話じゃない。ただ、この首飾りは、母さんが……していたものに、よく似ていたから。少しだけ、懐かしく思っていただけだ」

ジェイスはそれだけ言うとベンチから立ち上がり、首飾りを無造作に俺に突き出してきた。有無を言わせぬ勢いに、思わず受け取ってしまう。

手の平を開くと、真っ白な女神像が光を浴びて、白く、淡く光ったように見えた。

「これは、お前が持っていろ。そもそも神聖系のアイテムとは、俺は相性が悪いしな」

「何言って――」

どこか自虐的な感じのする冗談めかした口調と笑みに、俺は言い返そうとしたけど、それが事実でもあるから否定することもできなくて、かといって認めたくもなくて、言葉が思い浮かばなくて、唇を引き結んだ。

バッタを追いかけ回していたレフとライが、駆け戻ってきた。

「お兄さんたち！　用事、終わった？　行く？」

俺は小さく息を零して、首飾りを身に付け、インナーの内側へ仕舞いこんだ。

「……うん。行くよ。でも、俺はちょっと用事があるから、レフとライは先にジェイスと一緒に宿に戻っていてくれるかい？」

途端に、双子の耳と尻尾が下がった。それから、がっしりと両側から強くしがみつかれた。

「青いお兄さん、また、海、落ちる……」

俺は頬を引きつらせた。頼むから不吉なことを呟かないでほしい。

「……いや、ここには海ないから。もう落ちないから」

双子はまだ俺をがっしりと掴んでいる。信用がなさすぎて辛い。俺はジェイスに助けを求めた。

「ジェイス、なんとか言ってやってくれよ――ジェイス？」

ジェイスは空を見上げ、目を細めていた。何かを、じっと睨んでいる。その灰色の瞳には、少し剣呑《けんのん》な影がさしているような感じがした。

俺も見上げてみたが、見えるのは、青空に大きな雲が漂っている穏やかな風景だけだった。

「何か、見えるのか？」

「……いいや。なんでもない」

ジェイスは視線を外すと、俺を見て、少し逡巡《しゅんじゅん》した後、口を開いた。

「ロッソという奴に会えば、お前は帰れるのか？」

「うーん、そうだな……おそらくは。すぐには、無理かもしれないけど」

レフとライの顔が、途端にくしゃりと歪んだ。俺にしがみついて、ぶんぶんと首を横に振った。

「「青いお兄さん、帰る？　帰る、ダメ！　一緒に、いる！」」

ジェイスが溜め息をつきながら、双子の首根っこを掴んで俺から引きはがした。

「こら。我儘《わがまま》を言うんじゃない。迷子の奴が家に帰るのは、当たり前のことだろう？」

「迷子って……」

まあ、あながち間違いではないのだけれど。でも何か他に、気のきいた言い方はなかったのか。

「「うう～……」」

ああ。そんなにしょげられると心が痛い。けれど、また会いに来るから、と言ってあげることもできない。二つの世界を渡るなんて、そんな簡単にできることではない。

「ごめんな。家で、俺を待ってる人たちがいるから……」

すっかり垂れてしまっている犬耳に、心がずきりと痛くなる。

「ほら、行くぞ」

ジェイスは双子の首根っこを掴んだまま、出口へ続く回廊に足を向けた。

俺はかける言葉をうまく見つけることができないまま、少し遅れて、後を追った。

回廊の先で、ジェイスが立ち止まる。

「――もしも」

続けて何か言っているけど声が遠くて、うまく聞き取れなかった。

「なに？」

「もしも……帰れなかったら……」

ジェイスが振り返り、鈍い灰色の瞳と視線が合う。ちょうど建物の影の中にいるから、その表情はよく見えない。

「……いや。なんでもない」

ジェイスは視線を戻すと、前へ向き直り、回廊へと歩き出した。

帰れなかったら。

その後に続く言葉は容易に想像できたけれど、返事をすることは、できなかった。

俺は小さく息を吐くと、ネガティブ思考を吹き飛ばすように頭を拳で軽く叩いて振り、ジェイスたちの後を追った。

第五章　魔道書を探して

地図を頼りに人通りの多い賑やかな繁華街を歩き回って辿り着くと、そこは酒場だった。

ユートの話によると、魔道書探索本部は、この建物の二階、三階、四階を占拠……違った、借りているらしい。

酒場に足を踏み入れてみると、五人掛けのカウンター席に、テーブル席が六つ見えた。そして昼間から酒を飲んでいるダメなオヤジたちが数人、すでにちらほらと店内にいた。そのせいで非常に店内が酒臭い。充満してる臭いだけでも酔いそうだ。

俺は鼻を押さえつつ酒臭い店内の壁際を歩き、奥の階段へと向かった。

「はーい、そこのお客様！　お待ちくださいませ。そちらはお手洗いではございません！」

ぱたぱた、と足音を響かせて、黒地のふんわりスカートにひらひらレースの白いエプロンをつけたメイドが駆け寄ってきた。片手には銀製の盆。え。ここって、そういう店？

薄桃色のふわふわした髪を耳の辺りで切りそろえた、垂れ目の可愛い少女メイドが、にっこりと微笑む。

「あの、ここにロッソという人がいると聞いてきたんですが」

「ロッソ様に御用ですか？　お名前をお伺いしても宜しいですか？」

「宵月です」

少女のただでさえ大きな薄紅色の瞳が、目一杯開かれた。

「よ……」

「よ？」

「宵月様あああ――!!」

少女メイドがいきなり抱きついてきた。

「え、ちょっと！」

店内からブーイングと絶叫と怨嗟が渦を巻く。ちょ、ものすごく目立ってるんですけど！

「君、誰！」

「私のこと忘れてしまったんですか!? 酷《ひど》い！ ロージーです！」

「ロージー？ ……あ」

俺は思い出した。あの悪夢のような光景とともに。

「【紅茶マニアの会】の――」

撲殺メイド、という言葉はすんでのところで飲み込んだ。記憶を手繰る。あれは……一年ほど前のことだったろうか。パーティ三組で期日限定のイベントに参加した。その時のボスは、【レッドグリズリー】。所謂、強大な人食い熊だった。そして――

彼女は、己の身長の四倍はありそうな熊をタイマンで殴り殺した。血を浴びたピンクの残像は、皆の甘酸っぱくも生温かい幻想を打ち砕くには十分な破壊力だった。こんのクソ熊がぁー！ いい加減死にさらせやぁー！ という雄叫《おたけ》びも幻聴だと思いたい。何故メイドで拳闘士なんだ。血まみれのメイドなんか嫌だ。

「思い出してくれました⁉　ロージー、うれしい！」

「わ、わかったから、離れて」

視線が痛い。オヤジ共の視線が。もしかしてファンクラブ出来てますか。

「ああ！　失礼致しました。それにしても、宵月様。なんだか、若返ってません？　前は大学のプロフェッサーみたいだったのに、今は高校の学生さんみたいです」

俺はうんざりした。知り合いに出会うたび、いちいち説明しないといけないのか。なにこれ。新手の羞恥プレイ？

「……いや。俺だけ、なんだか外見が、デフォルトになっちゃってるみたいで……」

「そうなんですか？　不思議なこともあるものですね……。前は大人な感じの宵月様でしたが、今の宵月様もカッコカワイイ感じで、ロージーはいいと思います！」

そんな、握り拳で力説されても、これっぽっちも嬉しくないんですが。

「それよりも、宵月様も連れてこられてしまったんですね……。うれしいなんて言って、申し訳ございません……」

「いや、別にいいよ。君は――いつ頃に？」

「はい。一年くらい前です」

じゃあ、スティングとほぼ同時期か。

「でも、本当によかった。宵月様が仲間になってくださったなら、百人、いえ、億人力です！」

銀盆を胸に抱きしめて、ふるふると震えながら潤んだ瞳で見つめられる。背後から、かわいいなあロージーちゃん……と呟く声が聞こえる。騙されてる騙されてる。

「あっと。立ち話をさせてしまいまして、申し訳ございません！　すぐにご案内しますね。こちらへどうぞ」

　ロージーが階段へと手を差し向けた。俺は背中に突き刺さる視線を感じながら、階段を昇った。会議室と書かれた両開きの扉を、ロージーが二回ノックする。

「ロッソ様。お客様がいらっしゃいました」

「客だとう？　誰だよ」

「宵月様です」

　部屋の奥から、何かが盛大に倒れたり落ちたりする音が聞こえた。続いて、慌ただしい靴音。両開きの扉が、壁に当たるくらいの強さで開かれた。

　現れたのは、無精ヒゲを生やした短髪の男。サバイバルベストに迷彩柄のズボン、硬そうなブーツ。これからちょっと未開地にサバイバル行ってきます、と言いだしそうな出《い》で立《た》ちだ。

「宵月いいい！　……って、あれ？　んん？　なんか、お前縮んだ？」

　もう嫌だ。説明したくない。

「俺だけ、なんでか外見がデフォルトになってたんだよ！　悪かったな！」

「へ？　いや、悪かぁないけどよ。そうか、宵月か！　入れ入れ！」

　背中を何度も強く叩かれ、俺はよろけながら部屋に入った。

　足を踏み入れた途端、歓声に包まれた。

「え？　何？」

　宵月だって！　誰だ？　仲間だ！　同志が増えた、等々、一斉に話しだしたから、ものすごい喧《けん》騒《そう》だった。

会議室には、二十人ぐらいの冒険者がいた。中央には十二人掛けのテーブル。テーブルの上には綺麗な花が飾られている。窓には重厚な朱色のカーテン。天井には派手すぎないシャンデリア。アンティークの調度品類。まるでヨーロッパにある城の広間に通された気分になった。ロージーの趣味全開、といったところだろうか。奥の扉から御主人様とか出てきそうだ。

上座の背後には横長の大きなボードがあり、地図やメモが張り出されている。

無精ヒゲの男は上座に座り、俺はその斜め前の右側に座った。ロージーが、お茶をお持ちしますね、と微笑んで、軽やかな足取りで楽しそうに会議室を出ていった。

「ここにいる皆は……」

「はい。連れて来られた方々です。その中の、どうにか帰還手段を自力で探そうと集まってくださった、特にアクティブな方々、ですね」

集団の中から、耳のやたら長い、目の細い青年が進み出てきて説明してくれた。真っ白い肌。緑色の長い髪は後ろで一つに括《くく》っている。【エルファーシ】という森に暮らす亜人種だ。手には書類とペンを持っている。見覚えのある人だった。確か……そうだ。ロッソと一緒に【お宝探し隊】にいた——

「あ！　レタスさん！」

レタスがガクリと肩を落として、うなだれた。

「……ああ……こんなことなら、真面目な名前をつけておけばよかったです……」

「……ご、ご愁傷様です」

ロッソが笑い、どこか懐かしそうに目を細めて俺を見た。

「しかし、久しぶりだなあ、宵月！　二年ぶりくらいか？」

「二年ぶり？」

言われて、はっと気づく。そういえばロッソがゲームにログインをしなくなったのは、今からちょうど二年ぐらい前だった。

ロッソは俺がゲームを始めたばかりの頃、親切にいろいろ教えてくれた人だ。元々世話好きな性格らしくて、しばしば俺のような新米冒険者の世話を好んで焼いていたようだ。

その時に、良さそうな魔道士を探しているんだが来ないかと誘われて、ロッソがいるならと、【ハイジンクス】という名のパーティに入ることになった。

けれどもしばらくして、リーダーだったクローバーがいきなり海外に行くと言いだして、【ハイジンクス】は解散。ロッソはその後、【お宝探し隊】というパーティを新しく作った。

そして、例の３３３階の【天への赤き塔】を踏破して――何故かそれ以降、ぱったりとログインしなくなってしまったのだ。

噂では赤本を手に入れて燃え尽きてしまったんだろう、とまことしやかに囁《ささや》かれ、俺もいきなりなことに驚いて連絡を取ろうとしたけど、もうその時には、チャットもメールもクローズされてしまっていた。今思えば、あれは……攫われた後だった、ということなのだろう。

ロッソが俺の肩を叩いた。地味に痛い。

「まあまあ。そう難しく考えるなって！　でもまあ、お前には災難だったけどよ、こっちとしては助かったわ。魔道士系職の魔法威力は半端ないからな。ＨＰはしょぼいけど」

「しょぼい言うな！」

　ロッソは大口を開けて笑いながら、酒をあおった。おい。お前も昼間から酒を飲むダメオヤジ共の仲間かよ。

「昼間から酒か」

「これが飲まずにやってられるかってんだ。酒ぐらい許せよ」

「あんまり飲みすぎると、影響が出るぞ」

「そうなんです！　言っても言ってもきかなくて！　宵月さん、もっと言ってやってください！」

　レタスが泣きそうな声で訴えた。

　適度な量なら【ほろ酔い】というステータスになり、飲みすぎると【泥酔】というバッドステータスになって、命中や移動などにマイナス補正がかかってくる。……それはリアルでも同じだが。

「あーあーわかった！　わかったって！　しっかし、お前、今までどこにいた？」

「どこにって……西大陸の森の中にいた」

　レタスを含めた全員の視線が集中した。ロッソは目をむいてテーブルに乗り出した。え、なに。ていうか顔近づけるな。酒臭い。

「西大陸の森ん中あああ!?　なんじゃそら！　訳分からんな……」

「俺だって訳わからん」

「ありえません。一体、どういうことなんでしょうか……？」

　ロッソが唸りながら椅子の背もたれに身体を預け、無精ヒゲをなでた。

「誘拐されて放り出される場所は、必ず東大陸にある【街の近くのどこか】のはずなんだが。今まで例外はない」

「そうなのか？」

「はい。調べによると、最初の誘拐が今から三十一年前。ベータ版と正規版が切り替わる前後くらいから、誘拐は始まったようなのです。それから一年ごとに一回。今回で三十一回目の誘拐になります」

「三十一回目……。一回につき何人くらい連れてこられてるんだろう」

「調べたところ、時期はランダムで、十五人前後だな。多い時で二十人くらいか」

規定枠、という言葉が頭に浮かんだ。あの青年の言葉だ。

「……俺は、本当はその規定枠に入ってなかったんだ。なのに、特別枠とかいうので無理やり連れてこられた」

「特別枠だとう!?」

またしても視線の集中砲火を受けながら、溜め息まじりに頷く。

「ああ。でも予定にないことだったらしく、位相転移許容量オーバーで同じ場所に転送できなかったみたいで、別地点に変更された」

「変更されたって……どなたにですか？」

「――やたらに顔のいい、プラチナブロンドのキザな男に」

皆の動きが止まった。

ロッソがゆっくりと顔を上げ、珍しく険しい表情で俺を見た。

「……お前も、やっぱり会ったのか」

「え。じゃあ、お前も？」

ロッソとレタスが顔を見合わせた。

「……ああ。きらきらした金髪の、すかした野郎だろ？」

「……やたら顔のいい、気障ったらしい人でしょう？」

なんてことだ。

「え、もしかして、皆、会ったことあるの？」

その場にいる全員が、重苦しい表情で頷いた。

ロッソが長く息を吐いた。目を閉じて、疲れたように眉間を揉む。

「……俺は、赤本を手に入れた時に会ったんだ。そいつは、盛大なファンファーレと共に現れた。そして俺に、『おめでとう。君は選ばれた。次のステージへの切符を進呈するよ』といって一枚の番号札を差し出した。俺は何か新しいイベントへの招待状なのかと思って喜んで受け取った。受け取っちまったんだ。失敗した」

「番号札……」

ロッソが目を細め、皮肉げに口角を上げた。

「ああ。この世界への片道切符さ。お前も、もらっただろ？」

「なんだそれ。俺はもらってない」

ロッソがぽかんと口を開けた。他の皆も。

「もらってないのか⁉　なんだそりゃ。お前……ことごとくイレギュラーな奴だなあ」

「悪かったな！」

背後で扉が開き、ロージーが白いカートを押しながら入ってきた。

「お待たせ致しました！」

アールグレイの柑橘《かんきつ》系の爽やかな香りが漂う。ロージーが紅茶とお茶請けをテーブルに手際よく並べていく。お茶請けはプレーンなスコーンに、二種類のジャムとサワークリーム。紅茶のポットには保温カバー。二煎目用に、温めたミルク。さすが【紅茶マニアの会】。なかなかやるな。

「……その件は後にしよう。それで、お前、今一人か？」

紅茶を一口飲んでから答える。美味い。さすがだ。

「いや？　パーティ組んでる。スティングから聞いてないか？　スティングとはスターリィ・コーストで偶然会って、ここまで一緒に来たんだ。街に着いてすぐ別れた。ロッソに連絡に行くって言ってたんだが。来てないか？」

「……来てねえ。あの野郎……すぐ道草しやがる」

「宵月さんからも言ってください！　スティングさんに、報告はすぐにするようにと！」

レタスが泣きそうな声で訴えた。苦労性のオーラが滲み出ています。

「ま、まあ……仕方ないよ。波間を漂うワカメみたいな奴だからな」

「ははっ。確かに」

笑い事じゃないです！　とレタスが血走った目でロッソに詰め寄った。

「わ、わかったわかった。じゃあ、宵月。今度の作戦については、何も聞いてねえな？」

「作戦？」

「ああ。それがなあ……赤本が盗まれちまって」

俺は思わず紅茶を吹き出してしまった。

「はあ⁉　盗まれたあ⁉」

ロッソ以外の全員が、沈痛な表情で首を縦に振る。

「ど、どういうことだ⁉」

ロッソが難しい顔で、手招きする。耳を貸せ、ということらしい。酒臭いから近づきたくないが仕方ない。耳を寄せると、ロッソが口元に手を添えて声を潜めた。

「これは極秘事項だ。他言無用に頼む。実はな……」

話の内容を聞いて、俺は怒りで我を忘れそうになったが、どうにか堪えた。

「いや、まあ、あれだ。うん。酒は怖いネ！」

「この、飲んだくれオヤジがあ！　酒に溺れてしまえ！　そして身を滅ぼせ！」

「しいっ！　静かに！　声がでかいって！　だって変装しててわからなかったんだもん！　すっげえ美女に変装してたんだもん！　胸とか尻とかが凄えデカかったんだもん！」

ロッソが声を潜めて言い訳を主張した。ふざけんな。

「酒と女か！　なお悪いわ！　このエロオヤジが！　一遍昇天させてやろうか！」

「だってさあ！　すっげえ美女に、私も貴方のためにお手伝いがしたいのよ、どんな本か見せてちょうだいな……って迫られたら、見せちゃうだろ、普通！」

「見せんわ！　めちゃくちゃ怪しいだろうがそれえ！」

俺は怒りに任せてロッソの胸ぐらを摑んだ。瞬間、ロージーにタックルされて俺は床に沈んだ。熟練した拳闘士の反応速度と攻撃力、恐ろしい。

「どうか落ちついてくださいませ、宵月様！　お怒りになるのはごもっともです！　でもＰＫ《プレイヤーキル》はダメです！　ロッソ様が情けなくも色香に惑って酔いつぶれた隙に、盗んでいったんです！　計画的犯行です！　でも、犯人は分かっていますから！」

押さえ込まれて、俺は何一つ返事ができなかった。息ができない。絞められた首と、腕が軋んで涙が出そうに痛かった。あれ、だんだん意識が遠くな……

「おい、ロージー。宵月が白目むいてるぞ」

「きゃあ！　す、すみません宵月様！　私ったら、思わず力加減を間違えてしまって……」

恥ずかしげに頬を染めて潤んだ目で見つめられた。可愛らしい仕草だけれど、俺は血の気が引いた。思わずで殺されたら身がもたない。

「――それで、犯人は？」

席に戻り、尋ねてみる。なんとなく、分かる気はする。分かりたくないけど。何故なら、【変装】はアサシンの有名な専用スキルだ。相当な高レベルで取得できるため、手に入れるにはかなり大変だと聞く。

レタスが溜め息とともに答えた。

「――コクトー様です」

コクトー。アサシンのソロプレイヤー。現在は行方不明だと、ユートが言っていた。

「なんで……」

「あいつの考えてることは、俺でもよくわからん。今まで行方知れずだったのに、いきなり接触してくるしよ。ただ、分かってるのは――あいつは自分が助かる方法しか考えてねえってことだ」

「居場所は分かってるのか？」

「ああ」

ロッソはボードの地図を親指でさした。

「あちこち行って、目撃情報やらを集めた結果、どうやら【忘れ去られた祭壇】にいるらしいという情報は摑んだ。ただ……」

「ただ？」

なんだろうか。急に皆の顔がどんよりと暗くなった。

確か、【忘れ去られた祭壇】は――万年雪に埋もれた、極寒の北の大地にある。人々の記憶から忘れ去られるほどに古い、古い遺跡だと記憶している。

北の雪原地帯は、非常に面倒なエリアだ。俺も何度か死んだことがある。防寒対策をきちんとしておかないと、どんどん【体温低下】していき、すぐに死に至ってしまうのだ。しかも周りが雪で白いため、吹雪にでも遭遇した日には、高確率で遭難してしまう。それでも危険を冒して訪れる冒険者は後を絶たない。何故なら、希少な素材が手に入るから。

レタスがやや震える声で、報告書を読みあげた。

「……近辺で、十八枚羽の銀竜を見た、という情報が数件集まっているようです」

「十八枚羽……⁉」

嘘だろ。それは、大人数でやる特殊クエストの大型ボスのはずだ。

十八枚羽の竜は、世界に数匹しかいないという、伝承には残ってます的な幻に近い竜だ。俺は一度だけ、大規模イベントで戦ったことがある。城塞の砲撃や戦車の砲撃も合わせ、多数の死者を出しながら、どうにかこうにか倒した。俺と【ハイジンクス】のメンバーは最前線にいたが、全滅するパーティが続発する中で運よく生き残れたのは、奇跡と言っても過言ではない。

「運悪く遭遇してしまった場合、まず無事じゃ済まないでしょう。作戦には精鋭部隊で臨む予定ですが、それでも、下手をすると全滅の危険性があります……」

「お前なあ、そう悲愴になるなや！　たとえ全滅しても、俺らは一番最初にいた街に【死に戻り】するだけじゃねえか」

「いや、俺は西大陸の薄暗い森の中なんだが」

「お、そうだったか？　まあ、なんだ。頑張れ」

何を頑張るんだ。他人事《ひとごと》だと思って。ふざけんな。

「さあて！　そんじゃあ、作戦について説明するぞ。六日前の夜、コクトーが本部に押し入り、就寝中の俺を襲撃し、赤本を奪って逃走。捜査の結果、【忘れ去られた祭壇】へと逃げ込んだ、という情報を掴んだ。我々は急いで追跡部隊を編成し、奴の後を追う。最優先事項は赤本の奪還。そして、コクトーが持ってる白本もあわせて確保する」

「おい。前半部分、事実がすり替わってないか」

「宵月。上に立つ者の苦労、お前ならわかるよな？」

「いや、俺は上に立ったことがないからわからん」

「と、いうわけで、だ」

話は終了とばかりに、ロッソが両手を打ち鳴らした。

「宵月。ぜひとも作戦に参加してほしい。出発は明日の朝。追跡部隊は俺の隊を含めて既に六パーティに分けて編成済みだ。お前は俺のパーティ【風《かざ》見《み》鶏《どり》】に――」

「ちょっと待ってくれ。俺は既にパーティに所属済みだ。二重登録はできない」

「お？　ああ、そういやパーティ組んでるって言ってたな。じゃあ、そいつらも一緒に参加――」

「できませんよ。あなたは何を言っているんですか」

　レタスが即座につっこみを入れ、疲れの見える溜め息を零した。

「こちらの世界の方は、私たちのように【死に戻り】ができません。万一死んでしまった場合、それまでなのです。死なせたくないのなら、連れていかないほうが無難でしょう」

　ロッソが頬を掻いた。

「そうだなあ。俺らみたいに、やり直しがきかないもんな。一緒には行けねぇか」

　俺は手元に目を落とした。ティーカップからは温かそうな湯気が立っている。

　これは、【死に戻り】を保険にした奪還計画だ。死んだらそれっきりの奴に、一緒に行かないか、なんて口が裂けても言える訳がない。それに、俺の旅の目的と、ジェイスたちの旅の目的が偶然重なって、今迄ずっと一緒に旅をして、とうとう、こんなにも遠くの地まで来てしまっただけなのだ。

　その幸運な偶然が、ここで終わるだけの話だ。

「……うん。わかってる。宿に戻ったら、【パーティ脱退申請】しておく」

「説得できそうか？　もし無理そうなら、俺が一緒に行って、話をつけてやってもいい」

【脱退申請】をし、リーダーが【了承】すれば、パーティを脱退できる。割と気軽に出入りできるシステムだが、あまりに頻繁な申告や、了承拒否など悪質な場合、ちゃんと制裁措置が待っている。前のシステムが踏襲されているならば、だが。

「いい。大丈夫だから」

優しい奴だから、きっと、話せば分かってくれる。


外はいつの間にか日が暮れてしまっていて、藍色に染まった空には、光る砂みたいな星々がまたたいていた。

店が賑やかに建ち並ぶ通りを、ゆっくりした足取りでロッソと並んで歩く。

ロッソは途中まで送るわと言って、ついてきた。送ってもらうほど俺は柔《やわ》ではないが、それが理由ではないのは分かっていたから、二人で頷き、本部を後にした。

「しっかし、マジでお前が来てくれて助かったぜ！　まあ、お前にとっては災難だったんだが」

「それを言うなら、俺もだよ。ロッソがいてくれてよかった。これで、【クローバー】がいてくれれば心強いんだけど……あの人は、ここへは来てないのか？」

途端にロッソの眉間に皺が寄り、唸りながら頭をがりがりと掻いた。

「あいつはなぁ……一応は、来てるんだが」

なんだと!?　それを早く言えよ！　もう勝ったも同然と言っても過言ではないではないか。

「それならよかった！　クローバーは、今どこに!?」

「うむう……。おそらくは、まだ西大陸のどっかにはいるんじゃねえかと思うんだが……」

「おそらくは？　思う？」

歯切れの悪いロッソの言葉にいぶかしげに首を傾げると、ロッソはやれやれと肩を落として腕を組み、大きな溜め息をついた。

「……俺がこの世界にきたばっかの頃、偶然、運良くあいつとスターリィ・コーストで会ってな。一緒に行こうと言ったら、『私は私で、この世界について調べてくる』と言って、さっさと行っちまいやがったんだ。それ以降、未だに連絡は取れてねぇ」

「えええ～!?」

なんてことだ。あいかわらずのゴーイングマイウエイなマイペースぶりだ。俺は懐かしくも落胆を禁じえず、ガクリと肩を落とした。

「不用意に期待を抱かせるのもアレだし、ああいう時のあいつは、誰も邪魔するなってことだし。だから今まで誰にも言わなかったんだがよ。こういう非常事態だから連絡取りてえところだけど、今から連絡取ろうにも、現状、【転移門】が機能していない上、しかも居所がはっきりしてねぇ。探して会いに行くには、今からだとあまりにも時間がかかりすぎる」

「そうか……そうだな……」

ということは、今回の作戦において、クローバーの助力は得られないということだ。いたらすごく頼りになるのに、残念すぎる。あの人はものすごく冷静で頭がいいから、現状を打破する最善の策をきっと考えついてくれていたに違いないのに。腹黒、違った、黒衣の策士、天才と変人は紙一重、いや、希代の天才学者と呼ばれていたのは、あながち冗談ではない。

「――宵月」

名を呼ばれて振り返ると、ロッソが珍しく神妙な顔で立ち止まっていた。

指で手招きされる。酒臭いから近づきたくないが仕方ない。俺はロッソに近づいて、見上げた。

「……もう一つ、話しておきたくてな。例の噂についてなんだが」

「例の噂？」

「ああ。お前は聞いたこと無いか？　神様が願いを叶えてくれるっていう噂話を」

あれか。神様が造った三冊の書を集めたら、神様が現れて、なんでも一つだけ願いを叶えてくれるのだという。

「知ってる。道中、知り合った人たちに聞いた」

「そうか。なら話は早い。お前は、どう思った？」

「どう思った、って聞かれても……そんな御伽噺《おとぎばなし》みたいな話、信じろと言われても……なかなか難しいところだと思うけど」

ロッソが意味ありげに含み笑い、ニヤリと口角を上げた。

「……その様子だと、ロッソは、噂を裏付ける何かを見つけたみたいだな」

「おうよ。褒めろ。雪原に行く途中、サンクティ皇国を横切ることになる。その時に、寒冷地用の物資の補充をするから、そこで一泊する予定にしている。到着したらそこそこ時間が空くだろうから、サンクティの王立大図書館に行ってみてほしい。お前も確信するだろう」

「サンクティ王立大図書館？」

東大陸にある、最大級の図書館だ。

「ああ。その最奥の書庫に納められてる。司書長を呼んで、これを見せれば入れてくれるだろう」

そう言って、ロッソは銀色の腕輪を俺に差し出した。それは、十字と百合《ゆり》を組み合わせた柄——サンクティ皇国の紋章が刻まれた細身の腕輪だった。

「三冊の魔道書に関する本を、と言えば分かってくれるはずだ。それを読んで、お前なりに考えてみてほしい。だいたい、俺ぁ考えるのは苦手なんだ！　こういう仕事は、元々クローバーか、お前の役目で、得意分野だろうが！」

「あのなあ……まあいいけどさ。分かった。調べてみる」

　それからいくつか世間話や昔話をして、気づいたらもう宿屋に着いてしまっていた。ロッソは、じゃあまた明日な、と手を振って去っていった。

　俺たちが泊まっているのは、駆け出しの冒険者の頃かなりの頻度でお世話になった、リーズナブルな宿【鳥犬亭】。カントリー風な内装が、とても気分を落ちつかせてくれる宿だ。

　部屋に入ると、ほんのりと明るかった。窓のカーテンは半分だけ開けられて、風が吹き込むたび、ふわりと揺れている。窓際には木製のテーブルと二脚の椅子があり、卓上にはランプが灯っていた。

　テーブルの上には買ってきたらしい品々が置かれ、ジェイスが椅子に座って、それを一つ一つ確認しながら鞄の中へと収めていた。

　レフとライの姿を探すと、二つある内の、右側の壁際に設《しつら》えられたベッドの上にいた。双子は仲良くくっついて丸まり、すうすうと寝息を立てていた。シーツの上には、荷物や色とりどりのお菓子が散らばっている。

「……ただいま」

「おかえり。遅かったな」

「うん。話が長引いた。……また、えらく散らかしてるなあ」

ジェイスがチビたちが眠るベッドの上を見て、小さく笑った。

「こいつら、お前と別れてから寝るまで、ずっとふてくされててな。大変だったんだぞ。沢山美味い物をあげたら一緒にいてくれるはずだと言って、さっきまで、持ってる菓子全部かき集めてた」

なるほど。この散らばりまくった菓子は、そういうことだったのか。

「菓子って……俺、そんなに食い意地張ってるようにみえる？」

「まあ、何かしら食ってるからな。お前は」

「悪かったな！」

だって食べることは好きなんだよ。美味しいものが食べれるのは、それだけで十分幸せなことなのだ。

俺はひとまず、ベッド端に落ちてる色とりどりのキャンディーをかき集めた。仲良く眠る双子に、向こうの世界での妹たちの姿が重なる。どこまでも俺の後を追いかけてくる小さな姿は、本当に、うちの双子によく似ていて——

——ああ。そうか。とても、よく似ているんだ。

俺は無意識に、重ねていたのかもしれない。歳《とし》の離れた兄と、幼い双子の妹に。だから人見知りの俺でも、違和感なく溶け込めて、ひどく居心地がよかったのだ。

ジェイスは、俺の兄に少しだけ似ている。コンプレックスも吹っ飛ぶほどのなんでもできるスーパーマンで、うざがられるほどの心配性で。でもそれはしかたのないことだったのだと今なら分かる。兄は事故で亡くした両親の代わりに、たった一人で俺たちを養って育てていかないといけなかったのだから。一人で双子を養っていかないといけないジェイスの現状とも、よく似ている。

疑似的な家庭環境に身を置いて気を紛らわせることができていたから、こんなにも異質で異常な状況にたった独りで放り込まれても、落ちついていられたのだ。

本当に、ジェイスたちに出会えたことは幸運であり、感謝してもしきれない。だから。

「……ジェイス」

「なんだ？」

「俺さ、やっと、帰れる目処《めど》がついたんだ！」

ジェイスが作業の手を止めて、こちらを見た。俺は双子の荷物を片付けながら話を続けた。

「今までありがとうな！　すげえ感謝してる。ジェイスたちに会えなかったら、俺はここまで来れなかった。本当に助かったよ」

俺は双子の鞄をベッド脇に置いてやってから、意を決してジェイスの方を向いた。

「……俺はこの街に残るよ。だから、【パーティ脱退申請】するから、【了承】してくれないか？」

ジェイスは頬杖をついて、俺を見る。沈黙が重い。

「そうだ、御礼に、俺の持ってる高級食材一式とレシピあげるな！　黄金鴨《かも》のローストとか漆黒本マグロの刺し身なんて、ほっぺた落ちるぐらい美味いぞ！」

無言だ。

「足りない？　じゃあ、俺が持ってる希少素材【オリハルコン】も三つプレゼント！　伝説級の武器が造れるぞー」

「……宵月。どうやって帰るんだ？」

「え？」

「帰る方法だ。どうやって【向こう側の世界】に戻る？」

「方法……は、お前も聞いただろ？　船の上でさ」

「三冊の魔道書が揃ったのか？」

「ああ。もうすぐ、――揃うよ」

「コクトー、という奴が見つかったのか？」

　くそ。よく話を覚えてるなあ。

「居場所がわかった。明日、ロッソたちと……話をしにいく」

「……俺たちも行こう」

「ダメだ！」

「どうして。異世界に戻る方法なんて、相当珍しい。見てみたい。それに、チビたちはすっかりお前に懐いてる。最後ぐらいは、見送りたいだろう」

「だ、ダメだ。コクトーがいるのは、雪原地帯なんだ。大変だろ？」

「別に、防寒対策していけば十分だろう。雪原には何度か行ったことがある。西も東も同じだろ」

「いや、本当、危ないから。な？」

「危ないなら、尚更《なおさら》だ。お前の仲間が何人いるのかは分からんが、人数は多くても問題ないだろう。逆に、多いほうがいいんじゃないか？」

「いや、ダメだ。本当、マジで、危ないから！　【死に戻り】するかもしれないし！」

「【死に戻り】……？　お前、知人に会いに行くのに、なんで死ぬ可能性がある」

なんでこの人、こんなに鋭いの！　やっぱりスーパーマン属性ですか！　恐るべし。

「【死に戻り】は、噂で聞いたことがある。神に祝福された冒険者は、死んでも復活する、と。あれは本当だったんだな」

「いや、だから……」

「宵月。理由が他にあるんだろう？」

俺は俯いた。言えば、ジェイスたちは優しいから、きっと気に病む。できることなら、もう俺のことは気にせず、旅を続けてほしい。

「――宵月」

俺は思わず背筋を伸ばした。いや本当、怒った声の調子が、兄とよく似ていますね。

「言わんと、チビ共を起こして言うぞ。置いていこうとしてるって」

反則だ。

俺が答えずにいると、ジェイスは溜め息をついて立ち上がった。

「……わかった。お前が言わないなら、これから魔道書探索本部に行って聞いてくる。場所は地図があるから分かってる。お前のパーティリーダーだ、と言えば通してくれるだろう」

俺の横を通り過ぎて扉へと向かう。その大きな背中に俺は取りすがった。足は止まらない。俺は引きずられた。軽い自分が、憎い。

「ま、待って！　待ってくれ！　本当に、だめなんだ！　分かった、言う、言うよ！　俺たちが行く雪原には、十八枚羽の銀竜が出るらしい。遭遇すれば激戦になる。もしかしたら、全滅してしまうかもしれない。だから……」

「十八枚羽の銀竜……？」

ジェイスが立ち止まった。

「そうだよ、だから――」

いきなり両肩を摑まれた。かなり痛い。みしっていったぞ。

「それは、本当か⁉」

「え、あ、うん。その雪原に行った何人かの冒険者が、地元の人から聞いたって」

ジェイスが堪えるように目を閉じた。

「ジェイス？」

名を呼ぶと、目を開けた。その眼光には、いつもの優しい灰色ではなく、どこか暗くて底の見えない感情と、強い意志が滲んでいるように見えた。

「やはり、俺も行こう。いや、連れていってくれ。頼む。俺は、ずっと探していたんだ。そのために、冒険者になった。冒険者になれば、いつか必ず奴の情報が入ってくる――そう信じて」

*

翌日。結局、ジェイスたちと魔道書探索本部へ行くこととなった。

どうして十八枚羽の銀竜に会いたいのかは、確認したいことがある、というだけで詳しくは教えてくれなかった。

会議室のテーブルについたロッソが、無精ヒゲをなでながら唸った。レタスが、後ろで不安そうに見守っている。スティングは壁際で、事の成り行きを面白そうに眺めている。

双子は一階で、ロージーと一緒にスイーツバイキングしているからここにはいない。双子を置いていくつもりなら話は聞かせない方がいい、とのロージーからの提案による配慮だ。

「確認したいことがある、ねえ。……宵月から話は聞いてるんだろ？　お前さんにやり直しはない。死んだら、どうするんだよ」

「その時は、その時だ。俺が勝手についていくんだ。お前たちは気にしなくていい」

「気にするよ！」

　ジェイスが俺の言葉を無視した。昨日からずっとこんなやりとりをしている気がする。聞いてもらえないけどな。なんて頑固なんだ。

「正直なところ、お前さんのことを気にしてる余裕は俺らにはない。自力で自分の身を守ってもらうことになる。助力は期待するな。それでもか？」

「ああ。お前たちは、お前たちの目的だけに集中してくれ。俺は俺だけの目的で動く。誓って、お前たちの邪魔はしない」

　ロッソとジェイスが睨みあう。ロッソがにやりと笑った。

「そこまで覚悟決めてんなら、しかたねえな。分かった。ついてこい」

「ロッソ！」

　俺とレタスが同時に責めるように名を呼んだ。

「仕方ねえよ、宵月。こりゃあ、ダメって言ってもついてくるぜ。そんならもう、一緒に行ったほうがいい。ただし、だ。てめえ勝手に動くつもりなら、パーティリーダーを宵月と交替しろ。それが条件だ」

「わかった」

ジェイスは冒険者バングルを操作し、その場で【リーダー交替】手続きをした。俺の冒険者バングルに着信音が鳴る。俺は仕方なくウインドウを開き、渋々【了承】を押した。

「てことで、【蒼銀の風】リーダー宵月、レフト、ライトを除く以下二名参加……て、二名？　スティングの野郎もいつの間にかメンバーに入ってんじゃねえか！　おい。お前、俺のパーティに入るっつってなかったか」

ロッソがパーティ詳細のウインドウから視線を外し、壁際へ向けた。

壁際には、へらりと軽い笑みを浮かべたスティングが、ヒラヒラと手を振っている。

「まー、成り行きです。てなわけで、俺は宵月君と一緒のパーティということで。よろしくね☆」

「まったく……フラフラしやがる奴だ。じゃあ、これで決まりだな。では、出発するぞ！」

話は終了、とばかりに皆がぞろぞろと会議室を出ていく。

がらんとした会議室に、俺とジェイスが残った。

「……ジェイス」

俺が呼び止めると、ジェイスは立ち止まって振り返った。じっと見ていると、溜め息を軽く一ついてから、ゆっくりと俺の方へ戻ってくる。

「なんだ。まだ怒ってるのか」

「いや。もう、諦めた」

「そうか」

俺は冥闇の書を取り出した。詠唱モードに入る。これでなければ、特殊魔法は使えない。

「――我、アイテールを通して、全元素に干渉」

魔道書と俺を囲むように、星のような小さな光が無数に散らばった。いつものように光の線が光点と光点を結んでいく。ただ、今回に限ってはこれまで以上にたくさんの光の点を繋ぎ合わせ、幾重にも折り重なった複雑な円形魔法陣になった。

「宵月？　おい――」

「対象素体の全構成元素と連結し、魂と身躯《しんく》を繋ぎし糸が切れし時、我の糸を補填せん――【瞑《めい》糸《し》の代替】」

唱え終わると、図形がほどけ、収束するように手の平ほどの光の円環になった。

「対象、ジェイス・センバー」

指定すると光の円環はジェイスの胸元に移動し、張り付いて、染み込むように消えていった。

「なんだ、今のは」

俺は魔道書をしまいながら、にっこりと微笑んだ。さあ、思い知れ。俺と同じ精神的ストレスを共有しろ。

「魂は霊体。身躯は肉の器。それを繋ぐ糸が切れた時、俺の糸と交換する」

ジェイスが目を見開いた。

「……それは、どういうことだ」

俺は人さし指を突きつけてやった。

「ふふふ……お前が死んだら、俺が死んで、お前が復活する。まあ、いわゆる身代わりってやつだ。先に言っておくが、その魔法、一旦かけるとお前が一度死ぬか、俺が解除でもしない限り、発動するまで、永遠、に――」

「おい！」

俺は後ろ向きにぶっ倒れた。

後頭部と脳内が割れるように痛いが、俺は今、そんなことよりも達成感でいっぱいだ。満足している。

しかし、ＭＰ０で【昏倒《こんとう》】。やっぱりこちらでもそうなのか。

まあ、心配することではない。寝ていれば一秒に１ＭＰ回復していく。ＨＰも同じ。回復アイテムもあるしな。ただアイテム取り出せるまで回復するのに、もう少し時間がかかりそうだが。

術者には何一つメリットのない、この魔法。

対象者は一名のみ。ＨＰとＭＰと所持金を全て引き換えにして、ただ一人の身代わりとなる。

発動条件はレベル90以上、所持金五十万以上。発動時全額消失。はっきり言って一瞬にして何もかもを使い切る、自虐的魔法と言っても過言ではない。

それにＰＣゲームの時でも、死んだらパーソナルスペースに戻るだけだったし、こちらの世界でも【死に戻り】というやり直しができるらしい俺たちにとっては、全く必要性のない魔法だ。使う機会なんてこないだろう、ただリストにあるだけの魔法。

まさか使い道があるとは思ってもみなかったよ。

建物を出ると、八人乗りの馬車が六台待機していた。全て本部の持ち物らしい。【魔道書探索本部】に高レベルの冒険者が集まっているということもあり、資金面ではかなり潤沢のようだ。

馬車には編成済みのパーティごとに分かれて乗ることになっており、俺とジェイスも決められた馬車に乗り込んだ。まずはサンクティ皇国で物資や、雪原へ向かうための準備を整える手《て》筈《はず》になっている。

レフとライには、大人だけの大事な用事がある、ということで魔道書探索本部で留守番させることにした。流石に今回は二人を連れていく訳にはいかない。余りにも危険すぎる。二人の面倒は常駐のレタスや他の冒険者たちにお願いした。ここ以上に安心安全な場所はないと思うから。

……ただ一つ、気掛かりがあるとすれば……出発の時間になっても、レフとライは部屋に鍵をかけたまま、出てきてくれなかったこと。

「……なあ。チビ共さ、見送りしてくれなかったな。てことは、やっぱり……相当怒ってるのかな？」

八人乗りの馬車の中、ちょうど俺の真向かいに座っている、不機嫌そうに眉間に皺を寄せた男に声をかけた。男からの返事はない。

「……なんだよもう。まだ怒ってるのか？」

じろりと睨まれた。

「……お前の馬鹿さ加減に呆れてるだけだ」

「馬鹿って……お前だってなあ！」

「はいはーい。皆なかよく行きましょうねー。何があったかは知らないけどー」

俺の右隣に座るスティングが手を打ち鳴らした。

「そうだぞ。パーティは【連携】が命だ」

ジェイスの隣に座るロッソが、腕を組んで重々しく頷いた。

「そうですよー！　皆さん、なかよく！　ね？」

俺の左隣に座ったロージーが、胸に手を当てて微笑む。

道中何があるか分からないので、雪原地帯までパーティごとに分かれて馬車に乗っていくことになった。なので、スティングも一緒に乗っている。それは分かる。分かるが。

「なんでロッソとロージーが、俺らの馬車に乗ってるんだ？」

「ああん？　てめえ、何か文句があるってんのか」

ロッソがすごみを利かせて身を乗り出した。片手には酒の小瓶。おい。完全に絡み酒状態だぞ。

「宵月様！　私、お邪魔ですか⁉」

潤んだ瞳で見つめてくるロージー。

「いや、そうじゃなくて。ロッソとロージーのパーティは、【風見鶏】だろ。一番先頭の馬車に乗るんじゃなかったのか？　なんで最後尾の俺たちの馬車に乗ってるんだよ？」

「そうだそうだー！　ただでさえ花が少ないのに、ロッソが入るとますますむさくるしさ倍増じゃないかー！　ロージーちゃんだけ残して帰れー！」

「うるせえ！　作戦の最終調整のためだ！　時間がねえんだから、馬車ん中でするしかねえだろ」

「最終調整？」

ジェイスが問う。

「ああ。十八枚羽の竜の件だ。俺もはっきりと口に出しては言ってねえが、皆も薄々分かってると思う。俺たちの現在の戦力では、交戦した場合、確実に全滅するだろう」

確かに。雪原には、城塞も戦車もない。しかも、六パーティかそこらで戦うには、戦力差がありすぎる。ラスボス戦にいきなり新米冒険者が挑むようなものだ。

「それに、コクトーが素直に魔道書を返してくれるとは思えん。十中八九、戦闘になるだろう。その場合に備えて、最強戦力を残しておきたい」

なんとなく、ロッソが言いたいことが分かるような気がした。分かりたくはないが。

「ロージーはお前たちに同行させる。【風見鶏】を脱退させたから、【蒼銀の風】に入れてやってくれ。……後は頼んだぞ、ロージー」

「かしこまりました。お任せください。では、宵月様。よろしくお願いします！」

ロージーが、俺宛に【パーティ参加申請】を送ってきた。

「万が一、十八枚羽と遭遇した場合、お前たちはすぐに雪に紛れて退避しろ。俺たちが足止めしている間に、【忘れ去られた祭壇】に向かってくれ」

「何を言って……」

「宵月。これは総意だ。魔道書探索本部所属の冒険者で、暗殺集団【四ツ目鴉《からす》の社《やしろ》】との戦闘経験があり、レベル90超えしてるのは俺らくらいなんだ。予定外の竜ごときで主要な戦力を失いたくない。頼む。納得してくれ」

「四ツ目鴉の社？」

ジェイスの問いに、ロッソが振り返って答えた。

「ああ。ジェイスは知らないのか。東大陸最大級の暗殺集団さ。昔、その隠れ家の一つを叩く特殊イベントがあってなぁ。俺らは運よく、イベントを発生させるキーアイテム【四ツ目鴉の御札】を手に入れた。……俺らが【ハイジンクス】ってパーティを組んでた時にな」

スティングが両手を上げて首を振った。

「いや～、あれは大変だったよね～。とにかく、【四ツ目鴉の社】に所属しているアサシンは、使ってくる技がトリッキーでさ。トラップ仕掛けてくるわ、変装するわ、どこから攻撃してくるのか予測つかないわで、もーう大変」

「そうだ。そして、コクトーは【四ツ目鴉の社】に所属している。同じようなトリッキーな技をしかけてくるはずだ」

騎士がどこかの国に忠誠を誓うように、暗殺者もどこかの組織に所属することができる。そのメリットは、特殊固有スキルの取得だ。脱退すれば、そのスキルは消えてしまうけれど。【変装】などが代表的な特殊固有スキルだ。

「頼む。この作戦、失敗するわけにはいかんのだ」

ロッソが頭を下げた。ロッソなりに、責任は感じているらしい。

「……ロッソ。分かったよ」

「ありがとう。すまんな」

ロッソが安心したように笑みを浮かべ、長椅子の背にもたれた。

「……ジェイス。お前も気がすんだら、早いとこ宵月たちを追ってくれよ？」

ジェイスは何も言わず、横を向いて腕を組んでいる。

「そうだぞ。早く戻ってこいよ。……俺を死なせたくなかったらな」

また睨まれた。なんでだ。そんなに怒ることないのに。俺は死んでも、お前と違って消滅しないんだから。多分な。まだ一回も死んだことないから、よく分からんけどな。

ジェイスは目を伏せ、深く溜め息をついた後、とうとういよいよそっぽを向いて、目を閉じてしまった。

「あららー。随分とご機嫌の悪いことで」

「喧嘩でもなさったんですか？」

「うーん。喧嘩というか……同じ精神的ストレスを共有させたら、ものすごい怒った」

ロージーとスティングが首を傾げる。

ロッソが頭をがりがりと掻いて喚《わめ》いた。

「お前ら、いいか！　本当に頼んだぞ！」

*

サンクティ皇国。創世女神サンクティーリアを信奉する、神聖国家だ。

国花であるスカシユリに似た白い花、ノーブルフェザーが咲き乱れる、美しい国。

賢者輩出の国、と語り継がれているように、学問国家としても有名で、国立大学、東大陸一の蔵書と謳《うた》われる王立大図書館、魔道研究所、歴史資料館、博物館、古書店街、など、学ぶ者にとっては夢のような国でもある。

馬車を飛ばして二日。

俺たちは雪原用の物資を調達するべく、ここで一泊して、翌日早朝に出発することにした。

ここから北へ上っていけば、雪原地帯に入る。

サンクティの街は雪原地帯へ向かう前に立ち寄れる最後の補給地でもある。だからか、防寒対策の各種装備、道具類が、ウェイフェア・パレスよりも充実している。冒険者は皆、ここで十分に装備を調えてから出発するのが通例だ。

「さあ！　宵月様！　私たちも買い出しに行きましょう！」

ロージーが元気いっぱいに挙手し、俺の腕を摑んだ。

「行ってらー。買い出しよろしくー☆　俺は宿で寝てるわー」

スティングは一番後ろで立ち止まり、ワカメが揺れるようにゆらゆらと手を振った。だらしなく垂れたネクタイも同じように揺れている。

「お前な」

「だってさー、買い物なんて皆でぞろぞろ行ってもしょうがないでしょ？　パーティの主戦力は、休める時に休んどかないと、いざという時真価が発揮できないからねー。ロージーちゃんとのデートはとても魅力的だけどー」

何だかんだと言ってるが、要はサボりたいだけだろお前。

俺は隣に立つジェイスに顔を向けた。相変わらず、その顔に笑みはない。まあ、もとから愛想がいい方ではないけれど、ここ最近は無愛想に拍車がかかっている。そして、あれ以来、俺と目を合わせようともしない。まだ怒ってるのか。大の大人がいい加減しつこいぞ。

「さて。ジェイスはどうする？」

ジェイスはすい、と目をそらすと、北の方を向いてしまった。

「……俺は寄るところがある。買い出しに三人もいらないだろ」

それだけ言うと、ジェイスは人ごみの中に消えていった。

「あらら。宵月君、何したのー？　なんか相当怒ってるっぽいけど」

「そうですね。あとでちゃんとお話しされたほうがいいかもしれませんね」

「……わかってるよ」

何がそんなに気に入らないんだか。お前にデメリットなんてないはずなのに。


防具屋で、アクセサリ類を眺めていたら、いいのを見つけた。

ノーブルフェザーの白い花飾りがついた、薄紅色の髪留め。運よく、同じ物が二つある。手に取って眺めてみるふりをして、こっそり【アイテム精査】する。水・風・闇属性耐性35％アップとでた。偽物じゃなく、ちゃんと本物の魔法防具だ。一つ、六千シェル。高いが、買えない値段でもない。が。

俺が購入を悩んでいると、ロージーがやってきた。なんだか目をキラキラさせて。

「宵月様。何をご覧になっているんです？」

「いや、これ、ちょっといいかなって」

「そうですね！　私、すごく可愛いと思います！」

ロージーがこぶしを握りしめて力説した。じゃあ買ってこよう。

「あれ、宵月様。おんなじ物は二つもいりませんよ？」

「二つじゃないと、喧嘩になるだろ？」

「そんな、私、喧嘩なんか致しません！」

「いや、レフとライは確かに仲いいけど、お土産が一つだったら、さすがにマズイだろ」

「え？　レフちゃんとライちゃんのお土産なんですか……？」

買ってくる、と言った手前、買ってこんとマズイだろう。年長者としての信用問題に関わる。

なんだかロージーの目が怖かったので、俺は早足で店の奥に移動した。

「宵月様は、いいお兄さんなんでしょうね。同じように妹さんがおられたりします？」

気持ちを切り替えたらしいロージーが、小首を傾げて微笑んだ。

「ああ。ちょうど、歳もおんなじくらいのチビが二人。でも、俺より兄さんの方がすごいよ。本当、なんでもできる超人みたいな奴だから」

「お兄さんもおられるんですね？」

「歳が六つ離れてるけどな」

「ふふ。じゃあ、ジェイスさんとちょうど同じくらいでしょうか」

「……そうだな」

顔を上げると、小さな格子窓からは、賑やかな大通りが見えた。幼子をあやす若い夫婦。楽しげに店を覗く少女たち。よそ見ばかりする小さな弟妹の手を引く、旅装束の青年。――今頃、兄さんたちはどうしているだろうか。

「宵月様？」

「――いや、なんでもない」

微妙に低空飛行になりかけた気分を変えるために、上の棚に目を移してみる。そこには、綿の布の上に、首飾り類が並べてあった。

よさそうなのを見つけた。白い糸で複雑に織り込まれた紐に、文様の書かれたタグが付いた首飾り。【アイテム精査】をかける。【一度だけ、致命傷のダメージを緩和します】とでた。これはいいかもしれない。値段は二万シェル。

お値段もぎょっとするほどよかったけれど、俺はそれを手に取った。

「宵月様。お買い上げですか？」

「うん。ジェイスにやろうかと思って。あいつ前衛だし。スティングには買ってやらん。よくサボって姿を消すからな」

「まあ」

ロージーが可笑しそうに笑った。薄桃色の髪がふわりと揺れる。これだけ見れば、確かにファンクラブも出来るかもしれない。……ただ一度でも一緒に戦えば、幻想は吹き飛ぶだろうけど。可愛らしいメイドが血まみれのグローブで楽しそうに魔物を殴り殺していくなんて、一度見たら忘れられない光景だ。まあ、そのまま幻想が吹き飛ばない猛者たちも大勢いるにはいるけれど。

ロージーも手伝ってくれるとのことで、俺たちは露店のサンドイッチ屋で昼食をすましてから、サンクティ王立大図書館に向かった。

図書館は地上三階建て、地下三階付き。広大な敷地は角を曲がって正門に辿り着くのに、歩いて十分ぐらいはかかった。

石造りの門は三メートルはありそうな大きさで、その両脇には武装した頑丈そうな門番が直立不動で道行く人に睨みを利かせていた。俺たちに気づいた右側の無愛想な門番が、接客する気皆無《かいむ》の険しい表情のままガントレットをはめた手を、俺の前に差し出してきた。

「──止まりなさい。身分証明書の提示を」

俺は素直に、冒険者証バングルを見せた。門番がじっと見てから頷く。

「冒険者Ｎｏ．００３４５８００　ロージー殿。Ｎｏ．００２８７６９Ｉ　宵月殿。確認致しました。どうぞ、お通りください」

チェックが通ったことに、内心ほっと胸をなでおろす。イレギュラーな番号だから少し心配だったけど、大丈夫だったようだ。

「──あ、宵月君とロージーちゃんだー！　宵月君ー！　よーいーづーきーくーん！　おーい！」

俺は溜め息をついた。

誰だ、天下の大通りで俺の名前を連呼する恥ずかしい野郎は。振り返りたくないが、これ以上大声で呼ばれるのも勘弁してほしいから、俺は仕方なく振り返った。

「……あ、スティング様ですね」

黒緑色のワカメ頭のひょろりとした男が、通りを歩く人々の注目を浴びながら、満面の笑みで手を振って走ってくるのが見えた。光を反射する白い歯が妙にイラッとする。全力で他人のふりがしたい。してもいいだろうか。いいはずだ。

「宵月君！　こんなところまで来てまだお勉強──ぐほおっ」

俺はボディブローを放った。びっくりするほどに綺麗に決まった。ワカメ頭が地面に沈む。

「スティング。大通りで、俺の名前を、連呼するな」

「ひ、ひどいよ宵月君……」

「スティング様。今までどこに行ってらっしゃったんですか？」

スティングがスーツの埃《ほこり》を払いながら、ゆっくりと立ち上がった。

「俺ー？　昼寝してー、ぶらぶらしてー、女の子たちにナンパされてー、一緒にご飯食べてた！」

「なあ、コレ、殴っていい？　殴ってもいいよな？」

「はい。殴っても宜しいかと存じます」

ロージーが微笑みを浮かべながら指の関節を鳴らすと、スティングが頬を引きつらせながら俺たちから二歩ほど跳んで離れた。

「そ、それよりも！　二人は何しにここへ？」

「……俺は調べ物だ。三冊の魔道書について。ロッソが、聞くよりも実際に自分で調べてみたほうがいいだろうって」

「ふうん？」

「そういう訳ですので、私たちは、失礼致しますね」

俺たちは門に足を向けた。するとスティングも後ろをついてきた。

「……あのな。面白くないと思うぞ、お前には」

「いいや、宵月君と行ったら、なんか面白そう、いや、新しい発見がある気がするんだよねー！」

「ああもう、大きな声出すな！　静かにしてろよ！」

「宵月様！　ご安心ください！　スティング様が騒いだら、このロージーが責任を持って沈めますから！」

ロージーが拳を目の前まで持ち上げて握りしめた。

「ろ、ロージーちゃん……静めます、の間違いだよね……？」

「同じことです」

「ち、違ううう！　大きく違うよおおお！」

騒ぐ二人から視線を外して、門番を見ると、怒りがくすぶる二つの眼《まなこ》と目が合った。慌てて目をそらす。

不安だ。とてつもなく不安だ。俺一人で来た方が、もしかしてよかったんじゃないだろうか。

俺は、まだ言いあっている二人を見て、大きく溜め息をついた。


さすが、王立大図書館というだけあって、床から天井まで壁という壁を埋め尽くすほどの書架が立ち並んでいた。中央には、受付カウンターがあり、三階まで吹き抜けとなっている。本の保存のため、照明はそんなに明るくはない。

中央からは放射状に通路がのびており、それに沿って書棚が奥の方まで並んでいる。一体全体どのくらいの蔵書があるのだろうか。とんでもない数があるだろうということだけは分かる。

受付の円形カウンターには、眼鏡美人な司書のお姉さんが五人、事務作業を黙々としていた。

「あの、すみません」

「はい。なんでしょう？」

お姉さんが顔を上げて、小首を傾げた。書類にペンを走らせながら。すげえ。ブラインドタッチならぬ、ブラインド筆記だ。ここにもプロがいる。

「本を探しているんですけど」

「はい。どのような本をお探しですか？」

「魔道書に関する本を探しています」

「わかりました。検索のキーワードをお教えください」

司書のお姉さんが、机の上の、ディスプレイのような石版を叩いた。文字が走る。検索画面のようだ。

「キーワードは、【魂魄の書】、【炎軀の書】、【瞑闇の書】。三冊の魔道書。神が創りし三つの試練の塔。天への赤き塔。天への白き塔。天への黒き塔。とりあえず、このどれかに引っかかる本がありますか？」

「少々お待ちくださいませ」

お姉さんが、キーボードのようなものをものすごい速さで叩き始めた。画面に流れるように文字が書き込まれていく。

お姉さんが、うむむう、と眉根を寄せて唸りだした。

「どうしました？」

「……申し訳ございません。お客様がおっしゃったキーワードに引っかかる本が、当図書館には一冊も存在しないようです」

「一冊も？」

ロージーとスティングが、横から身を乗り出してきた。

「一冊もないんですか？」

「一冊もないの～？」

「は、はい。申し訳ございません。ですが、こんなことは初めてです。当図書館は、見つからぬ本などないと言われるくらいの、東大陸一の蔵書量を誇っております。お探しの本が一冊もない、なんてことは、私の記憶の中では、初めてのことです」

予想していた返答に、俺は確信した。

鞄を漁《あさ》って、銀色の腕輪を取り出す。

「……では、最奥の書庫の方を、探してくれませんか？」

腕輪を見せると、お姉さんの顔が途端に強ばった。刻まれた円と十字と百合と剣——サンクティ皇国騎士団の紋章を、目を目一杯見開いて凝視している。どうやら効果は覿面《てきめん》だったようだ。

「ロッソの友人だとお伝えくだされば、納得して頂けるかと思うのですが。お願いできますか？」

お姉さんが、強ばった表情のまま、何度も首を縦に振った。

「わ、わかりました。今すぐ図書館長をお呼び致しますので、もうしばらくお待ちください！」

司書のお姉さんは、隣のお姉さんに小声で何かを早口に伝えた。隣のお姉さんも強ばった表情で頷き、席を立つと、慌てた様子で廊下を小走りに駆けていった。

予想以上の慌てぶりに、少しだけ内心焦る。あのダメオヤジ、あれをどこでどうやって手に入れたんだか。正規のルートでの入手であってほしい。一緒に牢獄《ろうごく》行きなんて嫌すぎる。

「宵月様。あの……皆様とても慌てて……何がどうしてしまったのでしょうか？」

「……俺たちが探してる本は表には置いていないみたいだから、最奥の書庫で探してもらうことにしたんだよ」

「最奥の書庫、ですか？」

「そう。――表に置いていない、出してはいけない本を納めてる場所」

十分ほど待たされて、奥からやや背の曲がった仙人のような風貌の老人が現れた。真っ白な眉毛と口髭《ひげ》と顎髭で、顔がよく見えない。白い上衣を着ているので、余計にそう見える。後は杖を持って雲に乗ったら完璧だ。

「……ほおほお。サンクティ皇国騎士団のお知り合いの方ですか」

「はい。ええと……シーリアス、という女性騎士とも個人的に面識があります。確認をとって頂いても構いません」

「いいえ、確認は既にとらせて頂きました」

じいさん、仕事早え!?

「奥の禁書庫の閲覧を許可いたします。こちらへどうぞ」

仙人図書館長の後について、俺たちは地下三階へ移動した。

奥の書庫は、古書独特の乾いた香りがした。光の魔法設備が整っているのか、天井の明かりが仄《ほの》かに灯る。光は本にとって毒なので、あんまり明るくはない。そこここに薄暗い闇が凝《こご》っている。

「……さて。お客様。どのような御本をお探しで?」

「神が造りし三つの塔、神より与えられた三冊の魔道書に関するものを」

「ほおほお。了解致しました」

仙人……ちがった、図書館長は静かに奥の闇に消えると、数分後、音もなく現れた。

机の上に、一冊の古びた本を置く。恐ろしく古い本だった。表紙の装丁は元々は赤かったのだろうが、色あせて土色に変色してしまっている。触れたらぼろぼろとはがれ落ちそうだ。

「……千年前の、ショージという大賢者が記したといわれている伝記です。強力な呪いの魔術がかかっているため、禁書庫にて保管されておりました」

「せ、千年前!?」

三人同時にハモってしまった。ついでに顔も見合わせる。どういうことだ。

「強力な呪い……?」

「ひええ。読んだら最後、呪いにかかっちゃうとか?」

「いえ。廃棄したり、壊そうとしたりすると、発動する呪いです。ですので、くれぐれも破ったりされませんようお願い致します」

怖ええ。と、とにかく読んでみよう。

ページの端は風化して、下手に扱うと崩れそうだった。俺は恐る恐るページを捲った。

「――私はショージ。職業は大賢者。

　この本を妄想の伝記だと感じた者は、即刻閉じよ。この本には術をかけてある。偽書として焼く愚か者は、恐ろしい呪いを身に受けるだろう。

　この本は、真実を記したものである。

私を信じられる者だけ、読み進めて欲しい。

私はこの書を、次代の冒険者に伝える為に記すことにした。もし志を同じくし、この本を手に取る者がいたのなら、皆に伝えて欲しい。そして、私たちのできなかったことを、どうか成し遂げて欲しい――」

「私の本当の名前は、夏宮庄司《なつみやしょうじ》。【暝闇の書】の所持者だ。

【魂魄の書】の所持者は、トゥインクル。職業は大司祭。本名はシェリー・ウェント。

【炎軀の書】の所持者は、ゼット。職業は狩人。本名は徳《とく》田《だ》真《まこと》。

皆、グラナシエールの創世ベータ版プレイヤーだ」


「我々は偶然にも三冊の魔道書をそれぞれ持ち寄り、オラクルが起動したことを確認した」


「神と名乗る者に、集めた褒美に一つだけ願いを叶えてやろう、と言われた。

我々は願った。皆を元の世界に帰して欲しい、と。

神は願いを叶えた。確かに叶えた。だが――」


「我々は、また、ここに連れ戻されてしまった。

我々は、再度オラクルを起動しようと試みたが、だめだった。三冊の魔道書が揃って初めて起動する項目だったようだ。

三冊の魔道書は、今となってはもう、我々の手にはない。願いを叶えると同時に、どこかへ消えうせてしまった。

この世界のどこをさがしても、【天への塔】は見つけ出せなかった。

いや、我々は、その事実を避けるように誰も口にしなかったが、本当は誰もが感じていた。

【天への塔】は。私たちの世界の【グラナシエールの創世】というゲームの中にしか、存在しないのかもしれないと——」

「次代の冒険者よ。神の試練は、塔の最上階へ辿り着いて終わりなのではない。

神が造り与えし三冊の書が揃って初めて、試練を受ける資格を得るということなのだ。

願い事をする時は、よく考えて唱えること。

願いを叶えるに値するか、そこで最後の判定が下ることになる。言葉という神の叡智の一部を得た我々が、全ての叡智を得るに値するのかを。よって、よく考えて、決断せよ。神との言質の取り合いに自信がないのなら、唱えるのを止めることもまた、一つの選択だろう。

三冊の書は、【神の領域】と繋がっている。よって、そこから情報を引き出すことも可能だ。但し。これは大変危険な方法でもある。よく考えて利用し、自分が壊れぬよう注意して情報を引き出すこと。でなくば。私のように、齢《よわい》二十二で壊れることになろう——」

俺は額の冷や汗を拭った。なんだ、これ。

ロージーが、小声で尋ねてきた。

「……グラナシエールの創世ベータ版というのは——私たちが参加させて頂いていたゲームの、プロトタイプですよね？」

俺は頷いた。

ベータ版も、十年ほどサービスが続いていた。ただ、ベータ版は正規版サービス前の検証的なものだったので、誰でも参加できる訳ではなく、抽選で当たった人しか参加できなかった。

「うん。俺たちは正規版からの参加者。ベータ版の世界から、千年後の世界。それが正規版として配信された」

スティングが頭の後ろに手を回して髪をかき混ぜた。

「あーもー。だめだめー、俺様そういうの超苦手ー。じゃあ、結局どーゆーこと？　この庄司って奴は千年前の人？」

「あのな。んなわけないだろ。ベータ版のプレイヤーだ。ここの時間軸と俺たちの世界の時間軸は違う。そして、向こうの世界での時間差はこちらの世界での時間差とイコールではない、ということだ」

「ふーん。ナルホド～」

相づちが適当すぎる。分かってないな、こいつ。

ロージーが、胸の前で祈るように手を組んだ。

「じゃあ、この方たちは――」

俺は言葉に詰まった。

千年前。そこから普通に、この世界で暮らさねばならなくなったとしたら。

この、ゲームとそっくりな疑似世界には、寿命が存在しているはずだ。種族に関する設定が俺の知ってるものと同じであるならば、長く生きても、人族で百年。レタスの種族である、最長命のエルファーシでさえ三百年だ。

「もー流石に生きてないねえ」

「スティング！」

スティングは肩をすくめてみせた。

ロージーを見ると、瞳が泣きそうに揺らいでいた。俺は震えるロージーの肩を軽く叩いた。

「庄司さんって、いい人だな。こうして、俺たちに情報を残してくれたんだ。感謝して、活用させてもらおう」

俺たちには、千年前の彼らに手を差し伸べることはもうできない。ならば遺志を継ぐことが、せめてもの俺たちにしてあげられることだろう。

ロージーは目元の涙を拭って、微笑んだ。

「宵月様……。はい。そうですね。ロージー、頑張ります！」

「お爺《じい》さん……じゃなかった、館長。この本、持ち出しできますか？」

「申し訳ないですが、この書庫にある本は、全て門外不出ですので」

予想通りの返答だった。

「わかりました。では——内容を写し取って帰ることは、可能ですか？」

「写し取る？」

「はい。この本の内容を、どうしても、一言一句、覚えておきたいんです」

「ほう？」

仙人館長が、白いヒゲをひとなでした。

「お願いします。この本を読まれたことがあるのなら、貴方には、虚言と妄想ばかりの、意味不明な言葉の羅列だったはずです。ですが、これは、俺にとっては、ものすごく意味のある言葉の羅列なんです」

「貴方には、意味のある内容と？」

「はい」

「ふむ。確かに、その本の内容は意味不明でした。妄想が綴《つづ》られた呪いの本。けれど、貴方がその本に価値を見いだしたと言われるのなら——本も喜ぶことでしょう」

館長は、白いヒゲを揺らして笑った。

「いいでしょう。凶悪な呪いさえ付いていなければ、破棄されるであろう本ですからな」

「館長……」

許可をもらったので、白紙の魔道書にコピーを取らせてもらうことにした。高レベルの魔道士系なら、誰もが持ってる【魔道書複製】スキルだ。

複製できない魔道書もあるけどな。【暝闇の書】のようなイベントで取得できる特殊な魔道書や、そして【アルグリフィの研究書】みたいな高レベル魔道書などは、やっぱり複製はできない。

使いどころとしては、中レベル魔道書を複製して売る、くらいだろう。

ショージの本は、複製できた。もしかしたら、後から来る冒険者のために、複製できるようにしておいてくれたのかもしれない。破棄されないように強力な呪いだけはかけて。

コピー後、本を仙人、いや、図書館長に返した。白紙の魔道書とスキルを持っていてよかった。

「面白い魔術をお持ちですなあ」

「いえ、技能スキルです」

「なるほど」

図書館長は、ほおほおと笑った。

「では、もうよろしいでしょうかな。遥か遠き異国の、冒険者様方」

館長を見ると、面白そうに目が煌めいている。遥か遠き異国の、とわざわざ付けるあたり、この爺さん、どこまで気づいているのだろうか。仙人館長、恐るべし。

「不思議な異国のお話を、ゆっくり聞かせて頂きたいところですが」

「申し訳ございません。先を急いでおりますので」

「そうですか。残念ですなあ。では、またこちらに立ち寄られた時にでも。美味しいお茶と菓子を用意して、お待ちしておりますので。是非お立ち寄りください」

ほおほお、と爺さんが笑う。

「はい。機会がありましたら。では。ありがとうございました」

俺は微笑んで、丁寧にお辞儀をした。

図書館の外に出ると、もう夕暮れ時だった。空が東の端から少しずつ、藍色に染まってきている。行き交う人々の顔も姿も、どこか輪郭がぼんやりとして見える。こういうの、逢う魔が時っていうんだっけ。

人も疎《まば》らで――

「――宵月様。つけられてるようです」

ロージーが、前を向いたまま小さい声で言った。

「え⁉」

拳闘士は、パッシブスキルの【敵察知】を持っている。敵意ある者が近づいてきたら、すぐに分かる。そう――検出された相手には必ず、敵意、があるのだ。

「あちゃー。どうする、宵月君」

「どうするって……ロージー。何人？」

「……十七名ほどですね」

俺は思わずロージーを振り返ってしまった。

「……ちょ、多すぎないか⁉　スティング、お前なにやってきたんだよ！」

「えー、俺ー⁉　違う違う。俺様、常に清廉潔白ですヨー」

「嘘つけ！」

「――私が殺《や》ってきましょうか？」

ロージーが可愛らしく小首を傾げて尋ねてきた。微笑みが怖いんですけど。

「え、ちょ、ちょっと待って。ここはマズイって！　図書館の門番が見てる」

俺はサンクティ皇国の地図を思い出す。確か、路地を抜けた先に、ちょっとした倉庫街があったはずだ。

「敵意の原因がわからない。それに、ここで騒ぐのはまずい。衛兵につかまって牢獄に入れられたりしたら、ロッソの奴が烈火のごとく怒るぞ。ひとまず人目につかない倉庫街まで誘い込もう」

「はい。承知致しました」

「りょーかい」

倉庫街に入って、俺たちは散開した。ここは十棟の倉庫が並んでいる。大きさはそれぞれ体育館程度だ。昼間は、朝市などがひらかれるちょっとした広場になっている。

俺たちは、それぞれ違う倉庫の陰に隠れた。

案の定、十七名の男たちが、ばらばらと広場の入り口から入ってきた。

角からそっと覗いてみて、俺は目を見張った。

皆、バングルを腕にしていた。彼らは、俺たちと同じ、冒険者だ。これは一体どういうことだ。

短剣を腰にさげたリーダーらしき男が、忌々しそうに他の冒険者に指示を飛ばした。

「くそ。気づかれたか！　だが、その辺に隠れてるはずだ！　探し出せ！」

俺は魔道書を取り出して、【気配遮断】と【音遮断】を自分にかけた。ついでに、【地図】と【索敵】と【サーチ情報表示】。

視界の右上に、倉庫街の地図が表示された。地図上に、赤い三角シンボルと緑の三角シンボルが表示される。赤が十七個、緑が二個。地図上を動いていくのが見える。赤は追っ手たち。緑の三角シンボルは、ロージーとスティングだ。

赤はバラバラに倉庫街に散っていっている。緑は、倉庫の陰に身を潜ませている。

赤の三角が、緑の三角の側に近づいていく。緑が後退する。誘い込んで、各個撃破するつもりなのだろう。ロージーとスティングなら心配ない。レベル90超えは伊達ではない。

なんにしても、早めにリーダーを押さえなければ。

乱れた足音が近づいてくるのが聞こえた。俺は倉庫の奥に移動して、裏を回って反対側に出た。

暗がりに、ボーガンを構えた男の背中が見えた。一人発見。おそらく【レンジャー】だ。

俺は静かに射程範囲まで近づいた。男は気づかない。

俺は【音遮断】をレンジャーにかけた。気づいたレンジャーが振り返り、追いかけてきた。だが魔法の効果で、声も、装備が擦れる音も、足音も聞こえてこない。

俺はゆっくりと後退した。人目につかない場所まで誘い込むために。倉庫の黒い影の中に誘い込み、【泥化】で足下に泥沼を作る。

泥に足を取られて慌てたレンジャーが、もたもたとボーガンを構えている間に、風属性魔法スキルの【衝撃波】を放つ。これはダメージを与えつつ、うまくいけば相手が気絶する。衝撃波なので、光も出ない。うまくいったようで、レンジャーが気絶した。まずは一人。

足音を忍ばせながら、次の冒険者の背後へ。

ロージーとスティングも一人ずつ倒したようで、赤い三角が残り十四になった。

さすがに異変に気づいたのか、リーダーが慌てた様子で叫んだ。

「お、お前たち！　絶対に一人になるな！　単独で戦うんじゃない！　固まって移動し、挟み込め！　こいつら、普通の冒険者じゃない！」

普通じゃない冒険者ってなんだ。俺たちは別に特別なものを持っている訳ではない。普通の冒険者だと思うんだが。黒本は封印中だし。

地図を見ると、俺の前後に二人ずつ、回り込んできていた。

これちょっとまずいかもしれない。挟まれた。こうなったら急いで後退し、速攻で後ろの二人を倒すしかない。

俺は角から覗いた。銃使いと弓使いだ。遠距離武器をもつ冒険者は、魔道士系の天敵だ。あいつら、遠方から詠唱遮断してくるからな。

出合い頭に【衝撃波】で吹き飛ばすか。そうしよう。【音遮断】【泥化】【衝撃波】の黄金スニークコンボだ。よし。

俺は角から躍り出た。

「「青いお兄さん、助ける！」」

「えっ」

「な、なんだ⁉　なんで、こんな所に子供が――」

突然後方から現れた犬人族の子供に、銃使いと弓使いが戸惑いながら振り返る。

「「手伝う！」」

双子は弓を構え、問答無用に撃った。二人の足に一撃ずつ命中した。

「ぎゃああ⁉」

見も知らぬ子供にいきなり攻撃され、二人が慌てふためいている。

「レフ⁉　ライ⁉　なんでここに……ああもう！　我、アイテールを通じ、土の元素に干渉――【泥化】！」

慌てふためく追っ手二人を泥沼に落として動きを鈍らせ、【衝撃波】を放った。二人気絶した。

「こら！　お前ら！　なんでここにいるんだ！」

「「ふえっ」」

大きな声で叱ると、双子の耳と尻尾の毛が逆立った。

あ。しまった。思わず、大きな声を出してしまった。【音遮断】の持続時間もちょうど切れた。予想外の事態に、かけ直しが間に合わなかった。

「いたぞ！　声がした！　こっちだ！」

「いたぞおおお！　こっちだ！」

物音を聞きつけて、他の冒険者が一斉に駆けてくる。これはさすがにマズいかもしれない。

「ああもう！」

俺は双子の首根っこを摑んで、倉庫の外階段を上った。

二階の踊り場まで駆け上がる。集団に囲まれるよりはこの方がまだましだ。時間はかかるが、階段を上ってくる奴を各個撃破できる。人数が多いと消耗戦にはなってしまうが、仕方がない。

階下に、十二人くらいの冒険者たちが集まってきていた。

その奥の方から、スティングとロージーが駆けてくるのが見えた。ああ、すまない。

「ははっ。追いつめてやったぜ！」

「馬鹿な魔道士だよな。自分で退路を断つなんて！」

やたら重そうな軋む音がして、俺は視線を下に走らせた。

下を見ると、熊のように大きな身体をした【バーサーカー】が二人、黒いフルプレートを着込み、巨大な斧《おの》を持って階段を上がってこようとしていた。

バーサーカー。狂戦士というだけあって、攻撃に全くひるまない奴等だ。鍛え抜かれた肉体は、ダメージも通りにくい。デフォルトで自動回復スキルも持っている。力押しで来られると、厄介な相手だ。

俺とチビたちで持ちこたえられるだろうか。紙装甲な俺らに。一発くらっただけでもアウトな感じだ。こんな時、壁役の前衛がいないと非常につらい！

俺は腰の提げ鞄から紅色の種を取り出して、バーサーカーの前に蒔《ま》いた。

「我、アイテールを通じて、闇の元素に干渉。——【茨の魔種子】」

詠唱が終了すると同時に、朱色の種は、あっという間に芽吹き、生長して、彼らの腕ほども太い茨の蔓《つる》になった。

「なっなんだこりゃ⁉」

太い茨の蔓は、見る間に枝を増やし、バーサーカーたちをからめ捕った。

【茨の魔種子】は闇属性、高レベルの、ダメージ付きの足止め魔法だ。効果時間は相手によって左右されるが、確実に足止めできる。【泥化】は敵の足が土の地面についていることが発動条件だから、ここでは使えない。【茨の魔種子】はＭＰ１００消費と大きいが、どこでも使用可能な、強力な足止め魔法である。

いくらバーサーカーでも、斧で蔓を切り裂いてる間は動けないだろう。バーサーカーとまともにやりあってたら、こっちの分が悪すぎる。確実に動きを封じなければ、突撃されて終わりだ。

「ぬおお⁉　こいつ、闇の上位魔法持ってるぞ！」

「くそ！　見た目に反して上級魔道士だ！　詠唱をさせるな！　一気に畳み込め！」

おい、見た目に反してってなんだ。

俺はレフとライの矢に、氷結のダメージ効果を付与した。攻撃呪文を唱えるより、こちらの付与呪文の方が断然発動までの時間が短い。

「レフ、ライ！　【同時撃ち】で狙え！」

「「わかった！」」

双子が同時に矢を放った。踊り場の手前まで来ていたバーサーカーの、斧を握りしめた腕にドライアイスみたいな煙を纏った矢が刺さる。そこから少しずつ凍っていき、腕一本が凍りついた。

「うおあ!?」

俺はすぐ詠唱に入り、頭に狙いを定めて【衝撃波】を放った。鉄壁の防御力を誇る肉体でも、流石に頭部だけはダメージが通りやすい。二人のバーサーカーが気を失った。

「宵月様！　加勢致します！」

「もーしょうがないなー」

駆けつけたロージーが、長剣を構えた剣士二人を巴《ともえ》投げした。その脇で、スティングが一人の腹と両手を撃ち抜く。容赦ないな、二人とも。

地図を見る。紅い三角は、七つ。

残り、七人か……と思っていたら、すぐに敵リストの表示が七人から四人に変わった。三つの赤い三角が消えたのは同時だった。三人一度に倒したのは、誰だ？

「――ジェイス様！」

ロージーが嬉しそうな声をあげ、スティングが口笛を吹いた。

「三人同時に吹っ飛ばしちゃうなんて、やるねー」

踊り場の手すりから見下ろす。そこには、駆けながら重剣を軽々と振り回すジェイスがいた。

それからは早かった。俺が攻撃する間もなかった。あっという間にロージーとスティング、ジェイスが各個撃破し、リーダーを一人残して戦闘はあっけなく終了を告げた。

「「灰色のお兄さん！」」

「ジェイス！　なんでここに……？」

　ジェイスは重剣を振ってから納め、踊り場にいる俺たちを見上げた。

「……なかなか戻ってこないから、気配を追ってきた。——レフ。ライ」

「「……あい」」

　双子が耳を伏せ、俺の後ろに隠れる。一応、悪いことをしたという自覚はあるようだ。

「俺は、魔道書探索本部で待っていろ、と言ったな。なのに何故、ここにいる」

「お、置いてく、ダメ！　嫌い！」

「お、置いてく、ダメ！　怖い！」

　双子が俺の後ろで抗議する。前に出ろ前に。俺を挟むんじゃない。俺まで怒られてる気分になるじゃないか。

「ついてきてしまったんですね」

「あららー」

　出発する前、責任持って面倒見ますからご安心を、とレタスは言った。ご安心できないじゃないかおい。帰ったら説教部屋だ。

「……お前ら。一体、どうやってついてきたんだ？」

「「馬車の屋根、乗った！」」

　屋根とは。さすがは犬人族……なのか？

　俺は双子の頭に軽くゲンコツを入れた。子供が悪いことをしたらきちんと叱る。これ大事。

「約束破るのは悪いことだ。悪いことしたら、どうするんだっけ？」

「「……うう……謝る。ごめんなさい……」」

「よし。ほら、ジェイスにも謝ってこい」

俺は双子の頭をくしゃくしゃとなでた。その背中を押す。双子は手すりを軽々と飛び越えると、ジェイスの元へ駆けていった。

「「は、灰色のお兄さん……ごめんなさい」」

腕を組んでいたジェイスは、深く長く溜め息をついてから、双子の頭に手を置いた。

「……もうするなよ」

「「うん！」」

「じゃあ、帰れ」

「「やだ！　ついてく！」」

「お前らな……」

帰れ、いやだ、の応酬をエンドレスで繰り広げる三人に、見かねたロージーが間に入った。

「ジェイス様。子供だけで今からウェイフェア・パレスまで帰すのは、逆に危険ですよ。ひとまず今はお連れになって、安全な場所でお待ち頂いた方がよろしいかと」

　スティングも、うんうん、と頷いて同意を示した。

「だねえ。これは、置いていってもついてきちゃいそうな感じがするし。もういっそ、連れていっちゃった方がいいかもね〜」

「そうだな……俺も、こうなってしまった以上、その方がいいと思う。連れていって、安全な場所で待っててもらって、俺たちの用が済んだら連れて帰ればいい」

それに。双子がいたら、気になってジェイスも無茶はしないだろう。もしかしたら途中で思い直して、雪原行きも諦めてくれるかもしれない。

ジェイスが、苦虫を噛みつぶしたような顔をした。

「……危ないと感じたら、帰らせる。いいな」

「「うん！」」

「よかったわね、レフちゃん、ライちゃん」

双子は嬉しそうに尻尾を振って、ロージーの周りを回った。あいつもたいがい甘いよな。

「そんなことよりさー。こいつどうする？」

手足を縛られたリーダー格の男が、打ち上げられた魚のように動いた。

「貴様らあああ！　自分たちが何をしようとしてるのかわかってるのかあああ！　ロッソはこの世界の秩序を乱す悪なのだ！　神を呼び出して、不興をかったらどうする⁉　この世界が終わってしまうじゃないか！」

リーダーが唾を飛ばしながら血走った目でうねうねと体を動かす。

俺は氷づけバーサーカーを避けて階段を降り、男の前に立った。

「なんで俺らを襲ったんだ？」

リーダーが血走った目をカッと見開いた。

「……お前らを見せしめにしてやるつもりだったのだ！　これ以上、三冊の神の書に関わるなら、お前らの仲間を潰してやるぞ、となあ！」

「俺らは見せしめになる予定だったのか」

「そうだあ！　ロッソたちの中で、お前らが一番弱そうだったからな！」

　おい。

「我々は、元の世界に戻ることを望んでいない！　この世界こそが真なのだ！　我々のいた世界こそが仮の姿！　蝶《ちょう》が見る夢の如し！　何故それがわからない！　こここそが、神が我々に与えたもうた新世界なのだ！」

「あーもー。煩いなー」

　スティングが、銃口をリーダーの額に当てた。

「ちょっと、静かにしてくれるー？」

　リーダーは青ざめて口を閉じた。

「……スティング。とりあえずそいつ、ロッソの所に連れていってくれ」

「ええーなんで俺ー!?」

「サボっただろお前。それくらいしろ」

　スティングはぶつぶつ言いながら、リーダーの足を摑んで引きずっていった。いくらなんでも、その持ち方はどうかと思うぞ。

「……なんだろうな。魔道書の探索に参加するかしないかは自由だ。帰りたい奴だけ頑張ればいい。ロッソだってそう言ってるのに。なんだか、変な風に噂が広まっちゃってるのかな」

「伝言ゲームしかり、噂には、どうしても尾ひれ背びれがついていってしまうものですから……」

「だよなあ。探索本部の趣旨を、ちゃんと広めていったほうがいいかもしれない」

　双子のお腹が盛大に鳴った。

「ふふ。お腹空いたのですね。帰って何か食べましょうか」

「「あい！」」

ロージーがくすくすと笑いながら赤い顔の双子の手を取って、歩き出した。俺ははしゃぐ二人の背を見送って、もう一人の方へ振り返った。

「……ジェイス」

歩き出そうとしていたジェイスの足が止まる。

「来てくれて、助かった。ありがとう」

振り返ったジェイスが口を開きかけ——いきなり俺の腕を強い力で摑み上げた。

ジェイスに持ち上げられた自分の腕が視界に入る。俺はびくりと肩を揺らした。

肌がうっすらと透過し、見えるはずのない、腕の向こう側が見えた。それはほんの三秒ほどだったかもしれない。けれど、俺にはとても長い時間に感じた。

俺は震えた。最近、こういう現象をよく見かけるようになった。最初は、ただの見間違いかと思ってたのに。

それなのに、最近では……一日の間に二回ほど、起こるようになってきていた。

最初は、十日おきぐらいだった。それが、少しずつ間隔が短くなって。だんだん短くなっていって——最終的には、どうなるんだろう。

俺の腕を握る、ジェイスの力が強まった。痛い。お前、俺の腕を折る気か。

「……痛いって、ジェイス。放してくれ」

ジェイスは何か言いかけ、やっぱり口をつぐむと、俺の腕から手を離した。

「お前……」

「……俺にもわからん」

もう一度、手を開いて見る。もう、透けてはいなかった。触れても、なんともない。未だに震えが止まらないのが少し情けないけれども。

俺は重い空気を振り払うように、鞄から今朝買ったものを取り出した。白い紐の、文様が描かれたタグ付き首飾り。

「そうだ。これ、買い物行った時に見つけたんだ。掘り出し物だぞ。致命傷のダメージを緩和してくれるんだって。致命ダメージを受けても、ＨＰが１％残るらしい。いいだろ。やるよ」

ジェイスが動かないので、俺はなかば押し付けるようにして、その手に握らせた。

悲愴な顔していたって状況が変わる訳じゃない。俺は、口元と目元に力を入れた。顔の筋肉が引きつる。ちゃんと笑顔を作れているだろうか。

「なあ、ジェイス。先が見えないからって、何もしないのは嫌なんだ。やれることは全部やっておきたい。俺は後悔したくない。それに、お前が死んだら、チビたちはどうするんだよ」

「だから、あんな……ろくでもない魔法を俺にかけたのか？」

「ロクでもなくない。保護者のいない子供の気持ちが、俺にはよくわかるんだよ。——俺も、いないから」

でも、兄と双子の妹がいて、ずいぶんと救われていた。何があっても、絶対的に側にいてくれる人がいれば、大抵のことは乗り越えていける。双子にとって、それはジェイスにほかならない。

「それに。いままでずっと一緒にいたやつが、いなくなるのは、けっこうきついんだぞ？」

ジェイスが何かを堪えるように、目を伏せた。ジェイスにも、何か思うところがあるのかもしれない。それなら尚更。

「残していく気なら、ぶっ殺すぞ」

ジェイスが呆れたように小さく笑った。

「……お前な。俺を生かしたいのか、殺したいのか、どっちなんだ」

「そりゃ、生かしたいに決まってるだろ。俺だってなあ、俺なりに結構考えて行動してるんだぞ」

「そうなのか？」

「そうだよ！　わかるだろ！　この繊細さ！」

「いや、いつも気が付けば大抵、のんびり楽しそうに何か食ってるか、茶を飲んでるか、ぼんやりしてるかだからな」

「ぼんやりしてねえ！」

なんたる無礼。どいつもこいつも、俺を何だと思ってるんだ。

俺はジェイスの腹を殴ってから皆の後を追った。そうだ、双子にもお土産を渡しておかないと。思いついたことは全部、先にやっておこうと思う。後で、やっておけばよかったと後悔しないように。

できるだけ考えないようにしていたけれど。こう、現実をつきつけられると、考えざるをえない。間に合うのだろうか。

――俺の、残り時間は……あとどれくらい残ってる？

第六章　白銀の雪原にて

サンクティ皇国を出て、馬車を走らせること三日。

周囲は、すっかり雪景色だ。途中に立ち寄った小さな村で、さすがにこれ以上は危ないからと双子に言い聞かせ、気のいい雑貨屋の婆さんに預けてから早朝に出発した。街道の終わりまで馬車を走らせることさらに二日。俺たちは、雪山の入り口に到着した。

そこからは徒歩だ。【忘れ去られた祭壇】へは、険しい坂道や、崖、細い道などが続いているから、馬車で行くことはできない。

一面の白い世界だった。地上にあるものは全て、白に塗りつぶされている。青いはずの空ですら、雲が覆い尽くし、薄灰色をしている。

頬が痛い。降りやみそうにない雪が、風に乗って間断なく吹きつけてくる。なんだか、俺たちまで白く塗りつぶそうとしているかのような錯覚に陥る。何もかもを、真っ白に。

内側に毛皮のついたロングコートのフードの襟元を絞る。顔に雪風が当たって、かなり寒い。

地図を表示したロッソが先頭に立つ。

「じゃあ、出発すっぞ！」

おー！　という勇ましい掛け声をあげ、隊列は雪山の奥へと出発した。

俺たちは最後尾だ。ジェイスとロージーを前衛に、スティング、俺、双子と並んで進む。

……ん？　双子？

まさかと焦りながら慌てて振り返ると、そこには双子がちょこんと並び、俺を見上げていた。

「なああ!?　レフ、ライ!?　なんでここに!?　ていうかどうやって!?」

「「一番後ろの馬車、大きな箱、入ってた！」」

予備の補給物資用の木箱か！　もしやと思って馬車の上をチェックしたけど、いなかったからてっきり納得してくれたのだと思っていたけど……甘かったようだ。そして盲点だった。

ジェイスがやってきて、眉間に皺を目一杯寄せ、目を細め、腕を組んだ。

双子は静かに怒っているジェイスに怯むことなく、睨み返すようにじっと見上げた。

「「はなれる、だめ！」」

「お前ら……いい加減に、」

「「一緒、いる！　ずっと、ずっと！　一緒！」」

ジェイスの瞳が一瞬揺らいだように見えた気がした。けれどすぐに伏せられ、背を向けた。

「……勝手にしろ」

「「する！」」

「ああもう……。レフ、ライ。頼むから、危なくなったら、絶対に逃げるんだぞ？」

ここまで来てしまったらもう、残すことも帰すことも危険だし、そんな時間の余裕もない。

双子は勝利者のように満面の笑みを浮かべて、大きく頷いた。

吹雪で視界が、かなり悪い。遠くから例の竜の姿を見つけることは難しいかもしれない。気づいたらもう逃げられない距離にいた、なんてことがないよう祈りたい。

ジェイスとは、あれから何もしゃべっていない。彼は今、何かを探すように、時折、辺りに視線を走らせている。そういえば、確かめたいことって一体なんなのだろう。

百メートルは軽くありそうな大きなクレバスにかかる、吊《つ》り橋《ばし》。

底は深すぎて、暗く見えない。橋は、三人ぎりぎり並んで通れるくらいの幅しかない。

レフとライが、吊り橋の手前で立ち止まった。

「どうした？」

双子の耳はピンと立ち、しっぽの毛はは逆立って内側に丸まってしまっている。警戒と、脅《おび》え。

「……びゅうびゅう、ぐわうぐわう、大きな音、する」

「音？」

俺は吊り橋を見た。肌を突き刺す冷風が、頬を叩く。底から吹き上げる風が強い。吊り橋が、頼りなく揺れている。ずいぶん古いのか、揺れるたびに悲鳴のような軋みをあげる。

俺が橋の真ん中辺りを歩いていた時、それは起こった。

最初は、女性冒険者の悲鳴だった。騒めく集団の中、誰かが空を指さす。

「――竜だ！」

「見ろ！　雲の向こう側に、竜が飛んでるぞ！　すげえ、でかい……！」

俺は空を見上げて、目を細めた。

見えるのは雪と、黒灰色の重たい雲しかない。……黒灰色の雲？

俺はぎょっとした。あまりの大きさに、気づかなかった。いや、気づけなかった。

暗い雲の向こう側。長くうねる黒い影が、灰色の雪雲の上を移動している。長い影の両側には、大小の羽が一対ずつ、尾の近くまで生えているのが分かった。それは全部で——十八枚。

「——お前ら、走れ！　とにかく橋を渡りきるんだ！」

先頭を走るロッソが、大声で指示を飛ばした。

「レフ、ライ、全速力で走れ！　向こう岸まで！」

「「あ、あい！」」

俺も双子を急かしつつ、一緒に駆け出した。

このパターン、何かの映画で見たことあるなとふと思いだす。そう、あれは確か、登山客を襲う怪物パニック物だった。今みたいに、細くて頼りない吊り橋を慎重に渡っている時に、タイミングよく襲ってくるシチュエーションがあった。それで、追いかけてきた怪物の重さに耐えられなくなった橋が千切れて、渡りきれてない人々が次々に——そこで思考をむりやり切った。

あと、二十メートル。俺だけが、かなり遅れている。呼吸がままならない。心臓が破裂しそうだ。魔道士系の体力の無さをなめんなよ。魔力系スキルにパラメータを全部振り切ってるからな！

双子が走りながら、心配そうに振り返ってきた。

「青いお兄さん！　はやく！　急ぐ！」

「わかってるよ！　俺は大丈夫だから、振り返らずに走れ！　そうだ、橋の向こうまで俺と競走だ！　俺に勝ったら、二段重ねのケーキ作ってやるぞ！」

双子の耳と尻尾がピンと立ち上がった。

「「うわあい！　ケーキ！」」

双子が目を輝かせて駆けていく。俺もその後を追うべく、もつれそうな足を叱咤して駆けた。

遥か先方を走っていたジェイスが、こちらを振り返るのが見えた。危ないな。前向いて走れよ。

しかも方向転換して戻ってくるとは何事か。阿呆か。阿呆だろ。馬鹿野郎だ。

クレバスの端に立って、渡りきったロッソが大声で叫んだ。

「——お前ら、もっと速く走れ！　奴が来るぞ！」

ばかやろうふざけんな、無茶言うな、これが俺の精一杯だ！

息が苦しくて、叫ぶこともできないので抗議の念だけ送っておいた。届け！

ジェット機が飛ぶような、空気を切り裂く音がした。

天空を見上げると、俺の視界からはみ出るほどに羽を大きく広げた白銀の竜が、うねりながら猛スピードで降りてきていた。

竜が吊り橋のちょうど真ん中辺りを、風を切り裂く音と共に上から下へ突き破っていった。

千切れた吊り橋のロープと横板が連なっている部分が、風に煽られながら下へと傾いでいく。渡りきれなかった俺たちと他のパーティの数人は、必死にしがみつくしかなかった。

レフとライの姿を探す。崖にしがみついている姿を見つけた。よかった。渡りきれたみたいだ。

不安定すぎる橋床が大きく揺れて、身体が浮き上がる。嫌な予感と浮遊感が全身を包んだ。

途端、いきなり腕を掴まれて、俺は橋桁に引き戻された。見上げると、吊り橋のハンガーロープを掴んでいるジェイスがいた。どうやら落ちかけた俺を引き戻してくれたようだ。

「阿呆！　俺にあんなくだらん術かけといて、お前が先に死んだら意味ないだろうが！」

「お前の方が阿呆だろ！　なんで戻ってきた！　早速あの術、発動させる気か！」

谷底で咆哮がした。強い風が轟音をあげて、徐々に吹き上がってくるのを感じた。

「ああー！　また戻ってくるよアイツがー！　早く逃げろー！　急げー！」

スティングが崖から身を乗り出して、ぶら下がっている俺たちを覗き込んで叫んだ。

「急げ、と言われても……！」

上昇気流に巻き込まれて、またもや千切れた橋が浮き上がった。俺はジェットコースター系は大嫌いだ。この内臓が浮き上がる浮遊感、吐きそう。


『——人間。何故、再びこの地を踏み荒らす。即刻この場から立ち去れ』


可聴音域ぎりぎりの重低音の声が、鼓膜を震わせた。

遮る物は何もないはずなのに、辺りが暗くなる。何かが、影を落としている。

見上げると、長い胴体にたくさんの羽をつけた白銀の竜が、鎌首をもたげていた。

その体表は白い光を淡く帯びている。白銀色の角と牙はオパールのように、光を受けてはその内部でキラキラと様々な色に移ろっていた。大きな羽は粉雪を集めたかのように真っ白だ。その羽の数は大小合わせて——全部で十八枚。

今の状況を忘れて見入ってしまうほどに美しい、白銀色の竜だった。

『去らぬのなら、我が氷の息で全て氷像に変え、この谷底へ叩き落としてやろう』

木《こ》っ端《ぱ》微《み》塵《じん》になりますよね、それ。

『抗える者がいるのならば、抗ってみせるがいい』

銀の竜が、息を吸い込み始めた。

全てを凍えさせる竜の息、冷却系ブレスが来る。それもおそらく、凄まじいのが。

銀色は、光属性以外の属性全てを内包する。特に特化しているのは水と風と闇だ。そんな竜のブレスなんて一発でもくらえば即死だろう。

上を見る。崖上まで、八メートルはありそうだ。間に合うだろうか。でも行くしかない。俺はなんとか震える腕を伸ばし、揺れる橋桁に指をかけた。

「――トゥティアブロイングスノァ！」

ジェイスが叫んだ。

何と言ったのかは分からない。今まで聞いたことのない、そして聞き取りにくい発音だった。何て言ったんだ、お前。何語だそれは。

すると、ぴたりと竜が息を吸い込む音が止まった。

「お前は、【切り裂く吹雪】か！　答えろ！」

竜が目を細めた。大きな銀色の瞳が、こちら側を見ている。全てを見透かされそうな視線に、俺は脂汗をかいた。ディスプレイを通して見れば、すげえ迫力だなあ、で済んでた。もう少し登場に捻りがあってもよかったかも、とか呑気な感想を述べたりして。リアルで対峙すると、それどころではない。頭の先から足の先まで震えが走る。頭の中で、逃げろと赤いアラームが鳴り響く。

空気が振動した。竜が、喉の奥で笑っている。

『我が名を呼ぶは何者かと思えば。世の流れとは、なんとも予測しがたく、奇《く》しきものよ……。このような場所で、まさかお前と再びあいまみえることになろうとは。――【色無し】よ』

竜が口を開けて笑った。さも愉快だと言わんばかりに。

「俺の質問に答えろ！」

『生きていたのか。生まれながらに背負いし悲しき宿命を哀れに思い、一思いに殺してやろうと谷底に落としてやったが、幼子の身でも死ねなんだとは。色の濁ったその目、その姿。人にもなれず、竜にもなれぬ。誠、醜く、哀れで――愛《いと》しく、忌まわしい姿よ』

竜の顔が近づく。俺は硬直してしまって、少しも動けなかった。

「宵月！　ジェイス！　援護する！　早く上がってこい！」

ロッソが上で指示を出しているのが聞こえた。

ダメだ。今攻撃したらダメだ。全員、間違いなく死ぬ。早くここから離れろと伝えたいのに、俺は情けなくも喉の声帯まで硬直してしまっていて、声が出せなかった。

「何故、母さんを連れ去った！　どこへ連れて行った⁉」

『人の身で、竜を産むは死と同義。竜の強大な魔力を、人の腹の内に抱え続けることなど到底できぬ。産み落とすまで、消耗し続けるのみよ。我は、止めておけと言ったのだ。なのに、フロレアは頑としてきかなかった。お前を産まねば、フロレアは――』

「やはりおまえが！」

『もはや死を待つ身体は、ただ朽ちていくのみ。どこへやろうと我の勝手だろう？』

「ふざけるな！」

『そうだな。悪ふざけが過ぎた』

竜の手が伸びてきたかと思うと、ジェイスを掴み、崖に叩きつけた。

ジェイスが灰色の血を吐いた。しかも大量に。俺は血の気が引いた。【内臓破裂】したんじゃないのか。だったら早く回復しなければ。ＨＰが秒速で消えていく。

『――気紛れの産物よ』

「気、紛れ……？」

『お前は何者にも望まれぬ。無に帰すが、お前の為でもあろう……』

骨が折れる断続的な音が、上から聞こえてきた。

『この場で殺してやるが、情けというもの』

動け！　動け、俺！　固まってる場合じゃない！

俺は震えの止まらない片腕で橋桁を強く摑みなおし、つま先を隙間にねじ込んでなんとか身体を固定した。

戦闘モードに切り替えて、暝闇の書を取り出す。これなら、ダメージを与えられるかもしれない。とにかく、ジェイスを銀竜から取り戻さなければいけない。取り戻したら、すぐに回復。魔法スキルさえ選択できれば、口が動く限り呪文は唱えられる。どうにでもなる。

「我、アイテールを通じて、――」

星のような光が漆黒の本から放たれた瞬間、銀色の視線がぎょろりと俺に移動した。

え、なんで。俺の存在なんて、まるでいないかのような完全無視だったのに。

『それが、異界の神造書か。……なるほど。あの男の言った通りか……もしも我に抗おうとする命知らずな魔道士がいれば、十中八九、神造書の所持者だと』

銀竜の視線が、俺の手元に留まった。

あまり人に見せないほうがいいでしょう、と言った、あの同郷の青年の言葉を思い出す。でも、見せるなって……あれって、竜も対象だったのか？　それなら、そうと言っておいてくれ！

ジェイスを摑んでいた竜の手が離れた。その身体が木の葉のように、灰色の血を流しながら谷底へと落ちていく。

「ジェイス！」

声の限り叫んだが、ぴくりとも動かない。

落ち葉のようにゆらゆらと、力なく落ちていく身体。暗い谷底が、大口を開けてジェイスを飲み込んだように見えた。俺は力が抜けるのを感じた。

巨大な手が、今度は俺の方に向かってきた。俺を摑むと、橋桁ごと引きはがし、すごい力で握り込んできた。骨が軋み、痛みに一瞬気が遠くなる。

『――待っていれば、勝手にやってくる、か』

銀の竜が、また喉の奥で笑った。

「はなせ！　放せよ！」

ジェイスを助けなければ。でもどうやって？　何か、何か考えろ、考えろ――

地響きのような、絶叫のような、鼓膜を破壊しそうなほどの咆哮が谷底から響き渡った。続いて、岩が混じる硬いクレバスの壁面をめったやたらと打ち付ける、激しい音と振動。

俺は谷底の暗闇に目を凝らした。真っ黒で何も見えない。ジェイスは――

ギシリ、と空気が軋んだ。

谷底に引き込まれるかのような感覚がした。まるで強引に引きずり込まれるような。取り込まれるような。

『……あれでも死なぬか』

「なに？　何が……谷底で、何が起こって、」

『自らの形すら保持できなくなっているようだな。壊れた身体を修復する為に、周辺のありとあらゆるものを取り込み始めた。多量に無作為に。このままいけば……暴走するぞ』

　銀竜の言葉が終わると同時に、暗闇から何かが飛び出してきた。――灰色の、大きな、歪にねじ曲がった竜が。

　六枚の羽で羽ばたくが、骨格や爪や皮膜が歪んでいるため真っ直ぐに飛べていない。飛びかけては右へ左へと壁面に激突し、岩肌と氷を削り落としながら上昇してくる。銀竜と同じくらいの大きさに肥大した身体は、昔、小学校の授業で隣の席の友人が作った粘土細工の怪獣を思い起こさせた。あまりに不器用すぎて、かえって現代アート並みに前衛的なフォルムの奇怪な塊にしか見えない怪獣。機能性をまるきり無視した身体の形状。肉塊のような翼や腕が無造作に盛り上がり、身体のあちこちから飛び出している。

　ありえない形に折れ曲がった灰色の竜の腕が、銀竜の足を摑んだ。銀竜は振り落とそうと、鋭い爪で灰色の腕を切り裂いた。灰色の体液が飛び散る。

　その切り口は、しばらくすると肉が膨れ上がり、再び歪な腕が再生した。身体のそこかしこで肉塊が膨れ上がり、もう一本、もう一枚、と歪な翼と、折れ曲がった腕が次々と生えてくる。

　複数の腕が、銀竜の左足と翼を摑んだ。逃がすまいと灰色の爪が、銀竜の綺麗な翼に食い込む。深く。

翼を一つ引きちぎられた銀竜が、絶叫した。

銀竜は飛び上がった。左足と数枚の羽をもぎ取られながらも、灰色の異形の竜を何度も岩壁に叩きつけ、どうにか振り落とした。

『なんとも、恐ろしき力よ……。だが、我はお前の相手をしている暇はない』

銀竜は槍のような氷塊を無数に纏うと、灰色の竜に向かって放った。

氷塊は灰色の竜を岩壁に磔《はりつけ》にした。

灰色の竜の、傷ついた箇所が膨れ上がった。氷塊さえもその肉塊に取り込もうとしている。

「ジェイス！」

俺は叫んだ。

何度、名を呼んだかも分からない。けれど返事は、一度もなかった。

灰色の無数の腕が伸びてくる。銀竜はそれらをひらりと躱しながら、高く高く上昇した。

その後の記憶はあまりない。あまりに急激な旋回と上昇移動により頭の血液が下がり、とうとう俺は意識を失ってしまった。

*

りいん、と涼やかな音がする。

どこかの料亭の、日本庭園で見たことがある、あれだ。地中に作られた小さな空洞に水滴が落ちると、反響して澄んだ音が鳴る装置。あれによく似ている。何といったか——そうだ、水琴窟《すいきんくつ》だ。

目を開けると、水色の空間だった。

一瞬、水の底にいるのかと思った。水に満たされた場所の、ずうっと底に横たわって、揺蕩《たゆた》っているような。

見上げると三階分ほど上にアーチ状の天井が見えた。青を基調にしたステンドグラスが嵌め込まれた楕円《だえん》形の窓が並び、仄かな光が差し込んでいる。青いグラデーションに染められた淡い光がゆったりと揺らぎ、まるで水底のような空間を作り出している。

たくさんの白い柱は、規則正しく奥まで並んでいるようだった。鏡のように磨かれた床も白い。ただ残念なことに、ずいぶんと長い間手入れされていないのか所々割れ、凍り、そこかしこに雪溜まりが出来てしまっている。

奥は三段ほど床が高くなっており、そこには横長の台座がある。供物を神に捧《ささ》げる台なのだろうか。そこには、天井近くまである大きな、学者然とした神の像が立っていた。

片手に羽ペン、片手に本。細い身体。移動手段だと思われる大きな鷲《わし》に乗っている。鷲はランプをくわえさせられている。その背には本の山。ただ——その首から上は無かった。

どこかで見たことがある光景だった。どこで見たっけ——

俺は慌てて飛び起きた。ここは……！

「【忘れ去られた祭壇】！」

俺は慌てて周囲を見回した。誰もいなかった。気配もない。しん、と静まり返っている。凍《い》てついた空気が肌を刺す。まさか。

「俺だけ……？」

そうだ、ジェイスは？　落ちつけ、俺。俺が生きてるってことは、身代わりの術は発動していない。それはつまり、ジェイスは死んでないってことだ。まだ生きている。でも、あの姿は。あの後、どうなったんだ……？　皆も、あれからどうなったのだろう。俺は、十八枚羽の銀竜に捕まえられて。不《ふ》甲斐《がい》なくも気を失って――

「連れてこられた、のか？」

俺は嫌なことを思い出した。そういえば……祭壇には、コクトーがいるんじゃなかったか？

俺一人で、戦えるだろうか。いや、その前に、やっぱりあの谷に戻ろう。ジェイスを助けに行かなければ。レフとライ、ロッソたちの無事も確認したい。

「――宵月！　無事か⁉」

後ろの両開きの大きな扉から、茶色い毛皮の防寒具を着込んだロッソが駆け込んでくるのが見えた。一瞬、熊に見えて焦った。モンスターかと思ったじゃないか。

「ロッソ！　無事だったのか！」

「おうよ！」

「よかった。皆は……ジェイスは……？」

息を切らせたロッソはフードを外し、俯いて目を閉じて、首を横に振った。

「……わからん。いきなり灰色の訳の分からん化け物が暴れて、銀竜がお前を連れ去った後、追いかけようとはしたが、どこに行ったかも分からん。闇雲には探せん。すまんが、あれではジェイスの生死を確認している余裕もなかった。だからひとまず【忘れ去られた祭壇】に向かうことにしたんだ。だが……途中で猛吹雪に遭い、皆バラバラになっちまって……」

「そんな……」

ロッソが俺の背中を強く叩いた。元気づけるように。

「心配だが、今の俺たちにはどうにもできん。ジェイスとあいつらを信じようぜ。迷ったら【忘れ去られた祭壇】を目指すことになってる。大丈夫さ。待ってりゃそのうち来るって！」

俺は唇を噛んだ。こんな時、チャットやメール機能があれば無事を確認することもできるのに。

ロッソは辺りを注意深く見回していたが、祭壇の方へ足を向けた。

「ロッソ？」

「宵月。祭壇に何か載ってる」

「え？」

俺もロッソの後を追って、祭壇に近づく。

白い祭壇の上には魔道書が二冊置いてあった。赤色と白色の本。もしかして……赤い方が【炎軀の書】で、白い方が【魂魄の書】なのだろうか。赤い方は、まるで炎を集めて形作ったかのような表紙をしており、白い方は白煙のようなものにうっすらと包まれていて輪郭が朧《おぼろ》げだ。

どちらも普通ではない、製造方法が全く不明な、摩訶不思議《まかふしぎ》な見た目をしていた。

「なんで、こんな所に――」

「……コクトーが、置いたんじゃないのか？」

俺はぎくりとした。慌てて辺りを見回した。耳を澄ましてみたが物音一つしない。俺たち以外、誰もいない。

「ロッソは、コクトーに会ったか？」

「いいや。あいつ、こんな大事なもん置いて、どこにいったんだろうな。まあ、こっちとしてはラッキーだ。これで二冊、手に入った。残るは黒本だけだ」

黒本——【瞑闇の書】。そうだ、ロッソにはまだ俺が持ってるって話してなかった。

「なあロッソ。話すの遅れてすまん。実は、【瞑闇の書】は俺が——」

「——いた！　青いお兄さん！」

聞きなれた幼い声に、俺は反射的に祭壇を駆け降りた。

開いたままの両開き扉から、二匹の大きめな柴犬《しばいぬ》によく似た犬が駆け込んでくるのが見えた。もこもことした毛皮の上に、ちゃんと上下の服を着て、鞄を背負っている。ん？　柴犬？

大きめな柴犬二匹に飛びつかれ、俺は支えきれずに転んだ。

顔をぺろぺろと舐《な》められる。しっぽが千切れんばかりに振られている。見覚えのあるもこもこフサフサなしっぽ。まさか。

「……レフ？　ライ？」

「ワン！」

「ワン！」

礼儀正しく、一声ずつ順番に吠《ほ》えた。

「……お前ら！　よかった無事で！　でも、どうしてここが？」

「匂い、追ってきた！」

「追ってきた……そうか」

よしよし、と頭をなでてやると尻尾がまた千切れんばかりに振られた。なるほど、犬人族だもんな。たしか獣化できたはずだ。当然、チビたちにもできるはずだ。犬並みの嗅覚と聴覚があるなら、この視界最悪の雪原でも平気だろう。

俺は立ち上がり、チビたちの身体についた雪を払ってやった。

「……宵月。チビ共、無事だったんだな」

祭壇に腰掛けたロッソが、頭を掻きながら大きな声で話しかけてきた。

「ああ。俺の匂いを追ってきてくれたみたいだ。なあロッソ。俺、チビたちと一緒に、ちょっとジェイスを探しに戻――」

俺は前につんのめった。何事かと見下ろすと、チビたちにコートの裾を咥《くわ》えられていた。

「こら。何してんだ。引っ張るなって」

チビたちが首を横に振る。

「あれ、違う、匂い」

「あれ、知らない、匂い」

「知らないって……ロッソだろ。何を言ってんだ？」

チビたちが首を振る。

「「知らない、匂い！」」

知らない匂い？――まさか。

俺は息を呑んだ。アサシンの特殊スキルにあるじゃないか。なんで忘れてたんだ。【四ツ目鴉の社】所属のアサシンが覚えることができる上位特殊スキル――【変装】。

心臓が早鐘を打つ。手が震えそうになるのを、気力でどうにか抑え込んだ。

俺はできるだけ平静を装いながら、ロッソを見上げた。

ロッソは祭壇に腰掛けたまま、微笑んでいる。

「……なあ、ロッソ。俺、チビたちもいるし、ちょっと外に行って、皆を探してくるわ」

「まあ、ちょっと待てよ。それよりも先に、黒本をここに並べて、神様ってのを呼んでみないか？」

「いや、皆が揃ってからにしよう」

「先に確認しておいたほうがいい。そのほうが時間の無駄にもならねえだろ」

「それでも、抜け駆けはダメだ。よくない」

「いい子ぶってたら、いつまでたっても帰れないぜ？」

「いい子ぶってなんかねえよ。常識だ。とにかく、俺たちは、外に行って皆を探してくる」

俺はチビたちを促して、足早に両開き扉へ向かった。

目の前で、扉が崩れた。まるで、上から押し潰したように。もうもうと舞い上がる土煙の向こうに、白銀色の鱗に覆われた爬虫類系の巨大な手が見えた。

チビたちが耳を寝かせ、しっぽを丸めながらも、懸命に吠えている。

俺はチビたちの鞄の紐を摑んで下がらせながら、冷や汗が吹き出ていた。石壁の向こう側、この建物の外に何か巨大なものがいる。白銀色の鱗、ということは。

『――その書を渡せ』

可聴音域ぎりぎりの、重低音の声が命令した。

俺はレフとライの外套を摑んだまま、相手を刺激しないよう、ゆっくり静かに後ずさりした。

「気が変わったか？」

後ずさりした先の背後で、楽しそうなロッソの声。

「コクトー。なんで皆と協力して、一緒に帰ろうとしないんだ」

ロッソ――いや、ロッソに変装したコクトーが、可笑しそうに膝を叩いた。

「ははっ。馬ぁ鹿かお前。なんのために、あいつが、俺らを分割して連れて来てると思ってるんだよ。一回じゃ無理だからだろ。てことは、一回で仲良く皆で帰ることも無理ってこった」

規定枠、という言葉が脳裏をよぎるのを、俺はかき消した。

「そんなの、わからないだろ！」

「じゃあ、もし帰りの番号札が一枚きりだったらどうする。血みどろの奪いあいになるぜ。そんな凄惨なことになるくらいなら、お先に一人、帰らせて頂く方が気楽でいい。そう思わないか？」

「自分だけ助かって――あとに残された皆のことを、ずっと背負って生きていくのか」

「はあ？　何言ってんだ？　なんで俺が、赤の他人のことまで背負わなきゃならないんだよ。知るかよ。俺は、俺が思う通りにする。他人のことなんざ知ったことか。お前だってそうだろう？」

「違う！　俺は――」

「俺はお前が持ってる黒い本がほしい。お前は、俺の持ってる白と赤の本がほしい。話は決裂確定。なら――こうするしかねぇよな？」

コクトーはにやりと笑うと、祭壇から飛び降りた。黒光りする双剣を取り出して、慣れた仕草でくるりと回して構える。ヤル気まんまん、ってやつですか。

俺は戦闘モードに切り替えた。手元には【暝闇の書】。コクトーを相手にするなら、持てる最強の装備で臨まなければ、あまりに危険すぎる。

　コクトーが喜色を浮かべて、声をあげて笑った。

「ほらな！　ほれ見ろよ。あくせく動き回んなくても、こういうもんは待ってりゃ勝手に集まってくるんだよ。情報さえこっちで把握して、ちょちょいと操作してやりゃいいんだ」

　向かいの銀竜が、喉の奥で、くつくつと笑った。

「……お前、あの銀竜と協力してたのか」

「利害が一致したんでな」

「利害だと……？」

「銀竜様も、噂の三冊の魔道書を探してたのさ。遠路はるばる、西大陸から東大陸まで来てな。銀竜様も、ロッソの赤本が欲しかった。どう奪うか悩んでるところに、俺が現れた。これはもう協力するっきゃないでしょ。銀竜様はＮＰＣの女を一人、蘇《よみが》えらせたいそうで」

　壁が一部吹き飛んだ。

『余計なことを言うな。さっさとやれ。我がここを守護しているうちに』

「おおコワ」

「ＮＰＣを蘇えらせる……？」

「まったくもって、神様の所業だよなあ」

　ありえない。それはもう、世界の設定を根底からねじ曲げるような内容だ。

「そんなことが……」

「可能さ。三冊揃えばな。そして、この場所。分からねえ？　分かるだろう。お前には。【忘れ去られた祭壇】は、【古き神が身罷《みまか》られた神殿】とも言われている。お前は【虚空検索】してみたか？」

「何を言ってるんだ、あのスキルは、使えないだろ」

三冊の魔道書の所有者のみが取得できる、特殊スキルの一つ。


【虚空検索】

【虚空】データベース内を検索。検索項目及び内容によって検索時間は変動。アクセス権限のない項目は開示されません。検索項目のデータ量によっては、通信環境や、受け取る側のスペック、及び、容量不足等により、ダウンロードに支障をきたす場合があります。万一、受け取る側に故障、破損等何らかの異常が発生した場合、責任は一切負いかねます。ご利用は計画的に。

　消費ＨＰ９９９／秒　消費ＭＰ９９９／秒

説明書きを見た瞬間、俺はふざけんなといろいろ投げ捨てたくなった。検索始めた瞬間に、最長でも十秒で全てが終了じゃねえか。まったくもってふざけている。

「あっ！」

そうか！【魂魄の書】と【炎軀の書】を持っていれば、可能になる！

【魂魄の書】には、ＭＰ自動回復がついている。毎秒１ＭＰ回復する。

【炎軀の書】には、ＨＰ自動回復がついている。毎秒、１ＨＰ回復する。

それは常時、ＨＰとＭＰが、１で残り続けるということだ。ＭＰ０での【昏倒】と、ＨＰ０での死を回避できる。後は、全回復アイテムをひたすら浴びるように飲み続けていれば、アイテムがある限りは検索し続けられる。ただ、自分の精神と忍耐力と金がものすごい勢いでなくなっていきそうだけど。

「お前、使ってみたのか」

「ああ。大変だったぜ。大量の全回復アイテムを手に入れるのに金と労力はんぱねえし、検索できねえ項目もあるし、頭は割れるように痛えし、何度も死にそうになるしよ。でも、収穫はあった。この世界の古き主神は、この地に祀《まつ》られていた。突如現れた【異空より来る災厄】と戦って死んだ。そして――この世界は一度死んだ」

「世界は、一度死んだ……？」

そんな設定は初めて聞いた。俺が知っているのは、古すぎて名すら忘れ去られてしまった神殿跡だということだけだ。謎の古代神殿。オーパーツやオーバーテクノロジーの影がちらつく、よくある設定の神秘的な神殿だと。

「【異空より来る災厄】は、この地から現れ、世界を食い荒らしていった。力ある者たちは戦ったが、結局敗れ、世界は壊れた。そして――残ったわずかな世界の残骸を元手に、異界の神が世界を造り直した」

異界の神？　造り直した？

「そ、そんな話……」

コクトーが静かに笑った。

「ようするに、ここは世界の弱き綻びであり、また、中心でもある。綻びからは、世界の向こう側

——神の領域から——無限に限りなく近い魔力を引き出すことが可能だ。【異界への帰還】みたいな膨大なアイテールを消費する大きな術を使う場としては、ここ以上に相応《ふさわ》しい場所はない」

「【異界への帰還】？　お前、まさか、自力で戻るつもりなのか」

だから、コクトーはこの神殿を選んだのか？

「そうだ。当たり前だろ？　訳の分からねえ神様と禅問答なんかする気はねえんだよ！　叶えてくれるかどうかも分かりゃしねえってのに！　三冊の魔道書と、この場所なら、俺一人くらいなら帰れる。そして——向こうの世界から、連れてくることもな」

コクトーが天井を振り仰いで笑った。

「ああ……ようやく。ようやくだ」

何かつぶやいているが、声が小さすぎて、そのあとの言葉は聞き取れなかった。

コクトーは、この世界に連れてきたい人がいるのだろうか。いや、今はそんなこと詮索してる場合じゃない。

神が造りし三冊の書を使って、コクトーは神様に頼ることなく自力で帰還の魔法を使うつもりなのだ。けれど、そんなことが可能なのだろうか。神の造りし書は……

白は天。天は宙。宙は膨大なる情報の虚空。魂の情報。

赤き血肉。器。熱により精製されるもの。赤き焔《ほのお》。壊し、還《かえ》すもの。

瞑《くら》き闇《やみ》。星の元となる瞑き原初の海。全てのものは最期、漆黒の海に還る。昇りて星に、沈みて海に。そは回り、周り、廻《まわ》り、巡りて——

「う、あ」

俺は激しい耳鳴りと頭痛に、目の前が一瞬白く染まり、目を閉じて額を押さえた。

「おいおい。あんまりソレ、手に持ってないほうがいいぜ？　ここの世界に来て、神様の領域ってヤツに直《じか》に繋がりやすくなってるみたいだ。下手すると膨大な情報が流れ込んでくる。長いこと膨大な情報にさらされてっと、頭、壊れるぜ。俺、経験済み。ほんと、マジで壊れるから。脳沸騰すっからな。耳から血とかドバドバ出てくるから」

だから、わざわざ祭壇に置いていたのか。

なるほど、今ようやく分かった。俺が黒本で魔法スキルを使うたび頭痛がしたのは、それが理由だったのか。俺はかなり危ない橋を渡っていたようだ。

遠くで大きな爆発音がした。建物が激しく揺れ、倒れそうになるのをどうにか堪える。

『――奴が来た。急げ』

奴？

「分かってるって！」

偽ロッソが立ち上がった。その姿がぶれる。霞《かすみ》が晴れるように、そこには黒ずくめの男が立っていた。黒い髪、黒いコート、黒い手袋。鼻から上を覆う白い鬼面を被っているから、顔は分からない。

コクトーが、何かを投げてきた。俺は咄嗟に腕で顔を庇《かば》う。金属の鎖は、俺の左腕に何重にも巻き付いた。黒本ごと。

「悪いな。暝闇の書は【強奪】させてもらうわ。【盗む】でゲットできるアイテムはランダム判定だからな。それにレベルによって成功率も変動する。高レベルの相手からお目当てのアイテムを盗むのは、そうとうに難しい。お前みたいに、俺と同等レベルで、やたらめったら食材を持ち歩いてる奴を【盗む】なんてしてたら、いくら時間があっても足りやしねえ。失敗を何度も繰り返した上、ようやく盗めたと思ったら食材だ。やっとられんわ」

「なんだと⁉　聞き捨てならん。それを知ってるってことは、お前、俺の食材盗んだのか。どれだけ盗んだんだ。返せ。戻せ。俺のコレクション！」

「阿呆かてめぇ、どんだけ食材コレクションしてんだよ！　盗んでも盗んでも盗んでも盗んでも盗んでも食材で……お前どんだけ食い意地張ってんだ⁉」

「通報だ！　ＧＭにアカウント永久凍結されろ！」

「ここにはＧＭなんかいねええよ！」

プレイヤーから盗めるということは、セキュリティやらプレイヤー保護の規定やらはここにはないっていうことだ。なんてことだ。自分が思ってたより、ここはかなりいろいろとフリーダムなことになってるようだ。

コクトーが咳払《せきばら》いした。

「くそ。そんなことぁもうどうでもいいんだよ。――目当ての武器が欲しけりゃ、手に装備してもらって、こうして【強奪】するほうが断然早い」

腕が鎖に引っ張られ、俺はたたらを踏んだ。

ごとん、と音がした。

鎖にからめ捕られていた俺の腕が、本を持ったままの形で床に落ちた。

「ぐ、あっ」

アサシンの持っている鎖は片刃になっている。巻き付けて引っ張れば、切り裂くことが可能。

俺の肘から、大量の血が吹き出した。またたく間に血だまりができる。膝をつくと、見る間にコートの裾が真っ赤に染まっていった。

「「青いお兄さん！」」

痛みで神経が焼き切れそうだ。気を失えるものなら失いたい。頼むから、ゲームなら、痛みの機能、消してくれ。くそ、クレームだ。お客様窓口はどこだ。

「く、そ」

俺は【アルグリフィの研究書】を取り出し、回復呪文を自分にかけた。出血が止まる。

祭壇を見ると、鎖をたぐり寄せたコクトーが俺の腕を投げ捨て、【暝闇の書】を手に持ったところだった。

「コクトー！」

コクトーが、正気とは思えないような甲高い笑い声をあげた。

「は、はは！　はははははっ！　きたきたきたああー！　やっぱりそうか！」

なんだ？　何が来たんだ。とうとうお前の頭がキたのか。

『……先に、我の願いを叶えるのが先だ。でなければ、お前の守護はせん』

「わかってるよ！　うるせえなあ！」

コクトーが白い本を手に取った。

「――魂を綴りし書よ。我、アイテールを通じて、天の元素へ干渉」

本のページが捲れる。白い光と白い霧のようなものが本からじわりと滲み出し、広がっていくのが見えた。

コクトーが、聞いたこともないスペルを唱えはじめた。まるで、謳うように。

「天は宙。宙は虚空。虚空より、一つの音の調べを得ん――【魂の召喚】。対象者、フロレア・ラスタ・センバー」

天上から真っ白な光の柱が降りてきて、広間の半分を覆うほどの光の塊が現れた。コクトーが白い本を置き、次に赤い本を手に取る。

「――破壊と創造を司《つかさど》りし焔の書よ。我、アイテールを通じて、火、水、風、土の元素へ干渉」

燃えるように赤い炎が絡みあい、それは複雑で多重な紋様となった。

「この棺《ひつぎ》に眠る者を焔で溶かし――」

なんてことだ。あれは祭壇じゃなくて、棺だったのか。

また爆発音。俺と双子は、激しい揺れに立っていられなくなった。しゃがんで膝と手を使って、どうにか身体を支えるだけで精一杯だ。

遥か上の方で、何かが引き千切られるような音がした。

収まらない地響き。天井から剝離した建材が、広間に降り注いできた。

俺はチビたちを連れて、這《は》いながら壁際に身を寄せた。上で、何が起こってるんだ。

いつのまにか、天井はひび割れだらけになって、中央に一際大きな穴が開いていた。その向こう側から、灰色の鱗に覆われた、爬虫類のような鋭い爪を持つ腕が見えた。

それは歪《いびつ》に歪み、実際には腕なのか、化け物を混ぜて固めたものなのか、俺には判別がつかなかった。それほど、グロテスクなものだった。灰色。まさか。

チビたちが俺の後ろに隠れた。

「灰色のお兄さん、追いかけてきた、でも、声、届かない」

「灰色のお兄さん、声、聞こえない」

「灰色……あれ、やっぱりジェイスか⁉」

ちょ、さらにでかくなってないか⁉　十八枚羽の竜より大きくなってない⁉

『色を失い、本来の身体も失い、とうとう心まで失ったか』

灰色の腕が白銀の竜の手に摑まれ、上に引き戻された。

聞いたことがないような、怒りに満ちた咆哮がした。それから、何か大きなものが投げ飛ばされる音。振動。

天井がさらに崩れ、また別の場所に穴が開いた。穴から、灰色の竜の頭部が現れた。灰色の鋭利な牙がびっしり並んだ長い口角。人の頭部ぐらいはありそうな、瞳孔が縦に割れた灰色の瞳。歪な角を頭や首に何本も生やした、灰色の竜。ぎょろりとした灰色の目が、広間をぐるりと見回した。

「な、なんだこりゃ⁉　何の化け物だよ、これ！」

祭壇、いや棺の前に、コクトーが座り込んでいた。

「銀竜！　おい！　てめえ！　どういうことだ！　お前が言ってた奴って、ロッソたちのことじゃなかったのか⁉　どっからこんな化け物連れてきた⁉」

『——思いも寄らぬ者が、一行に紛れ込んでいたのだ。まさか彼奴《あやつ》が、まだ生きていたとは……』

「おい！　なんだよ！　思いも寄らぬ者って！」

返事はそこで途切れた。そして何かを叩き付けるような音が建物の外側でした。

一体何が起こってるんだ。今分かっているのは、壁を挟んだ向こう側で暴れている異形の竜が……ジェイス、だということ。

「くそ！　てめえ、なんなんだよ！　面白いぐらい、上手《うま》くいってたのによ！　ふざけんな！　このクソ化け物！」

　コクトーが、灰色の竜に向けて紫色のスローイングナイフを無数に投げた。猛毒のナイフだ。それらは一つとして刺さることなく、灰色の鱗にはじかれて、ぱらぱらと落ちていった。

　灰色の目が、ぎょろりとコクトーを睨み据えた。

「なんだよ。なんなんだよ、こいつは！　来るな！　来るなよ！」

　灰色の歪な竜は、天井を壊しながら頭部をねじ込み、首を伸ばして――コクトーに噛みついた。丸呑《まるの》みに近い形で口内に飲み込まれたコクトーは、あっけなく、光の砂になって霧散した。

　とうとう俺の恐怖ゲージは臨界点を突破して壊れてしまったのだろうか。その一連の出来事を、俺はただ、立ち尽くしたまま見ていた。どうにも現実味が湧いてこない。もういろいろと麻痺してしまっているのかもしれない。でも、まだ大丈夫だ。今すべきこと、やらなければいけないことだけは、ちゃんと分かっている。

「レフ、ライ」

「「ワ、ワゥン……」」

　俺はもふもふの頭を、交互になでた。

「心配しなくても大丈夫。俺が、ジェイスと話をしてくるよ。その間に、お前たちはあそこに落ちてる白い煙みたいな色と、火みたいな色と、星空みたいな色の本を、取ってきてくれるかい？」

「「ワ、ワォン!」」

柴犬っぽい姿のレフとライが一声吠えて、祭壇方面に向かって勢いよく駆け出していった。

「おーい、ジェイスー!」

俺は灰色の竜を見上げ、大きな声で名を呼んでみた。ついでに両手を上げて振ってみる。灰色の大きな目が、ギョロリと俺の方を向いた。これでチビたちから注意はそらせたはずだ。

「ジェイス! 俺だよ! 宵月だ!」

尖った牙の並ぶ口からは、返事ではなく、地に響くような低い唸り声が漏れただけだった。もしかして、俺だと分かっていないのだろうか。ならば、もう一度。

「ジェイ――うわっ」

灰色の鱗に覆われた腕が、天井に開いた穴から突き出てきた。俺は強化スキルを自分にかけ、後方へ飛んだ。俺が立っていた位置に、灰色の爪が突き刺さる。

即座に灰色の腕から更に歪な腕がいくつも生えてきて、追撃するように俺に向かって伸びてきた。一撃目、二撃目はどうにか紙一重で避けられたが、身体系能力値のぶんまで魔力系に極振りしている身としては、そこまでが限界だった。

「う、あ……!」

灰色の爪が胸元を擦り、血しぶきが飛んだ。珍しく咄嗟に身を後ろにそらせられたから奇跡的に致命傷は免れたが、足場が悪すぎて転び、後頭部と背中を強く打ち付けた。一瞬だけ心臓と呼吸が止まる。大きく咳込むと、口の中に錆《さび》みたいな苦い味が広がった。

『……か……エ……セ……』

擦れた、小さな、ノイズのような呟きを耳が拾った。咳込みながら見上げると、灰色の眼が何かを探しているかのように、ぎょろり、ぎょろりと忙《せわ》しなく動いていた。

「ごほっ、ジェイス……？　なに、を……探してるんだ……？」

『……カエ……せ…………』

「だから、なに、を――」

灰色の歪で鋭い爪が、俺に向かって振り下ろされるのが見えた。

すぐにでも飛び起きて避けなければいけないのに、打ち付けた衝撃からまだ戻れてなくて、腕も脚も、うまく動かない。これでは詠唱すらもできない。焦る。早く、しないと――

「……え？」

今にも届こうとしていた灰色の爪が、突然、ぴたりと動きを止めた。

「…………ジェイ、ス……？」

どうしたのだろうかと視線で灰色の腕を辿ると、その爪先は俺の心臓の上辺りで止まっていた。

そこには裂かれた上衣の隙間から、白い紐と一緒に――真っ白な女神像が、表に出てしまっていた。どこからか光が当たっているのだろうか、ほんのりと淡く、白く光っている。

そういえば、これは幸運のお守りなのだとシーリアスが言っていた。ジェイスも、どこか懐かしそうな顔をして、母がしていたものと似ている、と言っていた。

灰色の歪な爪が微かに震えているような気がして、俺は手を伸ばした。

「なあ……ジェイス。どうしたんだよ、お前らしくない。落ちつけって。話なら、聞くから……」

忙しなく動いていた灰色の瞳が、俺の上で止まった。

けれども未だ言葉はなく、ただ、低い唸り声が微かに聞こえてくるだけだった。

「ジェイ――」

『――無駄だ。もう此奴《こやつ》は、言葉すらも解してはおらぬだろう。ただ妄念に取り憑かれて動いているのみよ。自分が何を探していたのかも、もう分かってはいない……』

崩れて半分以上なくなってしまっている天井の端から、傷だらけの銀竜が顔を出した。

『……【色無し】は……なにものとも定まっていない故、不安定なのだ……ゆえに危うく、弱き人の心で、強大な竜の身体と力を、制御することは難しい……』

そう言うと、銀竜は灰色の竜の角を掴み、力任せに横に押しやった。

すると灰色の竜の曲がった腕が暴れるように突き出され、銀竜の胸を貫いた。銀色の血を吐きながら、銀竜が咆哮する。十八枚羽の竜の鱗を突き破るなんて、どうなってるんだ。まさか、同格以上の力を持っているというのか。

胸を貫かれながらも、銀竜は逃げなかった。灰色の腕を掴んで動きを押さえ込みながら、もう片方の手を、祭壇の方へ伸ばす。

そこには、瓦礫に埋もれるようにして、凍ったままの、小さな白い棺があった。

傷だらけの手で小さな白い棺を探り当てると、銀竜はそっと静かに持ち上げた。壊れ物を扱うように丁寧に。大切な宝物を胸に抱くように優しい手つきで。

「じゃあ、どうすればいいんだ！　どうやったら、元に戻る⁉」

『無作為にあらゆる元素を取り込んだ故に膨れ上がり、力は暴走し、もはや原形すらも留《とど》めてはおらぬ。ここまで壊れてしまっては、もう戻すことはできぬ……殺してやるのが、此奴の為だ……』

銀竜が大きく口を開け、灰色の竜の首に、ぞぶりと喰らいついた。

耳を塞ぎたくなるような絶叫が、広間中を埋め尽くした。

「止めてくれ！」

俺は身体を起こそうとしたが、ひどい目眩と全身の痛みが急に襲ってきて、すぐには立ち上がれなかった。

銀竜は、灰色の歪んだ爪で身を引き裂かれながらも、口を離さなかった。肉と骨が千切れる嫌な音がする。見ると、灰色の竜の首が、半分以上食いちぎられていた。首は力なくうなだれ、灰色の身体がゆっくりと、白い床の上に地響きを立てながら倒れた。

「ジェイス！」

「灰色のお兄さん！」

『……気紛れに人里へ降り、気紛れに人間の女と出会い、気紛れに触れあった……』

「なんだよ、気紛れって！　ふざけんな！」

銀竜が口の端から銀色と灰色の血を吐き出しながら、くつくつと笑った。

『我に罵声を浴びせるか。……人とは……弱いのか……強いのか……分からぬ。流れゆく星のごとき瞬きの間、気紛れに彼《か》の女と共に暮らしたが……やはり、今でも分からぬ……何故、……』

「おい……？」

『……これで、よかったのかもしれぬ……共に、闇に帰っていけるのなら……』

溢れる銀色の血は、床に大きな水たまりをいくつも作っていく。

ごぼり、と銀竜が一際大量に、血を吐き出した。

『……忌まわしくも愛しき、我の血を受けし、この【色無し】も……共に……』

俺は駆けてきたチビたちに支えられながらどうにか立ち上がり、一緒に、床に倒れたままのジェイスのもとへと走った。

「だ、だめだ！　連れていかないでくれ！」

「「連れてく、ダメ！　助ける！」」

『……神造書の所持者よ。冥《くら》き術を【色無し】にかけているな……解放してやってくれぬか……なにものにも望まれぬ此奴を、哀れと思うなら……このまま、静かに、死なせてやってくれ……』

銀竜は目を閉じ、白い棺を胸に抱いたまま、動かなくなった。

銀竜の輪郭が光を放つ。砂の作り物が風化していくように、少しずつ、さらさらと崩れ始めた。

崩れ落ちた欠片は光の粒になって、頭上からはらはらと降り注いでくる。降り注ぐ光の粒はどんどん増えて、辺りは白銀一色に埋め尽くされた。

何かに当たっては溶けて、消えていくけれど、降る量が多すぎて、少しずつ降り積もっていく。

砂というよりは、雪に似てる。触れるとほんのりと温かい、白銀色の雪。

俺は白銀色の雪が降る中、灰色の竜の顔の側まで駆けていき、その頬の辺りを叩いた。

「……おい！　ジェイス！　起きろ！　待ってろ、今、回復してやるからな！」

「「起きる！　助ける！」」

閉じていた灰色の目が、薄く開いた。双子が人の形に戻り、三人で並んで覗き込む。

「ジェイス！　俺たちが、わかるか？」

「レフだよ！」

「ライだよ！」

灰色の瞳が、俺と、レフとライを見て、二回、まばたきをした。

「よい……づき……？　レフ……ライ……？　どうして、ここに……俺は……俺は、」

ジェイスがごぼりと咳込んだ。裂かれた咽《のど》から、口から、吐く息と共に灰色の血が溢れ出す。

俺は急いで最上位の回復の呪文を唱えた。なのに、傷は塞がらなかった。おそらくスリップダメージが大きすぎて、回復が間に合わないのだ。パーティメンバーの状態を表示するウインドウには、いくら回復をかけても、ずっと【致命傷】の状態異常表示が赤く点滅し続けていた。

「……無駄だ……もう……いい……死なせて……くれ」

「嫌だぞ！　嫌だからな！　俺たちを置いていくつもりか！　こんな右も左もわからん所に！」

「「もう、置いてく、ダメ！」」

「お前は、ちゃんと望まれてるだろ！　お前が生きててくれたから、俺もレフもライも、こうして生きてられるんだ！　望まれてないなんて、あんな決めつけたがりの、自己中で、自己完結型の、馬鹿オヤジの話なんて真面目に聞くな！　お前がいてくれてよかったって思ってくれた、依頼者だって、知り合った奴らだって、沢山いただろう⁉　俺だって、チビたちだって、そうだ！」

「……宵月……術を……解け。お前まで、死ぬことは……」

「解かないからな。絶対に解かない。俺は【死に戻り】するだけだから気にしなくていいんだって、何度言ったら分かるんだ、この阿呆！」

「……駄目だ。お前の……冒険者証は、エラーが……それは、お前自身の……情報が……壊れている……のでは、ないのか。【死に戻り】が、同じように……できるかは……」

ああ、分かってるさ。俺だって、今までそれを考えなかった訳じゃない。

もしかして冒険者番号の末尾にある『I』は、イレギュラーの頭文字なんじゃないかって。俺のデータが安定してないから、キャラクターの外見が再現できず、そのままデフォルトになってしまったんじゃないかって。

ロッソたちの冒険者データを見て、これはやっぱりまずいんじゃないかって思ったさ。どの冒険者も出身地の欄が、ちゃんと明記されていた。最初にこの世界に連れてこられた時、その近くにある街の名が。

俺だけが空白だった。空白——それは要するに、戻る場所がない、ということなのではないか?

俺の身体が時折透けたりすることも、それに起因しているのではないのか。

それは時間を追うごとに悪化していて、おそらく現状、いつ消えてもおかしくない状態にまでなっているのではないか。身体が透けるたび、押しつぶされそうな不安に襲われていた。でも。

そんな時はジェイスやレフとライが側に居て、俺に触れてくれて、ここにちゃんと存在しているって教えてくれていたから、精神的にも救われていたのだ。

「いいか。俺は、絶対に、術を解かないからな。まあ、なんとかなるさ」

「なんとかって……」

「灰色のお兄さん、死ぬ、絶対、ダメ！　終わる、絶対、ダメ！」

「そうだ。終わらせるのはいつでもできる。でも諦めるには、まだ早いぞ。とにかく、できることがあるなら、なんでもやってみようよ、ジェイス」

「お前ら……」

それに。ごめん。これは、俺の手前勝手な理由。俺はお前が――【消滅】するのを見たくないんだ。

俺は、泣き喚いてジェイスにしがみついているチビたちから暝闇の書を受け取って、膝の上で開いた。魔法のリストに目を通し、目に留まった一つの魔法を選択する。よし。これがいいだろう。

「――我、アイテールを通じて、天の元素に干渉」

白い円が幾重にも重なった、花のような模様が描かれ、ページの上でまた幾重にもなって回る。

「光を集積し、花と降らさん。――【桜舞《さくらまい》】」

白い紋様が上空で霞みたいになって広がり、薄桃色の花びらが淡い光を放ちながら、はらはらと舞い始めた。

これも、あってもなくてもいい用途不明な特殊魔法の中の一つだ。これ作った奴、単に自分が桜を見たかっただけだろ。ただの趣味の産物だろ。まあ効果としては癒し、精神安定ってところか。

「ほら、レフ、ライ。泣いてないで、上を見てみろ。青いお兄さんが今、スーパーでスペシャルな魔法をかけたからな。もう大丈夫だぞ」

「「本当……？」」

「ああ。本当だ。ほら、綺麗だろ？」

「「うん、きれい……」」

涙と鼻水でぐちゃぐちゃになったチビたちの顔をぬぐってやる。片腕だから、少しやりづらい。

舞い散る花びらを眺めて、チビたちにようやく笑顔が戻った。これでいい。子供にこんなひどい泣き方をさせていてはいけない。

「灰色のお兄さんは、一回だけ眠るけど、すぐ起きるから。青色のお兄さんは、光になって消えちゃうけど、初めて会った森で復活してるから。探しに来てくれるか？」

「「うん！　探す、行く！」」

「よし。頼んだぞ」

「「頼まれる！　大丈夫！」」

俺は残りの白本と赤本を取り出して、床の上に並べて置いた。同時に、着信音が脳内に鳴り響く。あまりの音の大きさに、眉をひそめる。

けたたましい音は、鳴り続けている。

得心した。コクトーが『来た』と言っていたのは、これのことだったのか。とうとうというか、ついにというか、奴の脳が壊れた訳じゃあなかったようだ。

メインメニューを開いてみると、一番下に位置している項目――【オラクル】が点滅していた。

さあ押せと言わんばかりに強く発光するので、俺は思わずクリックしてしまった。

盛大なファンファーレが鳴り響き、金の縁取りの豪奢《ごうしゃ》なウインドウが目の前に現れた。

『パンパカパーン！　おめでとうございます！　当アクセスをもちまして、貴方は神様との交信が可能となりました！』

な ん だ そ れ は。

俺は猛烈な虚脱感に襲われて、ジェイスの目元辺りに寄りかかった。

「……ジェイス。三冊の魔道書は、ロッソに渡してくれ。ロッソは信用できる。後のことは任せたって伝えてほしい。ああ、そうだ、渡す前には必ずチビたちに匂いをかがせるんだぞ。それで本物か偽物かわかるから。いくら凄腕《すごうで》アサシンでも、流石に体臭までは変装できなかったみたいだ」

ジェイスは無言だったけど、でもきっと、頼んだ通りにしてくれるだろう。

腰の鞄の中を探る。灰色の鱗を取り出して、光に透かしてみた。桜色を反射して、少しだけ色づいて見える。これは、【スーパーマンが呼び出せるアイテム】だ。俺がそう命名した。

「これで呼んだら、飛んできてくれるんだろう？　もしも、あの森に飛ばされてなかったら呼ぶことにするから。回収、よろしく頼んだぞ」

「……お前は……本当に……阿呆だな……」

ジェイスの呼吸音が、静かに止まった。おい。最後の言葉がそれかよ。

俺は自分のステータス画面を開いてみた。ＨＰと、ＭＰと、二十万シェルくらいあった所持金が、見る間に減っていった。ということは、例の術がちゃんと発動したということだ。よかった。しかしこれだけ思いっきり気前よく減っていくと、逆に諦めもついてスッキリサッパリするような気もしないでもない。

俺は小さく笑ってから、ウインドウを閉じた。

戻るとしたら、やっぱりあの森なのだろうか。西大陸か。遠いなあ。まあ、仕方がない。またあの巨大凶悪兎を狩って、今度はチビたちの希望通りのシチューを作ってやるとするか。

俺はジェイスの頭を枕にして身体を楽にすると、ゆっくりと、目を閉じた。

第七章　願いを一つ叶えましょう

バイクの音がする。進んでは、止まる。その繰り返し。朝の新聞配達員だ。

枕元で、目覚まし時計の電子音が鳴った。頭だけを動かして薄目で確認すると、針は五時半を示していた。俺は布団から腕を伸ばして、叩くようにボタンを押して止めた。

「……起き、なきゃ……」

兄さんと双子の妹が家を出る前に、朝ご飯作らないと。

会社に向かう兄さんが家を出るのは七時半。小学校に行く双子の妹が家を出るのも七時半だ。ちなみに大学へ行く俺が家を出るのは、昼から。今日の講義は、午前中は休講だ。

俺は重い身体を引きずるように、ベッドから降りた。

紺色のパーカーとジーンズに着替えてから、部屋を出た。廊下の突き当たりにあるドアを開け、部屋の壁際にあるベッドで眠ってる兄さんに近づく。

「おはよう、兄さん。起きろ」

布団の上から腹にボディブローを入れた。呻いたから、これで起きるだろう。

俺は階段を下りて、キッチンに向かった。プチトマトと、スクランブルエッグと、焼いたソーセージを皿に盛ってテーブルに並べる。インスタントコーヒーを四人分作り、カップ二つには砂糖とたっぷりの牛乳を入れた。冷凍庫から行きつけのベーカリー製ライ麦パンを四枚取り出し、トースターに放り込む。

もう一度二階に上がり、今度は俺の部屋の向かい側のドアを開けて入る。

「おはよう、玲奈《れいな》、来奈《らいな》。朝だぞ」

布団の上で埋もれるように丸くなって眠る双子の妹を揺り起こす。まだ半分夢の中にいるチビたちの着替えを手伝ってから、連れて一階へ戻る。

テーブルの上座の席にはすでに兄さんがスーツ姿で座っており、新聞を読んでいた。新聞を畳んで顔を上げた兄さんが、おはよう、と言った。俺と双子の妹が同時に、おはようと答える。チビたちを座らせて、俺もその向かいの席についた。

双子と一緒にいただきますと言い、俺は箸を取った。湯気の立つスクランブルエッグは焼き加減も程よくふんわりと仕上がっていて、とても美味しそうだ。

「……どうした？　与一」

「え？」

「何を泣いてるんだ？」

俺、泣いてる？

首を傾げながら手の甲で目元をこすると、確かに水っぽいものがついた。

その手が、一瞬だけ透ける。

俺は息を詰めた。目を瞬《しばたた》かせ、もう一度見る。今度は透けてなかった。なんだ、錯覚か。

「……なんか、変な夢、見ててさ。ゲームの続きを……夢で見てたみたいな……」

「お前な。どうせ昨日も遅くまでやってたんだろ。ゲームをするのはいいが、ちゃんと寝るんだぞ。睡眠は大事だからな。目薬もちゃんと点《さ》しとけ。大学で寝るなよ」

「わかってるって」

この世界は、俺の世界だよな？

あの世界は、夢で。この世界は、本物。

俺の知ってる世界。俺の知らない世界。俺さえも知らない世界。数多の世界。仮定の世界。無限の世界。虚空蔵《こくうぞう》の――

頭が、激しく痛みだした。目を固く閉じ、こめかみを強く押さえる。

「――与一？」

俺はどうにか息を整えてから、顔をあげた。

玄関先で、パソコンケースを肩に掛けた兄さんと、ランドセルを背負った双子が立っている。

「本当に、大丈夫か？　顔色が悪いぞ？」

「「よいち兄ちゃん、大丈夫？」」

「大丈夫。大学行くまでまだ時間あるから、少し寝るよ」

「そうしろ」

「「そうしてね」」

兄さんがやってきて、俺の頭をくしゃくしゃとなでた。

「……おい。俺、もう大人だぞ」

兄さんが笑いながら、行ってくる、と言って壁のキーケースから車のキーを取り出し、出ていった。妹たちもそのあとに続く。兄さんは、妹たちを小学校に送ってから会社に行くからだ。

何故なのか、さっきから心臓が、早く打ちすぎて苦しい。

これは、だめだ。

嫌な予感にいてもたってもいられなくなり、俺は靴も履かずに玄関を飛び出した。

三人を乗せた車が、住宅が建ち並ぶ狭間の道を走っていく。

この世界は、だめだ。この世界は、違う。俺のいた世界じゃない。脳が軋む。熱い。最速で答えをはじき出す。ああ、ここは、平行次元の無数の可能性の中にある、最悪ルートの世界だ。

「だめだ！」

十字路の左側から、大型トラックがものすごい速さで走行してきた。


俺は飛び起きた。

目覚まし時計の電子音が鳴り響いている。

乱れた呼吸をどうにか整えてから、震える腕を伸ばして停止ボタンを押した。

なんだこれ。気持ち悪い。これは『何度目』だ？

今は夢か、それとも現実か。現実の延長線にあるかのような夢は、人に聞いたこともあるし、実際見たこともあるけど。これもそうなのか？　手が汗で湿って滑り、気持ち悪い。

「あ……」

何か、硬いものを握っていたのに気づいた。

「……なんだ？」

手を開いてみると、手の平の上には、灰色の鱗がのっていた。

鱗の縁の辺りが、銀から青色のグラデーションに染まっている。しまった。もしかして、鞄の中で色移りしてしまったのだろうか。それとも、俺の服の色が移ってしまった？　どうしよう。これ、漂白剤で落ちるのだろうか。いや、そんなことよりも。何故、これが、ここに。

　俺は震える手で、鱗を握りしめた。

「……これって……ジェイスの鱗、だよな」

　いや、待て。あれは、夢の続きだったはず。ゲームの続きを夢に見ていただけだ。現に俺は、自分のベッドにいるじゃないか。ああ、でも。

　俺は重い身体を引きずるようにしてベッドから降り、震える指でパソコンの電源を入れた。メールが一通届いていた。見ると、ゲーム会社からのお知らせのようだった。


「宵月様　平素は当サービスをご利用頂きまして、誠にありがとうございます。

只今《ただいま》、当サービスにおいて、一部重大なエラーが発生しております。皆様には多大なる御迷惑をおかけ致しまして、誠に申し訳ございません。尚、現在、鋭意調査中の段階ですが、おおまかな原因は特定されておりますので、ご安心ください。

　この度のエラー等につきまして、詳しいご説明をさせて頂きたく、メールを差し上げた次第でございます。このメールをご覧になられた世界の宵月様がいらっしゃいましたら、ただちに当方へ御一報くださいませ」


「……エラー？」

なんだそれ。それに、メールをご覧になられた世界の宵月様、ってなんだ。ふざけてんのか。俺は一人だ。俺が何人もいてたまるか。いや、何人もいたら便利かも。

俺は机に向かい、謝罪文の一番下にある連絡先に返信メールした。

「宵月です。エラーというのはなんでしょうか？」

数秒とたたずに、相手側からのメールが着信した。なにこれ。早すぎて怖い。速打ちの超人オペレーターだったとしても、あまりにも早すぎる。

「ご連絡ありがとうございｍ％す。

ご連絡頂きました宵月様ｎお、位相と座標の確認がとれました。至急、当サービスにログインしてください。

お客様の素体情報に、重大な損傷が発生している可能性がありまｓ＊。原因の一つといたしまして、データ保護機能なしにて位相転移したため、損傷したと考えられます。損傷により、正常な再構築、及び、座標指定ができない状況となっております。

現在のお客様の座標は、○虚９×ｍｑ△×ｐ□３５とｎております。

現状を放置しておくことは、素体崩壊に繋がるため、大変危険です。また、【虚空】サーバナンバー４８００が非常に不安定なため、回線が予期せぬ誤動作を起こす危険性がありまｓ。

現在、サーバは一時的に安定しておＲいますので、このメールをお読みになりましたら、直ちｎログインすることをお勧めします」

損傷、危険、崩壊、誤動作。怖い言葉の羅列なんですけど。しかも一部文字化けしてるんですけど。内容も、なんだか電波系っぽい。

怖すぎる。なにこれ。新手のチェーンメール？　もし悪質ないたずらメールなら、アドレス変えないといけない。面倒だな。

俺は起きて、いつものように兄と双子を起こして、いつものように朝ご飯を用意した。

玄関には、パソコンケースを肩に掛けたスーツ姿の兄さんが待っている。俺は双子の妹にランドセルを背負わせた。

「……与一。顔色が悪いぞ。大丈夫か？」

「え？　あ、うん。寝不足……かな」

「遅くまでゲームやってたんだろ。ちゃんと寝ろ。睡眠は大事だぞ」

「「よいち兄ちゃん、大丈夫？」」

「大丈夫。大学行くまで、ちょっと寝るよ」

「そうしろ」

兄さんが、俺の頭をくしゃくしゃとなでた。

「……おい。俺、もう大人だぞ」

兄さんが笑う。

「高校生の時から、背が伸びないからなあ」

行ってくる、と言って兄さんは壁のキーケースから車のキーを取り出して、出ていった。妹たちもそのあとに続く。ついでに小学校に送ってもらうためだ。

俺は靴を履き、その後を追いかけた。妹たちを後部座席に乗せていた兄さんが振り返る。

「与一？」

「――兄さん。俺、ちょっと長い間、向こうの……いや、外国へ旅行に行こうかと思ってるんだけど。家は大丈夫かな」

「「えー！　よいち兄ちゃん、旅行いくの？」」

「旅行？　そんなに長いのか？」

「うん。いろんなとこ行くと思うから。連絡は、取れないこともあるかと思うけど、大丈夫だから。友達や仲間と一緒だから、安心して」

「……そうか。まあ、若い間に見聞を広めておくのはいいことだしな。よし、行ってこい。家のことは心配しなくていい。俺がいるからな。ただ、連絡はできる限りしろよ」

「うん。わかった。――ありがとう」

　双子が仏頂面をしている。

「玲奈、来奈。お土産買ってきてやるから」

「「うん。沢山だよ！」」

「詳しいことがわかったら教えてくれ。気をつけていけよ。お前は少し、ぼんやりしてるところがあるからな」

「ぼんやりなんかしてねぇよ！」

「ぼんやりしてるくせに、一人で解決しようとする。いいか？　どうしても道に迷った時は一人で考えてうろうろしないで、ちゃんと人に尋ねるんだぞ？」

「わかってるよ！　ていうか、子供扱いするなよ。俺をなんだと思ってるんだ！」

「まだまだお前は、子供だよ」

兄さんが笑いながら、運転席に乗り込んだ。

車が見えなくなるまで見送ってから、俺は手元に目を落とした。俺の手の平は、透けたり、元に戻ったりをきまぐれに繰り返している。おそらく身体の他の部分も、そうなっているはずだ。

ただ一つだけ。銀と青の縁取りが入った灰色の鱗だけは、透けもせず、しっかり存在していた。握り込むと、ほんのりと温かい。

俺は自室に駆け戻り、ログインした。ディスプレイに俺のパーソナルルームが映った。画面中央には二人掛けの木製テーブルセット。その上には、紅茶用のティーセットとパウンドケーキ。そして——白金髪の白いスーツの男が優雅に腰をかけ、ティーカップを口に運んでいた。

「おい。なに勝手に人の部屋に入ってんだ。不法侵入だ。しかも勝手に飲んでるし。警察呼ぶぞ」

白金髪の男がカップを置き、顔をこちらに向け、優雅に微笑んだ。

画面を殴りつけたい衝動にかられる。殴っても良いかな。これ。

「いやあ、よかった。君を探していたんだよ。ちょっとねえ、君のデータが破損してるみたいで、検索にもひっかからなくて困っていたんだ。しかし【座標指定】が壊れてたのに、よく移相中に崩壊もせず、ここに飛べたね。崩壊防御セーフティもかかってなかったのに」

俺は血の気が引いた。

座標。スタート地点。個々に定められた出身地——【死に戻り】で戻ってくる場所。

やはり出身地の欄が空白なのは、相当まずい状態だったのか。

「まあでも、見つかってよかったよ。君の座標はすっかり破損してしまっていて、今も不安定に変動している。そのせいで、平行次元間を不規則に座標移転し続けていたようだ。しかも時間軸上をも不規則に転移してはループしてるし。君から連絡してくれて、本当に助かったよ」

「お前のせいだろ！」

「まあまあ。とにかく、そこから出ておいでよ。【虚空】サーバ４８０００はフリーサーバで、誰でも干渉できるんだけど、皆が干渉するからその分よく不安定になるんだ。今なら大丈夫だから」

白金髪の男が席を立った。白い手の平が上を向き、こちらへと差し出される。

「……お前が連れていった皆を、元の世界に戻してくれよ」

白金髪の男が、微笑みながら小首を傾げた。

「どうして？　皆、楽しそうにしているじゃないか」

俺は頭に血が上った。どこが。

「してないよ！　詐欺みたいなやり方で連れていきやがって！　帰りたい奴は帰してくれよ！　個人の意志を尊重しろ！」

「それはできないなあ」

「なんでだ!?」

「メールにも書いてあっただろう？　【虚空】サーバ４８０００は不安定だって。最近、本当に調子悪くって。そろそろ寿命なのかな。近いうちに壊れるかもしれないね」

壊れる？

「なんだよ……それ。壊れるって……」

「だから、私の分の世界データで、必要なものだけは別サーバに移しておこうと思ってね。君たちが遊んでいた世界Ａｔｚ５９０８９７８βにリンクしてた素体も、αの方に移せるだけ移していたんだよ。ただ、最後の移相分六十四素体を決めた後で、君があの本を手に入れてしまった。枠は埋まってしまっていたけど、君がどうしても勿体《もったい》なくって、無理やり連れていっちゃった」

　えへ、と白金髪の男が小さく肩をすくめる。いや、全く可愛くないから。気色悪いだけだから。

「兄さんと、妹たちは、どうなるんだ？　その他の人たちも……」

「別にどうもならないよ。私としては、特に興味のある素体でもないいし」

「なんだそれ⁉　どういうことだよ⁉」

「まあまあ。落ちつきなさい。今日明日で壊れるっていうんじゃないんだから。彼らの一生が終わるまでは稼働してるかもしれないし」

「稼働してなかったら！」

「消えちゃうねえ」

　俺は画面を叩いた。

　消えてしまうって、なんだよ。なんだ、それ。

「お前……！」

「とにかく、君は本当に興味深い。壊れてしまうのは勿体ないから、連れていくよ。私がちゃんと責任持って、君の破損したデータを修復してあげるから」

　腕を掴まれた。画面から抜け出てきた、白スーツの手に。

「は、離せ！」

　外そうと踠《もが》いたが、手は俺の腕を強く握りしめたまま、びくともしなかった。体温を全く感じない、冷たい手指。筋肉の動きすらも感じない。肌の下に血液の流れている気配がない。

ぞっとした。

これは、【人】ではない。

「さあ、行こうか――」

白金髪の男が、口元を三日月のように曲げた。


音が聞こえる。

高い音。低い音。

鈍い音。軽い音。

大きい音。小さい音。

鈴の音のような音。雑踏の中にいるような音。様々な楽器が奏でる音楽のような音。

音。音。音の海。

無数の音が重なって、滔々と流れ、それはまるで一つの音楽を奏でているようだ。

「――どうも君は、フォーマットが書き換えられてしまっているようだね。なるほど……それで、素体崩壊しなかったのか……」

フォーマット?

「――なるほど。高次情報集積体の一部を取り込んでしまっているからか。面白い。【素体強化】と、オートで【素体保護膜】が展開されている」

言ってる意味がさっぱり分からないんだけど!

「君にはものすごく強力な守護がついているってことさ。――さて。君は三冊の魔道書を手に入れ、オラクルを起動したね」

人の話、全然聞く気ないですね。

「今、三冊の本の所有者であり、祈願の権利を有する者は君だ」

え？

どういうことなんだ。コクトーは【死に戻り】したから別にして、じゃあ、ロッソは？ 今現在、三冊を所持しているのはロッソのはずだ。

「ああ、彼はまだアクセスしていないね。どうやら、君の帰還を待っているようだ」

……あの、馬鹿オヤジめ。俺なんか、待たなくてもいいのに。

「三冊揃えて、オラクルを起動した者が『願いを叶える権利』を得る。権利所持者が複数いた場合は、早い者勝ちだよ。解りやすいでしょう？ そうそう、コクトー君はねえ、願い事を言う前に死んじゃって、しかも可哀想に、君の次元転移エラーに巻き込まれちゃってさあ、どこにいっちゃったのかまだ分からないんだよね。だから、現在連絡待ちアンド捜索中なんだ」

それは、俺みたいに戻れなくなって、どこかしらない世界に飛んでいってしまったってことか？

「うんうん。そういうわけで、今現在の権利所持者は君だ。おめでとう！」

男は天井まで届きそうなクラッカーをどこからか取り出すと、紐を引いた。

ぱあん、と鼓膜を震わす破裂音がして、色とりどりの紙吹雪が舞い散る。

「さあ。頑張ったご褒美に、一つだけ願い事を叶えてあげよう」

願い事……本当に!?

「本当だよ。さあ。言ってごらん」

願い事は一つだけ。願う事は一つだけ。願いは——

……ちょっと待ってくれ。

こんな所で、俺一人で決めちゃうのはマズくないか。皆と相談させてくれ。

男が楽しげに、くすり、と笑った。

「それが願いかい？」

な！

「ふふ。いいかい。願いを一つ、叶えてあげるよ。どんな願いでも。願った事をね。それが君の願いかい？」

違う！

くそ。やられた。これで、ショージたちはやられたのか。

本の序文を思い出す。

「——救うべきか、それとも、罰を与えるべきか。
これは、神が我々を計る為の調査であり、試験である。
という建前の、娯楽に飢えきった奴の遊びではないのか」

確かに、この男の態度を見ていると、そんな気がしてくる。

すまん、ロッソ。皆。こうなってしまっては、もうやるしかない。

……漠然と言うと、ダメだ。罠《わな》だ。言葉の隙間から、きっと裏をかいてくるはずだ。

思い出せ。ショージ、夏宮庄司たちが残してくれた言葉を。

果たせなかった悔しさを継いでくれ、と綴られた一冊の本。

慎重に言わないといけない。これは——言質の取りあいゲームだ。

皆を元に戻して！　なんて、ありきたりな定番のセリフを口にしてしまった場合、何をされるか分かったもんじゃない。

「ふふ。おやおや。それは先人の入れ知恵かい？」

そうだとも。先人が残してくれた、心強い武器だ。

俺は頭の中で、かつて読んだ、ショージが執筆した本のページを繰った。

本の内容は、数々の質疑応答に関する、膨大な思考実験を綴ったものだった。対話を重ねた先に生じる、あるいは生じるであろう無数の分岐について。対話の落とし穴を回避するための言葉の選び方。想定した結末へ結果を導くための道筋。

思い出せ。会話の最初の切り出しは何がベストだった？

そうだ。最初の願いは——

白金髪の男の片眉が、僅かに持ち上がった。

「ん？　最初？」

そうだ。最初の願い。それは——俺が望む、知りたい情報全ての開示。全てだ。

「——ふむ」

白金髪の男は笑みを浮かべたまま、優雅に足を組み替えた。

「君が望む情報。君は何が知りたいのかな？　世界の理？」

俺が知りたいものだけでいい。

「ふむ。君が知りたいものだけ、ね。分かったよ。何が知りたいの？」

まずは、膨大な情報量にさらされた俺が壊れないようにする方法。

その情報全てを理解し、使いこなす方法。

「ほほう……？」

俺たちが元々いた世界を、丸ごと別の安全な場所に移す方法。その世界が壊れないようにする方法。お前に攫われた俺たちを、そこへ戻す方法。

白金髪の口元が、ゆっくりと三日月のような弧を描いた。

「私を使おうというのかい。面白いね……君は、神様にでもなるつもりかい？」

ノーコメントだ。下手に答えると言質を取られる。

「……君は」

お前の真実の名前。

お前に俺の望みを履行させる方法。

お前が、俺たちがいた世界とこちらの世界に二度と干渉できないようにする方法。

男の高笑が響き渡った。

「本当に面白い。君は、私から【世界】を奪おうというのか！」

さあ、開示しろ。

俺の願うもの全てを。

第八章　目を開ければ、そこは

鳥の囀りが聞こえる。

木や草の青い香り。土の香り。知らない獣の遠吠え。しっとりとした湿り気のある空気。

俺は立っているようだった。

時間と場所がすぐに認識できない。自分が壊れないように、内から外から幾重にもリミッターをかけているせいかもしれない。今の状態を例えて言うなら、果てのない、荒れ狂う大海原に、補強しながらどうにかギリギリ沈まずに浮かんでいる一艘《そう》の小船だ。小舟は俺自身。しっかりしていないと、波に引きずり込まれてしまう。情報の大海に。

大海に、少しでも沈んでしまったら最後だ。【俺】という小さな情報の粒は、あっという間に砕け散ってしまう。

砕けて、解《ほど》けて。混じりあって。

溶けて、融《と》けて、熔《と》けて、とけて、トケテ――

「う、あ」

俺は慌てて頭を振って、暴走しかけた思考を頭から追い出した。

頭が、痛い。割れそうだ。冷や汗が、どっと頬と背中を伝っていく。

危なかった。しっかり、しっかりしなければ。

まだやるべきことは何一つ終わってないんだから。

静かに深呼吸をして、ゆっくりと目を開ける。

見覚えのある風景が広がっていた。

眼前に広がるのは、鬱蒼とした森。車一台がぎりぎり通れるくらいの細い道、というよりは長く踏みしめられたために土が硬くなり、単にそこには草が生えてないだけのような獣道に、俺は立っていた。

忘れるはずもない。ここは、あの凶悪兎の森だ。

最初に、俺が落とされた場所。始まりの場所。

かなり遠回りしたけど、どうにか無事に戻ってこれたようだ。

「はは、無事っていうのも、なんかおかしいけどな」

俺はメインメニューを開いてみた。

壊れかけていた俺のデータの修復を、あの男にやってもらったのだが、ちゃんと直っているのか確認しなければ。ちゃんとしっかり直しておいたから安心してね、とは言っていたけど、どうにも嫌な予感がつきまとう。

プロフィールのウインドウを開く。

空欄だった出身地の欄には――【兎迷いの森】と入っていた。おい。

「こらあああ！　なんで、街の名前じゃないんだよおおお⁉」

なんで俺だけ戻ってくる場所、ここなんだよ！　この近くに街や村、あったよね⁉

安全安心な場所、いっぱいあったよね⁉

やられた！　あの野郎！　どこまで俺を好き勝手にいじる気だ！

俺は頭の中でアイツの顔をボコりながら、メインメニューを一番下までスクロールした。

一番下の、オラクルという項目にカーソルが合う。

その項目は、実行不可を表すグレー表示になっていた。

確認して、俺は頷いた。

よし。これでいい。オラクルはアイツに繋がっている。有効にしておくと、何をされるか予測がつかない。

「まったく。さて。どうするかな。とりあえず、野営ポイントに向かうか……」

あの時は、本当に大変だったなあ。

マップのウインドウを広げてみる。自分が歩いた場所だけ、森の地図が埋まっていた。全体の十分の一ぐらいだろうか。この森は、そこそこ広そうだ。道も網の目のように何本も繋がっている。

道と方角を確認して進まなければ、迷ってしまいそうだ。自然の迷路。

俺は地図を確認しながら、かつて野営をした場所に向かってみることにした。初めてジェイスたちと野営した場所へ。

幸いにも魔物に遭遇することなく、目的の場所に辿り着いた。

草に覆われた平地の一角は、土がむき出しになっていた。あの時火をおこした場所だ。焼けた木切れが少しだけ残っている。

横たわった古い丸太に、腰を下ろそうとした時。薄暗い森の中、草むらをかき分けて走る音が聞こえた。

俺は立ち上がり、耳を澄ました。

草むらの中を音が移動していくのが、あまりにも速い。人のものではないのだけはすぐに分かった。ならば獣か。もしくは魔物か。それは俺のいる方に向かって、徐々に近づいてきていた。

俺は背筋が冷えた。いやな想像が脳裏をよぎる。

ここには、あれだ。あいつが……不気味極まりない血に濡れた凶悪巨大ホラー兎がいた。あの時確かに俺たちが倒した。けど、もしも、あの一匹だけじゃなかったら……？

いやいや、まさかな。でも、いないという確証もない。

最悪の場合、一人で戦わなければならない。今の俺ならできなくもない。ないが、あの兎……きしょいんだよ見た目が！　スプラッタ系で！　嫌すぎる。

足音が近づいてくる。あと数秒でエンカウントだ。

俺は覚悟を決めて、戦闘モードに切り替えた。暝闇の書はロッソに預けたままだから、現時点で最強の魔道書【アルグリフィの研究書】を取り出して、片手に構える。死した後も上位元素の研究意欲に燃えており、研究者本人が取り憑いてしまったという本……思い返してみると、このキショイ本に一番お世話になってる気がするな！　アルグリフィさんありがとう！　でも装丁をもうちょっと考えてほしかったな！　やけにしっとりしてて、さらりといい肌触り……怖すぎる！

俺は気を取り直して、音のする方を睨みつけた。

さあ、来い。草むらを跳び出してきた瞬間、トラウマの恨みも込めて、渾身《こんしん》の一発をくらわしてやる。

「我、アイテールを通して――」

草むらから二つの茶色いモコモコとした物体が、勢いよく飛び出してきた。

その物体のおかっぱ頭の上には、見覚えのある、モフモフとした茶色い耳がついていた。

二体の耳はまるで鏡に映したように、片方は左耳だけに黒ブチ、もう片方は右耳だけに黒ブチの柄があった。そして腰の辺りには、ふさふさモコモコの茶色いしっぽが揺れている。

野営地に飛び出してきたのは、幼い犬人族の子供二人。

「――レフ!? ライ!?」

双子は俺に気づくと、涙と鼻水でぐちゃぐちゃだけれど全開の笑顔のまま、飛びついてきた。

「見つけた――！ 匂い、した！ 青いお兄さん、いた――!!」

抱き止めると、ふかふかとした懐かしく温かい感触に、少しだけ涙が出そうになった。

「なんでここに……ここ、西大陸だぞ？ どうやって……」

再び奥の草むらから、今度は大型っぽいモノが勢いよく駆けてくるような音がした。

それは勢いを緩めないまま、野営地に飛び出してきた。

俺の身長ほどありそうな長さの重剣を背負った、背の馬鹿高い男。青みがかった銀髪に、若草色の瞳。顔立ちは、見覚えのあるクールな――あれ？ 色が……

「……え？ ジェイス？」

「――宵月！」

……うれしいのは分かったから、抱きつかないでほしい。

「一週間……一週間も！ お前、どこで迷子になっていたんだ！ 西大陸のどこかをふらふらしてるのかと、ずっと、探して――」

「え⁉　嘘⁉　一週間って、あれからそんなにも経ってんの⁉」

「うわああん、レフ、たくさん、たくさん、探したよ！」

「うわああん、ライ、たくさん、たくさん、探したよ！」

ああ……泣かないでくれ。心臓に悪い。多大なご心配をおかけしまして本当すみません。

「しかし、お前ら、俺を見つけるのすげえ早くないか？　びっくりしたよ」

「俺の鱗を渡してあるだろう？　あれを通して、お前の気配を感じた。それで、飛んできたんだ」

「そうか……て、え？　今なんて言った。飛んで、きた……？」

　いや、まさかな。まさか――

「「お空、びゅーん、飛んできた！」」

　双子が、俺の両脇にぶら下がりながら、楽しそうに飛び跳ねた。びゅーん？

「今まで、どこにもお前の気配がなくて……探しても、探しても、見つからなくて。もう、【消滅】してしまったのかと……」

「すまん。なんだか途中でエラーが発生しちゃったみたいで、ここじゃない……俺にもよく分からないけど別の……ここは違う場所に、飛ばされてたんだ」

「ここは違う場所？」

「うん。説明が、すごく難しいんだけど……」

「……そうか。ロッソがな、必ずお前は帰ってくると言うから。それを信じて、俺たちも、皆も、ずっとお前を探し続けていた」

「そうなのか……」

ずっと探し続けていてくれたなんて。申し訳なくも、ものすごく嬉しくて、胸が苦しくなって、ちょっと涙が出そうになってしまったけどどうにか堪えた。

「俺にはよく分からないが、三冊の魔道書が突然機能を凍結した、使おうとしても、ずっと同じエラーのアナウンスが流れ続けている、と」

「凍結した？　……エラーのアナウンス？」

「ああ。ずっと、エラーのアナウンスの後に、セカンドクライアントを再認証中、というのが流れ続けていたらしい。しばらくして、アクセス権修復中、というものに切り替わった。だからきっと……近いうちに、お前が戻ってくるんじゃないかって」

「そうか……」

三冊の魔道書の所有権を獲得した者が消失した場合、次の権利者に移るということを、あの男が言っていた。ロッソの方も所有権が移らずに凍結されたということで、まだ俺は生きている、と判断してくれたのだろう。生きているなら、きっと戻ってくると。

「信じてくれて、ずっと探していてくれて、ありがとう……」

「まったく。お前は本当、予想外なことばっかりするから、参る」

そうは言われても、俺だってしたくてしてる訳ではない。けど、イレギュラーなことばかりして悪い。すまなかった。心配かけた。深く反省している。けどな。

背骨がみしっていった。今、みしっていったぞ！

腰の両サイドからの締めつけも、過剰な圧迫で内臓が口から飛び出しそうなんですけど。お前ら、俺を殺す気か。

「痛い！　全身が痛い！　ああ、もう、お前ら、ちょっと、離れろー！」

とりあえず、まずは食って落ちつこうということになり。俺たちは、最初に出会ったあの時と同じように、あの時と同じ場所で、野営することになった。

そして今晩は、ジューシー鶏肉《とりにく》のカボチャカレーにしてみた。元気になりたい時には、黄色い物を食うといいのだ。疲労回復ビタミンCです。ていうか背骨がまだ痛いんですけど。この野郎。

お腹いっぱいになったチビたちは、俺のローブを握りしめて、うとうとしている。今にも寝そうだ。用を足しに立ち上がった時、ぶら下がって離れなかったらどうしよう。

食後の茶を飲みながら、隣のジェイスを見る。火に枯れ枝を放り込んでいるジェイスの髪は。

青みがかった銀色をしていた。

「——色が」

俺を見る瞳の色も、若草色だ。

灰色じゃない。

ジェイスが自分の前髪をひっぱって、笑った。

「これか？　ロッソの話によると、一遍死んで生まれ変わったからかもしれんな、と」

「ロッソが……え？　てことは、お前」

「ああ。俺が、人ではなく……【半竜人】だと知られてしまった。チビたちの話では、俺が死んで、お前が動かなくなってすぐ、ロッソたちが駆け込んできたらしい。どうやら暴走した俺と銀竜が邪魔で、神殿跡に近づくことさえできず、立ち往生してたようだ」

銀竜が死んで、ジェイスも倒れたから、その後で神殿跡の中に入れるようになったのか。

レフが目を輝かせて両手を大きく広げた。

「うんとね、きれいだったよ！　銀色の雪、お花、いっぱい降ってた」

ライが目を輝かせて両手を振り回した。

「うんとね、きれいだったよ！　灰色の竜さんと青いお兄さん、きらきら、光る雪になった！」

「雪」

「光消えて、灰色の竜さんと青いお兄さんも、消えて、悲しかったけど……」

二人の顔が、くしゃりと歪む。

「でも、きれいな白いお姉さんがきて、大丈夫だよ、って」

「お姉さん？」

俺とジェイスの言葉が、珍しくかぶった。

あそこには、お姉さんなんていなかったはず。

「きれいな白いお姉さん！　白くてふわふわの、綿飴の長い髪！」

「きれいな草色の目！」

隣のジェイスが息を呑んだ。

「母さん……？」

「え？」

ジェイスが口元を手の平で押さえてから、首を横に振った。

「……いや、なんでもない。なあ、レフ、ライ、その人は」

「わかんない、すぐ消えちゃった」

「うん、すぐ消えちゃった」

「そうか……」

「それで、待ってたら、いっぱい羽のついた竜さん、でた！」

「青い羽と銀色の羽、いっぱい！」

「いっぱい」

俺は思わずジェイスを見上げた。

「聞くな。俺にもよくわからん。気付いたら竜化してて、そして……十二枚、羽がついてた」

「じゅう、に、まい、だと……!?」

俺は危うくコップを落としそうになった。

「なっ、なんだって!?　お前、十二枚も羽あんのか!?」

なにその準伝説級。

「元々の俺に羽などなかったし、完全な竜化もできなかったんだが」

「てことは、」

「どうやら俺は……【半竜人】では、なくなったらしい」

俺は、少しだけ眉尻を下げた、けれども穏やかな表情を浮かべた青年を見上げた。

ああ、なんということだ。

ということは、もう彼は、魔物ではなくなったということ。いや、それだけじゃなく、人にもなれず、竜にもなれず、たった独りでさまよい続けていた彼は、ようやく本来の、あるべきだった姿

——【幻獣】の最古種とも謂われている【竜】に、成れたということなのだ。

偶然に偶然が重なった先に、こんな奇跡が起こるなんて。誰も、俺も、ジェイスだって想像すらできなかっただろう。

「すげえ！　そうか、よかった……よかったな……！」

思わずちょっと泣いてしまったのは、見なかったことにしてほしい。

袖口で顔と鼻をさり気なく拭ってから顔を上げると、ジェイスが珍しく照れたように少しだけ横を向き、頬を掻いた。

「まあ、ただ、なんというか……いろいろ混ざってしまったみたいなんだけどな。銀竜やら大量の花びらやら、俺とお前、いろんなアイテールの残滓が、あの神殿に充満していた。それを取り込んでしまったのかもしれない。鱗の色が青色と銀色で、眼が黄緑、角が薄紅色に」

「えっ、それは、なんというか……カラフルだな」

「まあな……」

ジェイスが大きく息を吐いた。

てことは……混ざったのか!?　いやまさか、でも言われてみれば、ジェイスの銀色の毛先にうっすらと混ざってる青空みたいな色……俺の髪の色と同じじゃないか。

「その……なんだ。だとしても、いろいろ混ざっちゃうのは、あの状況じゃ仕方ないよ。うん。でもまあ、よかったじゃないか！　怪我の功名、結果オーライだ！」

「あのなあ。まあなんにせよ、今までできなかった力のコントロールと、魔力の制御までできるようになった。【色】を得たことで、なかったはずの属性が決まり、確定したからかもしれない」

「ふむふむ。一から造り直しをしたから、なのかな？　例えば、五つ星ホテルの完璧な調理台の上で豊富にある食材と調味料で、完璧なレシピで、最高級の絶品料理を作る、みたいな」

「おい。なんだその例えは。お前は少し、食から離れろ」

「何を言う！　食は、全ての、基本です！」

　ジェイスが呆れたように肩をすくめてみせた。

「まったく。お前も、お前の仲間たちも、本当に、変わっている。俺の素性を知った後でも、恐れるどころか平然と話しかけてくるし……俺が人ではないことを、忘れてるんじゃないかと思う時もある」

「ははっ！　確かに、順応は早いかもなあ。それにあいつら、剣と魔法とカッコいい竜が揃ってれば怖がるよりも大喜びする奴らだよ。向こうでもここでも、根っからの冒険者さ」

　ジェイスがじっと俺を見ているのに気づいた。何故か面白そうに笑みを浮かべ、片眉を上げる。

　そしておもむろに、俺の頭辺りを指さした。

「気づいてないかもしれんが。お前も、髪が一房ほど銀色になってるぞ」

「な、なにぃ!?　嘘！　マジか!?」

　俺も混ざってるのか!?　混ぜるな危険！

　食事を終え、俺の上着の端をしっかり摑んだまま眠ってしまった双子に上掛けをかけてやっていると、ジェイスが小さく声をかけてきた。

「宵月。これから、どうするんだ？」

「そうだな。まずは魔道書探索本部に戻ろうと思う。帰還の手段を手に入れたんだ。今度こそ本当に――帰れる」

「……そうか」

　ジェイスは特に理由を尋ねることもなく一度だけ頷くと、火に枝を投じた。

「なら、夜が明けたら出発しよう。今から飛んでいけば、そうだな。昼前には着くだろう」

「と、飛ぶ？」

　どうやってと問いかけかけて、面白そうに笑うジェイスを見て、俺は息を呑んだ。まさか。

「チビ共はすごく喜んでたぞ。乗り心地は、まあ……そこそこにはいいんじゃないか？　多分な」

　多分っていうのが怖いんですけど。俺はちょっと高所恐怖症気味なんだけど、大丈夫なのか。

　明日の不穏なフライトを想像して、俺の背筋を冷たいものが走り抜けた。


　確かにレフとライが言った通りに、西大陸の血まみれ兎の森から東大陸のウェイフェア・パレスまでは、『びゅーん！』だった。

　その間の記憶は……まあ、あるようなないような、ていうか忘れたい記憶リストに入るというか、な感じだ。大きな両手に腰掛けさせられ、摑まる所といえば指しかなく、全身に受ける強い風と、指と指の隙間から見えるあの空の高さと地面の遠さはもう思い出したくないし、体感したくもない。ないが――

　竜に変化したジェイスの姿を目にした時は、言葉を失ってしまうほどに、感動した。

　かつて無機質な灰色だった鱗は青みがかった白銀に、同じく灰色だった瞳は草原のような黄緑色に。青空のような色から昼間の雪原のような白銀色へと鮮やかに移り変わる翼は、背から尾にかけて大小合わせて十二枚、並んでいた。
　竜の身体は見上げると首が痛くなるほどに大きく、僅かに触れただけでも切り裂かれそうなくらいに爪も牙も鋭く尖っていた。けれども、不思議と、全く怖くはなかった。レフとライも俺と同じみたいで、大きな竜の周りを楽しそうに駆け回り、背に登ったりしていた。俺も登らせてもらったけど、降りる時に高すぎて怖、いや、滑りやすいし危険なので今後背に乗るのは止めておこうと思う。そして。
　光を浴びて銀色に輝く翼を大きく羽ばたかせて飛ぶ姿は雄大で、とても気持ち良さそうで、見ているこっちまで笑顔になるくらいに嬉しそうで、そして、とても綺麗だった。

*

　魔道書探索本部に戻った俺は、冒険者の認証バングルの機能と、魔道書の力と、神様直通回線というふざけた機能を改造して改変して、探索本部に登録されている冒険者へと一斉送信をした。

【冒険者各位
　一斉メールにて失礼します。
　帰還の手段が見つかりました。帰還したい者は、今から約二週間後の、星魚月一日に、ウェイフェア・パレスの魔道書探索本部に集合してください。もしも期日までに本部へ来ることができない方は、このメールに理由等を返信してください。折り返し、こちらより送迎手段等ご連絡します。
もしも探索本部に登録していない方で帰還を望まれる方がおられましたら、伝言をお願いします。

一度帰還した者は、二度とグラナシエールには戻れません。よく考えて、各自、ご自分の意志にて選択してください。

魔道書探索本部　ロッソ　宵月】

二週間後にしたのは、移動する時間に加えて考える時間が必要だろうと思ったからだ。

しばらくして、世界各地から冒険者たちが続々と魔道書探索本部に集まってきた。最終的には、攫われた冒険者の七割くらいが集まっただろうか。帰りたいと思っていた人は、やはり相当数いたようだ。

テーブルと椅子が片付けられた会議室は広々としていて、部屋の中央には木製の枠に嵌《はま》ったそこそこ大きな一枚扉だけが、異質な感じでぽつんと立っている。

扉には特に装飾はなく、板の表面にニスを厚めに塗った感じの、ごくシンプルなデザインだ。その取っ手も、真鍮《しんちゅう》製のよくある形状。こんな大掛かりなイベントなのだし、物々しく仰々しくゴテゴテと装飾しようかと思ったけれども、過剰な演出は逆に緊張するし、躊躇《ちゅうちょ》するかもしれないからと思い直し、皆が見慣れたデザインにしておいた。皆の反応を見るに、正解だったようだ。

俺は扉の前に立ち、手をかざして、最終チェックをした。

それが済んで後ろへ首を巡らすと、ロッソが珍しく真面目な顔で感慨深げに扉を眺めながら、腕を組んでいた。

その隣には、安堵か不安か判別し難い顔でたたずむレタス。

祈るように胸元で手を組むロージー。

皆から離れた後ろの方で、面白そうに眺めているスティング。

俺から少しだけ離れた場所で、表情の読めない顔で見ながら腕を組んでいるジェイス。その左右には不安そうな顔をして、ジェイスにしがみついているレフとライ。

そして、俺の周囲を騒めきながら取り囲んでいる、多くの冒険者たち。

「ほ、本当に戻れるのか？」

「マジか！」

「よ、よかった……！」

「帰れるんだな！」

口々に発せられる問いに、俺は安心させるように、大きく頷いてみせた。

「ああ。この扉をくぐれば、攫われる直前のポイントに帰れるように設定している。ただし、一度でもこの扉をくぐれば、グラナシエールに戻ることはできないから、そのつもりで。片道一方通行だ。メールにも書いたが、帰るか残るかは各自で決めてくれ。絶対に人に決めてもらったりはしないこと。後で後悔したくないなら、自分で決めることをお勧めする」

わっ、と歓声がわいた。

泣いてうずくまる者、笑いあう者、慰めあう者、踊りだす者。

一人、また一人、と扉をくぐっていく。

最後に残ったのは、ロッソ、レタス、スティング、ロージー。そして、俺。

レタスが涙と鼻水を流しながら、お辞儀を何度もした。

「では、皆さん。お疲れさまでした！　本当にお疲れさまでした！　宵月さん、ありがとうございます！　これで、やっと帰れるんですね……！」

「あーあーもう。大の男がそんなに泣くなよ！」

「いいえ！　私、私は！　本当は、女です！」

「え!?」

皆が一斉にレタスを見た。

「ああ、ああ、もう絶対二度と、ゲームで性別変えたりなんてしません。ええ、もう絶対にしませんとも！」

レタスは握り拳で誓った。

「では、皆さん。向こうでまたお逢いしましょうね！」

レタスは軽い足取りで扉をくぐっていった。

隣のロッソがなんとも言えない顔をして、大きな手で後頭部をガリガリと掻いた。

「うむ。まあ、なんだ。そういうことも、あるわな」

「そうだな。多そうだな」

「この件については考えないようにしような。闇が深そうだからな」

「そうだな。それが賢明だな」

「宵月様！」

ロージーが泣き笑いの表情で駆けてきて、俺の前で優雅にスカートをつまんで礼をした。

「それでは、私はひと足先に帰らせて頂きますね。帰ったら、すぐにメールします。必ずしますから、今度は向こうでお茶をしましょうね。ですから、今は少しの間、お別れです」

「ああ。気をつけてな。ありがとう、ロージー」

　ロージーが頬を染めて微笑み、頷いた。

「はい。宵月様も。ありがとうございました。では、皆様。お先に失礼致します」

　ロージーが、ひらりとスカートを翻して、扉をくぐっていった。

　ロッソが組んでいた腕を解き、長い息をゆっくりと吐き出した。

「ふう。これで、全員行ったか」

「ああ。――って、え？　ロッソは？　スティングも。お前たちは、帰らないのか？」

　ロッソが、ぼりぼりと顎を掻いた。

「ああ。俺はなあ、戻っても寝たきり老人だからなあ」

「はあ⁉　何！　お前、じいさんだったのか⁉」

「じいさん言うな！　まあ……ばあさんも逝っちまってるし、息子共もでかくなってるし、自分で自分のことはするだろ。だから俺は、もう少しこっちで遊んでから逝くことにするわ。ただ、若い奴らは流石に帰してやらんと可哀想だったからなあ。帰してやれてよかった、よかった」

　ロッソは豪快に笑うと、俺の背中を叩いた。痛いじゃないか。

「スティングは？　いいのか？」

「あいつもなあ、ここに残るってよ」

　ロッソと一緒に壁際を見やると、成り行きを見守っていたスティングが、相変わらずの軽そうな笑みを浮かべ、波間のワカメのようにヒラヒラと腕と手を振った。

「いいのいいのー。俺様も、向こうに未練ないしね～。まだこっちでやり残した事あるから、残ることにするよ～」

「そ、そうなのか」

あいかわらず、どうにも読めない奴だ。

「そういうお前は、どうするんだ？　宵月」

「俺は――」

「青いお兄さん、帰るの？」

「帰るの？」

レフとライが側にやってきて、小さな手で俺の服の裾を握りしめながら、見上げてきた。

大きな目から涙が零れそうになっているのを見て、胸が痛くなる。抱きしめて、行かないよと言いたくなる。けれど。

「……ごめんな。俺は――帰りたい」

「「やだ！　やだ！　帰る、しない！　残る！　一緒にいる！」」

とうとう大粒の涙がぼろぼろと零れ落ち、わんわんと声をあげて泣きだしてしまった。

「ごめん。ごめんな。レフ。ライ。だけど、俺も……向こうで、待ってる家族がいるんだ」

見かねたジェイスが、双子を引き離してくれて、その頭を大きな手でなでた。

「ほら。泣くな。宵月も困ってるだろう。それに、いつまでも家に帰らない訳にはいかないだろう？　わがままを言うんじゃない。それから。泣き顔で哀《かな》しいままお別れしてもいいのか？」

「「ううう、よくない……」」

「なら笑って、お礼を言って、お別れしろ」

レフとライがしゃくりあげながら、小さく、こくりと頷いた。

「「うう……今まで、ありがとう。青いお兄さん」」

「……うん。こちらこそ、ありがとな、レフ、ライ。ジェイスもありがとう。お前らがいなかったら、俺はここまでこられなかっただろうし、それ以前に……ダメになってたよ」

ジェイスが笑い、首を横に振った。

「それは、俺の方こそだ。お前がいなかったら、俺は……今も彷徨い続けていただろう。全てを恨みながら。お前の御陰で、色々なものから解放された。ありがとう。――元気でな」

「ああ。じゃあ」

「ああ。……宵月。もしも、――」

ジェイスは何か言いかけたが、少し逡巡した後、何も言わずに口を閉じた。

俺も言いかけたが、迷いに迷ったあげく、結局、かける言葉が思い浮かばず、口を閉じた。

さよなら、とは、なんとなく言えなかった。またな、とも。お互いに。

「じゃあ、俺、行くわ」

「ああ。気をつけてな」

俺たちは別れの挨拶なのか何なのか、よく分からない言葉を交わしあった。

俺は皆の顔をゆっくりと見回し、思いを振り切るように踵《きびす》を返すと、扉を開けた。

＊

どのくらいの時間が、経ったのだろうか。

今、俺は……柔らかな草が生い茂る草原に、大の字になって寝ころんでいる。程よくひんやりとしていて、ふかふかとした感触が心地よい。

何故こんなところで、俺は寝ころんでいるのかというと。

「なんで、俺だけ、帰れないんだよ……！」

程よい温度の風が、まるで慰めてくれるかのように優しく頬をなでていった。見上げてみると、青空と夜空と夕焼けが混ざりあったありえない混色の歪な空が、どこまでも続いている。

そう。ここは、俺のいた世界でも、ジェイスたちのいる世界でもない。

どこでもない、どこでもある、どこかの狭間《はざま》。世界と世界の隙間。どこにも行けないものが落ちる場所。名も分からぬ世界の残骸の上。

斑に移ろう奇怪な空を途方に暮れながら見上げていると、視界の端に、小奇麗なスーツに身を包んだ白金髪の優男が現れた。まるで能面のように、笑みの形に固まった表情をしている。

顔を覗き込まれる。近い。気色悪い。

「気は済んだのかい？」

「……なんでお前がここにいる。俺たちの世界に干渉できなくなったはずだろ」

「そう。君のおかげで干渉はできなくなってしまったけどね。観測はできるから。まあそれが、私の本来の仕事でもある」

「そうなのか」

「そうなんだよ。喩《たと》えて言うなら、枝分かれして伸びていく大樹の先を観測するのに似ているかな。彼《か》の頂《いただき》に届きそうな枝の成長を記録し、模索するんだ」

「それ、夏休みの自由研究みたいだな」

「ふふ。君たちは、なかなか興味深いね。根元から倒れかけていた大樹は、隣の大樹と絡みあうことで倒壊を免れ、同化を始めた。エネルギーを共有し、そこから更に枝を伸ばし始めている」

男が楽しそうに語る。

「その二本の大樹の周囲には立ち入り禁止の柵が造られてしまったけれどね。私は外から観測させてもらうことにするよ。管理者の手を離れた君たちが、どこまで枝を伸ばすことができるのかを」

俺は身を起こした。

草原は、どこまでも続いている。ただ草原だけが、どこまでも。

「ふふ。君が還れない理由を教えてあげようか」

「……なんだよ」

「君は、【竜】――高次情報集積体の一部を取り込み、尚且つ、叡智と繋がる三冊の魔道書とアクセスした。それによって君という存在のフォーマットは、数百倍アップデートされてしまったんだよ。上位になるほど、データ量は正比例する。故に、君という個のデータ量は相当重くなった。重過ぎて、あちらのサーバが読み込めないほどに。４８０００番は、とても古いサーバだからね。容量も少ない。だから受け入れられずに、はじき返されるんだ。その点、グラナシエールの在る８４０００番サーバは新しいし、相当大きいから。だから、【人】という規格から外れてしまった今の君でも十分に受け入れられるという訳さ」

そうだったのか。

「……なんかお前、親切すぎて気持ち悪いな」

「酷いな。私は、いつだって君たちには親切だよ。彼の御方の愛《いと》し子《ご》たちなのだから。羨ましく、嫉《ねた》ましくも、愛おしい……」

白くて細い男の手が、俺の頭をなでた。

俺は全力で飛んで逃げた。

「おやおや。そんなに嫌わなくてもいいと思うんだけど。傷つくなあ」

「当たり前だ、逃げるわ！　俺に触るな！」

「そんなに警戒しなくても。――さて。人知を超えた知識と力を得た君は、もう人には戻れないよ。そして、人を捨てられぬ君は、神にもなれない。君は何者にもなれぬまま、独りさまようことになる。――永劫《えいごう》の時を」

「それは流石に、勘弁だな」

俺は手元に残った三冊の本に手をかざし、【鍵】をかけた。それを銀髪の青年の方に突き返す。

「おや。力を手放すのかい？　神の叡智を。三次元、四次元の束縛を越え、もっと高次へ行きたいと思わないのかい。今の君なら、私たちのような観測する者にもなれるだろうし、もっと深く知識を得れば、彼の御方の【声】が、僅かながらも聞き取ることができるようになるかもしれないというのに」

「俺は、俺が生きたい場所で生きる。それに」

俺は男を見上げた。何が楽しいのか、さっきからずっと口元には笑みを浮かべたままだ。

「独りで永劫なんて、真っ平ごめんだね。神様だって独りはあんまりにも寂しすぎて、自分に似せたモノを造ろうとしたじゃないか」

「……ふ。はは。ははは。あはははは！　確かにね」

何かがツボに入ったらしい。男は大笑いしている。俺には何がツボなのかさっぱり分からない。

「じゃあな。俺は、俺の場所に還るよ。もう二度とお前と会わないことを祈って」

「なんとも欲のない。君は、低次に留まることを望むのかい」

俺は立ち上がった。

服についた草葉を軽く払い、真っ直ぐ前に向かって草原を歩いていく。どこまでも続いているかのように見えた草原は、二十歩くらいで端に辿り着いてしまった。

そこには扉が一つだけ、ぽつりと立っていた。

非常に奇妙で異様で、尚且つ不自然極まりない光景だった。草原の端の崖下にちらりと視線を向ければ、底は雲海のようなもので厚く覆われていて何も見えず、それが果てなく広がっている。

俺は振り返った。

白金髪の男は、微笑みながら草原の中に立っている。作り物めいた笑みだ、と思っていたそれが、何故だか、慈愛に満ちた笑みに見えた。親が幼子を見守るかのような、温かな微笑みに。

俺の目がとうとう幻覚を見だしたのかと思い、思わず目を擦る。

男が片手を優雅に振った。

「では、また」

「また、なんかないって言ってるだろ！」

あってたまるか。俺は力一杯取っ手を引き、扉を開けた。

エピローグ

結局。俺は、グラナシエールに戻ってきた。

ひょっこり戻ってきた俺と遭遇したロッソが開口一番放った台詞《せりふ》は、まさかお前が戻ってくるとは思わなかったぜ、だった。しかも大笑い付き。笑い事では全くない。とりあえず殴っておいた。

ロッソから話を聞いたところ、俺が造った帰還用の扉は、全員が帰還した後、一日経っても二日経っても消えなかった。万一にも誰かが戻ってきたらと思い、倉庫にしまわず、会議室の片隅に置いておいてくれたらしい。

そんな感じで消える素振りなど全くなかったそうなのに、何故か、俺が扉をくぐり抜けて戻ってきた途端、これにて任務完了とでも言わんばかりに煙のようにかき消えてしまった。

三冊の魔道書については、あのいけ好かない優男に返した、と伝えたら、それがいい、とロッソも同意してくれた。

*

俺は旅支度を終えると、本部の玄関まで見送りに来てくれたロッソに挨拶した。

本部は現在、【新世界探索本部】と名を替えている。残った冒険者たちの互助会みたいなギルドとなったようだ。ギルドマスターは満場一致でロッソに決まった。

ロッソが腕を組み、名残惜しそうに唸った。

「宵月。本当に、行っちまうのかあ？　お前と俺とスティングがいるなら、パーティ再結成するのも悪かあないと思ったんだけどよ」

「悪いな。俺はまだ、【蒼銀の風】のメンバーだから」

「今となってはリセットされちまってんのに？」

俺は笑って、頷いた。

そうなのだ。帰還の扉をくぐった時点で、【蒼銀の風】のメンバーリストから、宵月の名前が消えたらしい。キャラクター消失による強制脱退、という扱いになったようだ。そういう訳で現在の俺は、どこのパーティにも所属していない。再びソロからのスタートだ。

「スティングの野郎も、宵月がいないからって【蒼銀の風】を脱退したあと、またふらふらどっか行っちまったしよ。まったく。どうしてこう、うちは我が道を行く野郎ばっかりなんだ！」

「ははっ。それを言うなら、お前もだろ」

「うるせいわい！」

ロッソにゲンコツで頭を殴られた。ひどい。真実を伝えただけなのに。

「それよりも一人で大丈夫か？　もし、あいつらに追いつけないようなら本部に戻ってこい。人海戦術で探してやるから。あと、時々は顔を出しに来いよな」

「うん。そうするよ。ありがとう、ロッソ」

俺はロッソたちに礼を言い、本部を後にした。

ウェイフェア・パレスを出て、なだらかな草原の中を歩く。青空が、どこまでも広がっている。

大小の白い綿雲がぷかりぷかりと浮かんで流れていく。

　懐かしかった。ここはゲームを始めたばかりの初心者が、初めてモンスターと戦うエリアだ。楽勝だと思っていた野ネズミ三匹にタコ殴りにされたのは、塩辛い思い出のひとつだ。

　ジェイスたちが本部を後にして三日。そう遠くには行っていないはずだ。まずは、きっと冒険者ギルドに顔を出しているだろうから、受付のお姉さんにでも行き先を尋ねてみよう。

　これからのことを考えているうちに、俺はあるもののことを思い出した。

「あっ！　そうだ！　そういえば、アレがあったじゃないか。超便利なアイテムが！」

　おもむろにポケットに手を突っ込む。指先に、ひんやりとした硬いものが触れた。

　それを握ってポケットから取り出して、空にかざした。高く掲げた銀と青に縁取られた灰色の鱗が、陽の光を反射して柔らかく光った。

「ジェイス――！　レフ――！　ライ――！」

　俺は息を大きく吸い込むと、空へ向けて、彼らの名を呼んだ。

　すると、まるで呼応でもするかのように、鱗が一瞬、内側から発光したように見えた。

　アイツは呼べば分かると言っていた。これで、気がついてくれるだろうか。

　俺は空を見上げたまま、ゆったりと流れていく雲をぼんやりと眺めた。

　帰れないと分かった時に最初に感じたのは、諦めにも似た、ああやっぱりなという思いだった。

　三冊の魔道書を手にした時に、こうなる可能性についてなど考えたくなかったが、やはり頭の片隅では、予感めいたものを感じていた。ただ、その時の俺は……そうなる可能性の高さが恐ろしくて、蓋をして、ぐるぐる巻きにして思考の底に沈めておこうとしたのだけれど。

決定的な事実を前にしてしまえば、否《いや》でも応《おう》でも、覚悟を決めざるをえない。

魔道書を手放してからは、あの時の記憶はとても曖昧だ。思い出そうとしても霞がかかったように、はっきりとはしない。俺がいたあの歪な場所は、膨大な、数多の世界の情報の残滓が渦を巻いていて、俺の頭が処理しきれないのだろう。あの、どこでもあり、どこでもない場所。世界と世界の隙間。

ただ、あの場所にいたことで、魔道書の力を使って兄さんたちの様子を少しだけ視《み》ることができたのは、不幸中の幸いだった。

何か伝えておかなければと俺は必死になって、連絡手段を考えた。そして、あのいけすかない野郎が使っていた俺たちへの連絡手段を思い出した。メールだ。魔道書を通して、元気だから心配するなとメッセージを送れただけでも、よかったと思う。

ふと、名前を呼ばれた気がして、空を見上げた。

一際大きな雲と雲の狭間に、青みがかった白銀色に光る影を見た気がした。そして一際強く吹き下ろしてきた風の音に紛れて、微かに俺を呼ぶ声も。

俺は笑みを浮かべながら、力一杯、遠くからでも見えるようにと両手を高く上げて、振った。

すると。白銀色の光が急に雲間から現れ、急転直下のような弧を描きながら林の中へと流れ落ちるように消えていった。同時に土煙が木々の葉を巻き上げながら盛大に立ち昇る。

大丈夫なのかと心配して見ていると、すぐに林の中から、涙と鼻水を垂らした顔のチビたちと、黒いボロボロのコートを着て大きな剣を背負った背のばか高い男が駆け出してきた。

「おー……おおお⁉　ちょっと待てぇ！　ストップ、ストップだ！　止まれ！　ぐほあっ」

猛スピードで突進してきた三体と激突した衝撃で俺は倒れ、後頭部を激しく打った。

お前ら俺を殺す気か。息が一瞬止まったじゃねえか！　なんかすげえデジャヴなんですけど！

「痛い！　お前ら、ちょっと離れろ！　ていうか首を絞めるな！　苦しい！　死ぬ！」

「……帰ってきたんだな。宵月」

「青いお兄さん、かえって、かえってきたよおおうわああああん！」

俺は咳込みながらも苦笑して、頷き返した。

「おう。――つーか。まあ、帰れなかったんだけどな」

「そうなのか？」

「ああ。まあ、そういうことで」

また一から交渉しなければいけなくなった。

俺は、俺の上に乗っかっている三体の内の、一番広くて大きな背中を、力一杯数回叩いた。つうか重い！　いい加減どいてほしい。俺の繊細な骨がミシミシと悲鳴をあげている。

「おい。ジェイス。あのな、悪いけどさ、お前今さら何言ってんの？　て感じだけどさ、できたら、また……俺を、お前らのパーティに入れてくれないかな。前衛のお前、中衛のチビたち、後衛の俺が入ったらすげえバランスいいと思うんだけど、どうかな。今度は絶対途中で抜けたりしないからさ。誓う。頼むよ」

ジェイスが小さく笑った。

「いいのか」

「うん。頼むわ、てか、お願いします。なんなら俺の秘蔵の最高級レインボーマスクメーロンＤＸ

ワインを一本譲ってやってもいい」

「あのなあ……だからお前はもう少し、食から離れろ」

ジェイスが呆れながらも相変わらずの馬鹿力で、チビたちを両脇にぶらさげた俺を軽々と抱き起こして立たせてから、腕の冒険者用バングルを操作した。

空中に半透明の枠が浮かび上がった。その枠の上方に、新規情報が水色に強調表示されている。

『ジェイス・センバーより【パーティメンバー募集】の申請が入っています。承諾しますか？』

俺は、**【はい】**を押した。ウインドウが切り替わりパーティ情報が表示され、そのメンバーリストの一番下の空欄に、俺の名が加わるのを視認した。

パーティ名【蒼銀の風】
リーダー　ジェイス・センバー
メンバー　レフト　ライト　宵月

「てことで、またよろしく頼むわ」

「ああ」

「「わああい、青いお兄さん、頼む、よろしく！」」

双子が俺にぶらさがったまま、飛び跳ねた。

俺はレフトとライに振り回されるままメリーゴーラウンドの如くクルクル回って、そして重さと動きに耐えられず再び倒れた。

笹野ちまき（ささの・ちまき）

岡山県岡山市出身。某神社近く在住。非現実系、ファンタジー系、ゲームテイスト系小説を主に小説投稿サイトにて執筆中。好きなものは古新合わせて謎っぽいもの、手触りの良いもの、新製品。本書がデビュー作。

レジェンドノベルス
LEGEND NOVELS

星《ほし》空《ぞら》の魔《ま》道《どう》書《しょ》と灰《はい》色《いろ》の竜《りゅう》

2020年9月7日　第1刷発行

［著者］　笹《ささ》野《の》ちまき
［装画］　スズキゴロウ
［装幀］　滝澤祐茉（ビーワークス）

［発行者］　渡瀬昌彦
［発行所］　株式会社 講談社
〒112-8001 東京都文京区音羽2-12-21
電話　［出版］03-5395-3433
［販売］03-5395-5817
［業務］03-5395-3615

［本文データ制作］　講談社デジタル製作
［印刷所］　凸版印刷 株式会社
［製本所］　株式会社 若林製本工場

N.D.C.913 319p 20cm ISBN 978-4-06-520482-5